Tudo o que FALTOU ser

Direção Editorial
Silvia Vasconcelos
Produção Editorial
Juliana Santoros Miranda
Preparação
Equipe Editora Pandorga
Revisão
Ludmila Bortolozo
Projeto Gráfico e Diagramação
Estúdio Chaleira - Cris Viana
Ilustração de Capa
Manoela Boianovsky
Capa
Cristiane Saavedra (CS Edições)

Texto de acordo com as normas do Novo Acordo Ortográfico da Língua Portuguesa
(Decreto Legislativo n. 54, de 1995)

Dados Internacionais de Catalogação na Publicação (CIP)
Bibliotecária responsável:

A499t Amancio, Vinícius
1.ed. Tudo o que faltou ser / Vinícius Amancio. – 1.ed. –
São Paulo: Pandorga, 2019.
248 p.; 16 x 23 cm.

ISBN: 978-85-8442-419-1

1. Literatura brasileira. 2. Romance. 3. Amor.
4. Relacionamento. 5. Teen. I. Título.

CDD 869.93

Índice para catálogo sistemático:
1. Literatura brasileira: romance
2. Relacionamento: amor
Bibliotecária responsável: Aline Graziele Benitez CRB-1/3129

2019
IMPRESSO NO BRASIL
PRINTED IN BRAZIL
DIREITOS CEDIDOS PARA ESTA EDIÇÃO À
EDITORA PANDORGA
AVENIDA SÃO CAMILO, 899
CEP 06709-150 – GRANJA VIANA – COTIA – SP
TEL. (11) 4612-6404

WWW.EDITORAPANDORGA.COM.BR

Tudo o que FALTOU ser

VINÍCIUS AMANCIO

PandorgA

PARA TODOS AQUELES QUE UM DIA SE
PERDERAM DE SI MESMOS EM DETRIMENTO
DA IDEIA DE UM GRANDE AMOR.

PRÓLOGO

Pois eu sabia que você era problema quando apareceu
Tanta vergonha em mim agora
Me levou a lugares que nunca tinha visitado
Até me pôr no chão

I KNEW YOU WERE TROUBLE / TAYLOR SWIFT

— **CHAMA UMA AMBULÂNCIA! RÁPIDO! — CONSIGO OUVIR** uma voz distante dizer em tom aflito. Minha cabeça parece enorme e há um zumbido constante. A luzes ao meu redor me incomodam quando consigo abrir os olhos e perceber que estou deitada no chão frio e duro. Não sei como cheguei aqui. Quando tento me levantar, sou contida por alguém que segura meus ombros. É Duda, seu rosto parece muito consternado e fica claro que eu sou o motivo de tamanho desespero.

Um círculo de pessoas se formou ao nosso redor, alguns falando ao telefone, outros apenas observando a cena.

— Duda, o que... o que aconteceu? — apesar de ser difícil, consigo formular a frase e deixar que as palavras encontrem o vento frio.

— Vai ficar tudo bem, Clara. Fica calma, tá? — Duda tenta me acalmar com uma voz tranquilizadora, apesar de trêmula. Eu, porém, ignoro suas tentativas de me manter deitada e me sento ao seu lado, as bochechas queimando com a sensação terrível de ter tanta gente olhando diretamente para mim.

— Eu tô calma, mas não vou continuar assim se não me contar o que aconteceu. Por que eu estava deitada na calçada e todas essas pessoas estão aqui? — logo que deixo escapar a última palavra, o medo de ouvir a resposta se torna maior do que a minha curiosidade.

— Você sumiu, Clara. Eu procurei você em toda parte e ninguém tinha te visto, até que eu saí para tentar te ligar e vi você aqui, deitada e desacordada. Eu fiquei tão preocupada. Eu não sei o que faria se...

— "Se" o quê? — a minha voz soa irritada, mas o zumbido que preenchia a minha cabeça começa a desaparecer e tudo volta em flashes.

1

Eu achei que ele estava mentindo quando dizia
"Sonhe o máximo que puder"
Agora eu gostaria de poder congelar o tempo
Nos meus 17 anos

SEVENTEEN / ALESSIA CARA

Quando o despertador toca, sinto como se tivesse acabado de fechar os olhos, talvez assistir aquele documentário sobre ursos polares até tarde, na véspera do primeiro dia de aula, não tenha sido uma boa ideia. Admito que, apesar de fazer um grande esforço para me sentir disposta, gostaria de mais alguns minutos na cama. Leva um tempo até que eu consiga ficar de pé, penso um pouco sobre o que fazer e caminho até o banheiro, eu não me surpreenderia se pegasse no sono embaixo do chuveiro.

Já estou bem desperta quando volto para o quarto e passo algum tempo olhando para as roupas penduradas no armário, mesmo que não faça sentido algum, já que sou obrigada a vestir o uniforme e me conformar com isso. E eu acreditei quando me disseram que o último ano era diferente e super divertido. Até então nada era diferente dos anos anteriores.

Amarro os cadarços dos tênis e, depois que pego minha bolsa, dou uma última olhada no espelho, atrás de mim, minha cama parece me chamar.

— Eu prometo voltar assim que possível! Não se esqueça de mim! Não me esquecerei de você... Adeus! — vou andando de costas até a porta e começo a rir do quanto posso ser ridícula à essa hora da manhã.

— Bom dia, meu anjo. — meu pai já está na cozinha e, quando chego, ele coloca uma jarra de suco sobre a mesa e se senta ao meu lado.

— Bom dia, pai. — ele me dá um beijinho na testa.

— A sua mãe precisou sair cedo hoje, me pediu que te desejasse boa sorte no seu primeiro dia.

— Obrigada! — Dou uma mordida em minha torrada — ela está mesmo empenhada nesse caso...

— É realmente importante para ela. Empolgada com o início das aulas?

— Muito! Não acredito que é o meu último ano, passou rápido, né?

Meu pai respira fundo e me observa com um sorriso bobo no rosto.

— Rápido demais para o meu gosto. — ele brinca e coloca uma mecha do meu cabelo atrás de minha orelha — Estou muito orgulhoso de você, Clarinha...

— Obrigada, pai. — sorrio para ele, muito provavelmente com as bochechas vermelhas.

Estou contando sobre a ursa polar do documentário da noite anterior quando uma buzina interrompe minha narrativa. Preciso de um segundo para me situar e lembrar que é a minha carona.

— Tomem cuidado nesse trânsito maluco! — meu pai avisa quando me levanto.

— Pode deixar, o JP dirige direitinho. — beijo a bochecha dele e me apresso para sair de casa antes que eu leve uma bronca pela demora.

O carrinho pequeno, porém estiloso, estava à minha espera do outro lado da rua.

— Eu juro que se você arranhar esse carro eu te mato, Maria Eduarda! — JP esbravejou atrás do volante. Não era para menos, Duda resolveu que seria uma ótima ideia se sentar na janela do passageiro com metade do corpo para fora do automóvel.

— Quando você vai anunciar o seu noivado com ele, João Pedro? — Duda recebe uma revirada de olhos como resposta, mas não se importa, nesse ponto eu já estava ao seu lado. — Ei, você! Pronta para encarar o nosso último ano na prisão? — todos aqueles cachos balançando com seus movimentos.

— Prontíssima! — retribuo o *high-five* da minha amiga e entro no carro, no banco de trás. Duda também volta para o interior do automóvel, mas vira-se rapidamente para não ficar de costas para mim.

A nossa história era engraçada. Nos conhecíamos desde o jardim de infância. Eu vira Duda amarrando as pontas da mochila de JP na cadeira, tentei avisar o garoto, e acabei levando uma bronca da menina. JP se sentiu no dever de me defender e ralhou com Duda, que começou a esbravejar com ele. Depois de certo tempo na confusão, Duda elogiou a minha boneca e perguntou a JP o que ele achava, ele disse que bonecas eram coisas de meninas e nós duas, indignadas, fomos obrigadas a lhe dar uma bronca. Nunca mais nos desgrudamos desde então.

— Eu ouvi dizer que o Ricardinho vai repetir o terceiro ano. Esse momento é muito nosso! Dá pra acreditar? — Duda bate palmas.

— Jura? Ele é tão fofinho...

— E mais uma vez fica claro que nem sempre beleza e inteligência andam de mãos dadas. Ninguém reprova no terceiro ano, tem que se esforçar muito pra conseguir esse feito. — JP comenta sem desviar o olhar da estrada.

— E você é um invejosinho — Duda diz toda irônica.

— Ah, Duds, não fale assim dele — me estico para apertar a bochecha de JP.

— Lá vai a santa Ana Clara dos desamparados! — Duda revira os olhos e coloca a mão para fora da janela brincando com o vento.

— E ainda tem a coragem de dizer que eu sou o invejosinho — JP aumenta o volume do som e mexe os ombros no ritmo da música. Eu volto para o meu lugar e dou uma olhada no *feed* das redes sociais, não demora para que o carro seja estacionado.

Preciso tirar a blusa de frio assim que desço do automóvel, e isso não é nenhuma novidade quando se mora em Vitória da Conquista, o lugar onde o clima é uma grande caixinha de surpresas. O céu estava nublado e o vento frio quando saí de casa — sim, existe frio na Bahia —, e agora o sol já está brilhando a todo vapor.

E não são nem oito da manhã ainda.

Nós acompanhamos a pequena multidão que também se encaminha para o interior do colégio. Vários grupinhos conversando entre si, o burburinho ecoando entre o mar de cabeças. Rostos sonolentos por todo lado. JP pega o horário das aulas e faz uma rápida análise.

— Módulo 4, Química com o Kléber... É melhor corrermos antes que acabem os lugares no fundo. — lembrávamos muito bem do professor que não poupava aqueles que se sentavam nos primeiros lugares com um bombardeio de perguntas complicadas.

— É demais dizer que já quero férias? — Duda faz beicinho e envolve os meus ombros com o braço.

— É uma exagerada mesmo! — seguro a mão pendurada em meu ombro e caminhamos em direção à sala da primeira aula do dia. Por sorte, ainda havia lugares vagos no fundo.

O papel em branco do meu caderno tirava toda a minha atenção no professor, que aproveitava o primeiro dia, conhecido também como dia em que há mais faltas de alunos, para contar algumas das suas experiências e perguntar quais eram os objetivos de algumas das pessoas da classe, uma vez que estavam prestes a entrar no mundo dos adultos, ou quase isso.

Nada de novo.

Pego uma caneta e escrevo palavras soltas sobre o que significava toda essa coisa de crescer. É sempre assim que começa: um pensamento aleatório, um papel em branco e uma ideia tomando forma.

Quando finalizo o texto, não tenho tempo para reler o que havia escrito, o papel é puxado de minha mesa antes que eu possa impedir. Duda lê pacientemente e um sorrisinho se forma no canto dos seus lábios.

— Esse ficou incrível! — sussurra para mim.

— Que nada, só comecei a rabiscar e...

— Eu queria rabiscar e escrever coisas assim — Duda cutuca JP, que está sentado bem à sua frente, e lhe entrega o papel. O garoto leva alguns segundos para ler, vira-se para mim, abre a boca e, logo em seguida, empurra o queixo para cima novamente.

— Vocês são muito bobos. — sorrio e pego o papel de volta.

— E o papo do pessoal do fundo está muito mais interessante, por que não compartilham com a turma? — a voz do professor ecoa alta pela sala.

Duda, JP e eu nos voltamos para a frente com expressões assustadas, mas o sinal escolhe esse exato momento para tocar, e não poderia ser mais oportuno.

— Salvos pelo gongo! Nos vemos na próxima, galera. — todos começam a se levantar apressadamente.

— Essa foi por pouco... — digo, enquanto fecho o zíper da bolsa e saio com os meus amigos.

As aulas seguintes passaram sem qualquer problema. Mais do mesmo. Como foram suas férias? Quais os seus objetivos de vida? Vamos fazer uma dinâmica para nos conhecermos melhor... Foi apenas durante o intervalo que as coisas seguiram por um rumo diferente. O mural de informações estava repleto de folhas de papel pautadas.

— O que é tudo isso? — JP pergunta e se aproxima para dar uma olhada.

Quando nos disseram que a educação em tempo integral ia começar a funcionar, ninguém nos contou essa outra novidade. Cada uma daquelas folhas representa um clube do colégio e os alunos podem se inscrever apenas colocando o seu nome ali e comparecendo ao primeiro encontro dos grupos, que aconteceria no último horário.

JP foi logo se adiantando e noto que o garoto não hesitou em se inscrever nos clubes de artes audiovisuais, xadrez e fotografia.

— Você vai dar conta de tudo isso? — pergunto, sem me importar muito em olhar quais outros grupos havia ali.

— Vou precisar do vira-tempo da Hermione, mas vai dar tudo certo — ele abaixa os óculos escuros e pisca o olho para mim.

— Clara, você precisa se inscrever nesse aqui. Vem cá! — Duda me puxa pelo braço e bate insistentemente com o dedo sobre uma das folhas.

Clube do Jornal.

As letras parecem brilhar, apesar de estarem escritas com uma caneta comum, mas enchem meus olhos. Deixo escapar um meio sorriso, empolgada, porém, logo em seguida, murcho desistindo da ideia.

— Acho melhor não...

— Como não, Clara? — JP se aproxima.

— É, como não? Você escreve super bem e vai ser uma ótima oportunidade de... — Duda olhou para os lados e começou a sussurrar — Deixar que leiam os seus textos.

Minha relação com a escrita é meio confusa. Não é como se eu tivesse o sonho de escrever um romance e vê-lo nas prateleiras das livrarias do país. Eu só tenho esse grande interesse em colocar meus pensamentos no papel e assistir as palavras brincando entre si para dar forma a algo que, alguns segundos antes, estava apenas na minha cabeça.

Penso por um instante, seria realmente incrível, mas e se não gostassem do que eu escrevo? E se meus textos não fossem assim tão bons? E se...

— Duda, o que você está fazendo? — pergunto, com a voz saindo um pouco mais alta do que esperava. A garota já estava escrevendo meu nome ali, mesmo sem permissão.

— Clara, você precisa confiar mais em si mesma. Vamos fazer um acordo. O JP participa de todos esses grupos *nerds* dele...

— EI! — O garoto cruzou os braços.

— Eu participo do clube de teatro e você entra no clube do jornal. Nós tentamos e, se não der certo, nós deixamos isso pra lá. Mas temos que nos esforçar para fazer ser algo que vale a pena.

Duda está certa. Qual a graça da vida se você não se permite arriscar? Ainda há uma parte do meu coração que fica aflito com a ideia, mas decido que poderia ser algo bom.

O que de pior pode acontecer? Algumas críticas?

Eu posso lidar com isso.

— Certo! Eu topo. — Meus amigos comemoram com a minha decisão — Eu já falei que vocês são incríveis?

— Nós sabemos disso — Duda diz e joga o cabelo.

— Tenho que concordar com ela... — JP bagunça o meu cabelo e eu lhe mostro a língua sentindo-me ligeiramente infantil, mas esqueço o pensamento tão rápido quanto ele surgiu. Eu sempre adorei a forma como qualquer tipo de situação se tornava simples quando estava com aqueles dois.

O intervalo passa num piscar de olhos e, a cada sinal que toca, indicando o final de mais uma aula, eu fico mais próxima do meu encontro com o clube do jornal. Não faço ideia do que pode acontecer naquela sala. Pode ser a experiência mais incrível do meu colegial, em contrapartida, pode ser um desastre.

Eu devo mesmo ir?

Talvez conseguisse encontrar uma boa desculpa para simplesmente não aparecer na reunião, mas fiz um acordo e preciso cumprir com a minha palavra. Ao final da última aula, eu me despeço dos meus amigos e caminho, agarrada ao pouquinho de confiança e segurança que me resta, em direção à sala em que o clube do jornal se reuniria.

A porta está entreaberta, empurro-a de leve e me deparo com um bocado de rostos que decidiram me encarar.

— Oi. — É tudo que consigo dizer com um sorriso tímido.

2

Não sabia como, mas sempre tive um pressentimento
Que eu seria aquele único em um milhão
Sempre tive grandes, grandes esperanças

HIGH HOPES / PANIC! AT THE DISCO

Mal posso acreditar que a primeira semana de aula chegou ao fim quando entro em casa na sexta-feira. Desde o primeiro encontro do clube do jornal, na segunda, muita coisa aconteceu. Quando mais algumas pessoas chegaram e se sentaram nas cadeiras, que formavam um semicírculo, uma garota foi para o centro e começou a falar.

— Oi, gente. Meu nome é Talita, eu sou a editora-chefe do Mercúrio, o jornal da nossa escola. Fui escolhida pelo grêmio estudantil. É bom ver que essa escola ainda tenha jeito, eu achei que teríamos um número muito mais reduzido de inscritos. — Talita falava como se estivesse na redação do *The Guardian*. Usava um terninho que gritava "elogie o meu cérebro, não a minha aparência", uma franjinha cobrindo a testa, o cabelo loiro escuro, quase castanho, emoldurando o rosto. Não fosse por sua voz, a sala estaria num silêncio impetuoso — Eu preciso que vocês entendam que esse é um local sério, estamos aqui para levar a verdade, nua e crua, para as pessoas desse colégio.

Um garoto magricela ergueu a mão e Talita, apesar de parecer relutante em interromper seu monólogo, apontou para ele como se pedisse para dizer de uma vez o que queria.

— Verdade nua e crua? Eu achei que só íamos dar algumas notícias sobre o colégio e avisar sobre os eventos.

— Qual o seu nome? — Talita perguntou, com uma sobrancelha erguida.

— Caio — o menino disse e dava para notar, pela sua expressão, que estava extremamente arrependido de se pronunciar.

— Então, Caio, se você ou mais alguém aqui acha que isso é uma colônia de férias estão completamente enganados. Nós vamos trabalhar duro. Vamos dar o nosso melhor para o Mercúrio. Esse é o momento, aqueles que não se sentirem prontos para fazerem parte dessa equipe... — A garota caminhou lenta e solenemente até a porta — Devem se retirar agora mesmo.

O silêncio, naquele momento, ficou ainda maior. Ninguém se moveu, nem mesmo Caio. Eu engoli em seco e notei que balançava, nervosamente, a perna, dada a pressão a qual estava sendo exposta.

—Fico feliz que estejam tão interessados em permanecer. Eu preciso que vocês façam uma lista. — Ela voltou para o seu lugar inicial no meio da sala e pegou uma prancheta — Coloquem o seu nome, e-mail, telefone e setores em que poderiam se encaixar. Diagramação, núcleo de fotografia, edição... Saiam de suas zonas de conforto, se desafiem!

— Essa aí é maluquinha. — Caio, que estava bem ao meu lado, resolveu me cutucar para fazer o comentário, eu apenas sorri em resposta. Não queria levar uma bronca da garota.

Enquanto a lista passava de mão em mão, comecei a me perguntar onde poderia me encaixar. Depois do discurso de Talita, eu sabia que aquele jornal não era brincadeira, então tinha que ser incrível em qualquer que fosse a minha posição. Quando a prancheta chegou em minhas mãos, pensei um pouco mais enquanto mordia o lábio e, após escrever meus dados, numa caligrafia caprichada, deixei ali o que achava ser a melhor opção para usar meu talento.

Ana Clara – Repórter.

No fim da tarde, meu *reality show* de casamentos foi interrompido quando recebi uma notificação em meu celular. Um e-mail de um endereço desconhecido brilhava na tela, eu o abri, curiosa demais para esperar, e me deparei com o nome "Mercúrio" escrito de forma nada criativa, com a mesma fonte do *The New York Times*. O texto dava boas-vindas aos integrantes do jornal e falava um pouco sobre a visão daquele projeto, seus objetivos e informações. Preciso admitir que achei tudo aquilo um pouquinho formal demais.

Por fim, havia um *link* no qual não pensei duas vezes antes de clicar rapidamente. Uma nova janela foi aberta, com uma tabela composta pelos nomes de todos os integrantes e, logo ao lado, suas funções e atividades com data de entrega para o final da semana. Eu havia sido escalada como colunista de comportamento e estilo de vida. Achei um pouco bobo, de primeira, mas pelo menos conseguiria escrever.

— Ai meu Deus! Ai meu Deus! Ai meu Deus! — Comecei a pular pela sala berrando, enquanto olhava para o celular.

Dona Lívia, minha mãe, entrou em casa nesse momento e correu assustada em minha direção.

— O que aconteceu, Clarinha? — Ela segurou os meus ombros já que eu não conseguia parar de sorrir.

— Eu sou uma colunista! Uma colunista do jornal do colégio, mãe! Preciso escrever meu artigo até o final da semana. Ele tem que ficar incrível, vou começar agora mesmo. Preciso escrever algo que deixaria a Carrie Bradshaw orgulhosa! — A enxurrada de palavras saiu sem uma pausa sequer.

— Nossa, parabéns, filha! Fico tão orgulhosa! — Ela beijou a minha testa e tocou a ponta do meu nariz — Me desculpe não estar aqui pela manhã, precisei sair cedo. Me conte como foi.

Ambas nos sentamos no sofá, minha mãe deixou a bolsa no chão e eu cruzei as pernas, como um índio prestes a contar uma lenda.

— Foi tudo bem, o mesmo de sempre. Mas eu me inscrevi no clube do jornal, fui aceita e agora sou uma colunista. Bem... A Duda e o JP me convenceram a participar, e agora eu estou super feliz por ter ouvido o conselho deles.

— Eles são ótimos amigos, filha. E eu fico tão feliz de te ver empolgada assim. Se precisar de ajuda com o artigo, conte comigo, certo?

— Certo, mãe. Obrigada. E como anda o trabalho?

— Eu posso dizer que foi um dia complicado, mas que, pelo visto, vai dar tudo certo, o que acha de não falarmos sobre trabalho? — Ela fez uma careta que me fez sorrir.

— Acho ótimo. Por que você não toma um banho e me deixa cuidar do jantar?

— Não vai pedir pizza, né?

— Não, engraçadinha. Clara não é só um rostinho bonito, não. Clara também é cultura. E eu ando acompanhando o *MasterChef*, fique, a senhorita, sabendo. — Sorrimos juntas e minha mãe se levantou, dando um beijo em minha testa e saindo da sala.

Eu ainda estava extasiada com a notícia. Meus amigos precisavam saber. Peguei o celular e procurei o grupo de conversa com Duda e JP, digitei rapidamente e enviei a mensagem:

> Adivinhem só quem é a mais nova colunista do Mercúrio?
> CLARA - 18h15min

> Eu disse que você conseguiria! Parabéns, Lois Lane!
> JP - 18h19min

> Pare de ser *nerd*, João Pedro. Tô muito orgulhosa de você, Clara! Você vai arrasar.
> DUDA - 18h21min

> Obrigada por me convencerem. Vocês são incríveis. Não fiquem se achando por causa disso!
> CLARA - 18h22min

Bloqueei o celular e fui para a cozinha, pensando no que prepararia para o jantar.

Durante toda a semana, eu me esforcei ao máximo tentando escrever algo que me agradasse, pensei que não seria capaz, ou até mesmo que tinha perdido o meu talento. *Eu não devia estar escrevendo uma coluna sobre comportamento e estilo de vida*, repetia, insistentemente, para mim mesma. *Isso é só um jornal de escola! Sorte de quem vai falar de esporte, é só mencionar quem vai jogar no campeonato interclasse e quem ganhou.*

E então chego nesse exato momento. Estou aqui. Um dia para o fim do meu prazo e ainda não escrevi nada. Percebo que estou completamente tensa e preciso de tempo para colocar as ideias em ordem. Apesar de saber que tempo é a última coisa que eu tenho. Pego alguns dos meus antigos cadernos, aqueles nos quais tinha iniciado minha tradição de anotar pensamentos. Os textos parecem bons, por que eu não estava conseguindo fazer aquilo acontecer e bem quando mais precisava? Respiro fundo e enquanto leio meu último texto, aquele que escrevera no primeiro dia de aula, penso em todas as vezes em que fui obrigada a procurar uma resposta para "O que você vai ser quando crescer?".

— É isso! — Num pulo, saio da cama e corro para a escrivaninha, ligo rapidamente o computador e abro o programa de edição de texto, a barrinha piscando parada no lugar implora para ser tirada dali. Fecho os olhos, respiro fundo, volto a olhar para a tela e deixo que meus dedos ágeis brinquem sobre o teclado, produzindo um barulhinho agradável. Não demora muito para que a quantidade mínima de palavras seja alcançada. Talvez realmente seja bom que existam os momentos de dúvida, ao menos assim, quando obtemos respostas, as obtemos com certeza. Releio calmamente o que acabei de escrever. Penso um pouco e decido o título: "Qual é a resposta certa?"

Não me dou o luxo de ficar pensando, revisando e editando. Envio o texto para Talita de uma vez e fico na torcida para que recebesse uma resposta positiva sobre a sua publicação.

Claro que Duda e JP me enchem de elogios na segunda pela manhã, quando a primeira edição do jornal sai com a minha coluna impressa logo na terceira página.

— Clara, tem o seu nome! Eu quero chorar de emoção! — Duda me abraça com uma cópia do jornal na mão.

— Eu sei! Tô surtando, será que vão gostar, Duds?

— Tá brincando? —JP se intromete — Claro que vão gostar. Isso é tudo o que a gente pensa e não sabe colocar em palavras.

— Você arrasou! — Duda joga o cabelo para o lado e pisca para mim.

Eu não conseguia me conter de tanta alegria. Era a primeira vez que eu escrevia um texto, assinava e expunha. Todos sabiam que eu era a autora. Agora era esperar a opinião dos leitores.

Nos corredores, eu recebi alguns olhares e tentei fingir que não era comigo. Umas garotas até se aproximaram para perguntar se o meu nome era mesmo Ana Clara, e foi quando percebi que estavam falando sobre o meu artigo. Foi no meio da semana que isso ficou claro de uma vez por todas.

— Ana Clara, você poderia me acompanhar, por favor? — Reconheço a moça da secretaria. Meu coração começa a bater acelerado quando sou convocada assim, sem mais nem menos, durante a aula.

—Xiiii... — Ouço alguém do fundo.

O que eu havia feito de errado?

Acompanho a mulher que não explica o que está acontecendo, apenas começa a caminhar em direção à sala da diretora.

— Eu fiz alguma coisa? —Tento obter alguma informação.

— A diretora só me pediu para lhe chamar. Mas, fique calma, não deve ser nada demais.

Apenas concordo com um sorriso fraco.

A plaquinha na porta indica a diretoria, bato duas vezes e espero, enquanto aperto as mãos.

— Pode entrar. — A voz autoriza lá de dentro. Assim que entro, encontro uma salinha bem iluminada, com uma estante repleta de livros do lado esquerdo, alguns quadros na parede do lado direito e uma mulher observando a paisagem pela janela.

— Com licença... A senhora queria falar comigo? — pergunto, ainda parada ao lado da porta.

— Sim, sim. — A mulher se vira, finalmente. Com um ar jovial, a diretora me recebe com um sorriso amigável — Sente-se — Convida, enquanto ela mesma se senta.

Me aproximo, puxando uma das cadeiras.

— Ana Clara, certo?

— Pode me chamar só de Clara.

— Clara. Tudo bem. Então quer dizer que você está participando do jornal do colégio. É isso mesmo?

Droga, penso, *eu escrevi alguma coisa que não deveria. Eu devia ter lido aquilo direito.*

— É sim. Aconteceu alguma coisa? — Vou logo me endireitando na cadeira.

— Sim, Clara. Aconteceu. — A mulher sorri para mim —Você fez com que os alunos dessa escola se movimentassem.

A informação não fica muito clara. Como poderia ter feito alguém se movimentar se apenas falava com Duda e JP? Não era tão influente assim.

— Eu não entendi direito. Como exatamente eu fiz isso?

— A sua coluna, muito bem escrita por sinal, chegou de uma forma muito mais efetiva aos alunos, Clara. Todos esses panfletos que distribuímos com frases de motivação, listas de faculdades e cursos técnicos são feitos de uma maneira muito engessada. Os alunos nem sequer prestam atenção. Mas o que você escreveu fez com que todos os leitores se identificassem. Você é uma jovem que pensa como eles, que sente os mesmos medos e, com isso, eles perceberam que não estão sozinhos.

— A senhora quer dizer que gostaram do meu artigo? — Tudo que eu mais quero neste momento é me levantar e fazer uma dancinha da vitória aqui mesmo, mas me contento em sorrir.

— Eu estou dizendo que uma quantidade realmente considerável de alunos procurou a orientação do colégio para falar sobre como temem seguir seus sonhos e objetivos por causa das expectativas e desejos dos pais ou sobre como ainda estão em dúvidas quanto ao que fazer. Eu ouvi até mesmo que estão considerando levar a ideia de uma feira de profissões para a próxima reunião do grêmio.

É informação demais.

— Eu não imaginei que um texto meu pudesse causar tudo isso. Foi só uma ideia que eu tive na hora.

— E é exatamente isso que eu quero que você continue fazendo. Continue escrevendo sobre os sentimentos que você sabe que são comuns aos outros da sua idade, se você tratar de assuntos importantes, com a sua voz, nós vamos conseguir continuar mexendo com esses alunos, Clara. Então, o que me diz?

Eu penso por um momento, tudo que havia feito era deixar escapar um dos meus pensamentos e agora estava sendo parabenizada por isso. Eu não podia imaginar nada melhor, minha escrita estava sendo bem recebida e isso é a coisa mais incrível que poderia acontecer.

— Eu vou dar o melhor de mim, já tenho até algumas ideias. Nossa, eu ainda não acredito.

— Pode acreditar, você escreve muito bem. Fico muito feliz que esteja fazendo parte do nosso jornal, a escola precisava desse tipo de ajuda.

Agradeço e saio da sala, ainda em êxtase. Tudo ainda me parecia um sonho. Com passos rápidos, eu corro para encontrar os meus amigos, que já estavam me esperando no corredor, uma vez que a aula havia acabado.

— Vocês não vão acreditar! Todo mundo amou o meu artigo, de alguma forma, eu fiz muita gente pensar sobre o que queria fazer da vida depois do colégio e a diretora gostou muito e quer que eu continue! — Estou quase pulando enquanto dou a notícia.

— Arrasou, garota! — Duda me puxa para um abraço — Não tinha como ser diferente, né? Então, você tem uma coluna fixa?

— Sim, sim, sim. Podem me chamar de Ana Clara, colunista fixa do Mercúrio.

— Iiii... A fama já subiu à cabeça — JP brinca.

— Vão ter que me aguentar, vou ficar muito metida a partir de agora. — Ajeito as mechas loiras de meu cabelo, como se estivesse num ensaio fotográfico.

— Tem todo o direito — Duda começa a rir e me acompanha nas fotos imaginárias. JP, que está mexendo no celular, se apressa em tirar uma foto de nós duas. Nunca estive tão feliz.

3

Eu não sabia que estava faminta até te provar
Não preciso de borboletas
Quando você me dá o zoológico inteiro

STARVING / HAILEE STEINFELD FT. ZEDD E GREY

Quando finalmente abri os olhos, tudo estava meio azulado, consequência do tempo deitada no gramado sem nada entre meu rosto e o brilho intenso do sol. O sinal do intervalo ainda não havia tocado, ainda tínhamos alguns minutos.

— O que vamos fazer no final de semana? — pergunto e me sento, olhando para meus amigos deitados ao meu lado.

— Nunca mais fomos à *Dancing Queen*... — Duda estava extremamente concentrada no livro em suas mãos, repassando suas falas, murmurou, lembrando da balada que costumávamos frequentar. Uma das poucas, se não a única da cidade, que tocava pop, considerado unanimemente o gênero musical favorito do nosso grupo.

— E também tem aquele lugar novo, podíamos passar lá e ver se as batatas são tão boas quanto as do *Station*. — JP deu a dica. Era bom planejar novamente algo que era tão comum nos nossos finais de semana. Com o início das aulas, entramos num círculo vicioso de revezar entre nossos quartos para reclamar do cansaço mútuo.

O sinal tocou, indicando que estávamos sendo convocados para voltar às nossas últimas atividades da manhã. JP me ajudou a ficar de pé. Minha elasticidade não era algo de que me orgulhava, precisava dar um jeito nisso (apesar de saber que a ideia que me movimentar mais do que o necessário desapareceria tão rápido quando surgiu).

— Me desejem sorte! Eu preciso daquele papel! — Duda tirou os óculos escuros do rosto e os colocou no topo da cabeça. Era dia de audições no clube do teatro, e é claro que ela queria muito o papel principal, apesar do fim trágico da personagem. Era uma tragédia grega, não havia como escapar e, de qualquer modo, Duda amava um drama.

— Você vai conseguir. — Passo o braço por seus ombros e a puxo para perto de mim, enquanto acompanhamos o grupo agitado de alunos voltando para o interior do prédio. Todos os seus cachos estão presos num coque hoje, e rio comigo mesma quando olho para ela e vejo aquele bronzeado natural em sua pele marrom clara contrastando com a minha palidez corriqueira.

— É uma droga que as audições sejam secretas, queria que vocês pudessem ir... Ficaria mais tranquila, sabe?

— Nem vem, Maria Eduarda. Você vai estar num palco sendo o centro das atenções, esse nervosismo é puro charme de artista. — JP diz, parando bem em nossa frente, impedindo que continuemos a caminhar pelo corredor, não percebo de imediato que já estamos em frente à sua sala — Mas, apesar de tudo, você vai se sair muito bem! Boa sorte!

— Olhando por esse lado, é verdade. Eu vou arrasar demais! Valeu, João Pedro. — Eles se despedem com um soquinho e, logo em seguida, estamos mais uma vez caminhando pelo corredor, ainda abraçadas.

Quando finalmente chegamos ao ponto onde somos obrigadas a nos separar, seguro suas mãos e sorrio.

— Nos vemos na saída. Você vai pegar aquele papel, sabe todas as falas, atua como ninguém, não tem como não conseguir. Mas, ainda assim, merda para você!

— Ai, você é incrível! — Duda me abraça.

— É loucura tentar aquilo que ultrapassa nossas forças! — Levando as mãos ao peito, digo teatralmente uma das falas que ensaiei com ela.

— Não insistirei mais! E ainda que mais tarde queiras me ajudar... — Duda pisca o olho confiante e aponta para mim — Já não me darás prazer algum.

— Tragam o Oscar! — Brinco e sorrio, enquanto me afasto e escuto minha amiga repetir algo que soa como "si fu xi pá" e tento acreditar que está apenas aquecendo a voz e não enlouquecendo.

Puxo o celular do bolso de trás da calça e me assusto quando percebo que já se passaram quase dez minutos desde a hora em que eu deveria estar na redação do Mercúrio. Talita é bastante exigente com essas coisas e ela queria fazer algum pronunciamento antes que começássemos a trabalhar, eu provavelmente receberia uma bronca. Subo as escadas de dois em dois degraus.

Assim como esperado, a garota estava na porta da sala, com os braços cruzados sobre o peito, me fuzilando com os olhos.

— Talita, oito minutos não constituem atraso, tá? — Tento me explicar.

— Não seriam atraso se você estivesse aqui há oito minutos. Eu estava quase começando sem você. — Talita me puxa para dentro da sala e não tenho tempo sequer de ir para minha mesa, ela já está pedindo para que todos se aproximem do centro da redação.

Ajeito a bolsa no ombro e coloco o celular no modo silencioso.

— Como vocês sabem, o colégio tem certo desfalque no início do ano letivo, graças às famílias que resolvem estender as férias por mais uma ou duas semanas ou ainda pelos alunos que estão em processo de transferência. É exatamente por isso que, através de pedidos da coordenação, estaremos recebendo mais três integrantes na equipe do Mercúrio hoje. Espero que sejam todos muito receptivos.

A garota se afasta para pegar uma prancheta na mesa.

— Quando eu disser os seus nomes, venham aqui para que todos os vejam, certo? — Ela fala com os tais novos integrantes que estavam na frente da pequena multidão, não consigo ver quem são. — Fernanda irá nos ajudar no processo de tratamento de imagens — A menina foi para a frente e Talita lhe sorriu cordialmente, sendo respondida com indiferença. Com seu estilo punk rock, Fernanda apenas deu de ombros quando se viu observada por nosso grupo.

Talita seguiu falando.

— A Milena também é uma das nossas novas colegas. Ela vai trabalhar na parte de fotografia, Caio, mostre como tudo funciona por aqui, certo?

Milena juntou-se às outras duas garotas no centro, sua vergonha estava estampada no rosto, as bochechas vermelhas denunciavam. Ela deu um sorriso metálico e acenou timidamente para o restante das pessoas que sorriram em resposta.

— Por fim, temos o Lucas, ele vai fazer parte da nossa equipe de repórteres. Vou precisar da sua ajuda para mostrar o que ele fará. Tudo bem, Clara?

Certo, eu tenho que admitir.

As palavras fogem de mim.

Mas não tenho culpa, ele me buscou no meio de todas as outras pessoas e me encarou com um sorriso malandro no rosto. Eu falo sério, aqueles olhos esverdeados estão brincando comigo.

— Terra para Clara... — Eu não sei como aconteceu, mas o garoto está bem na minha frente e todos estão em seus lugares. Ele sorri meio tímido e passa a mão na nuca, pelo visto sem saber o que fazer, já que eu estou ali completamente paralisada.

— Ah! Oi! Desculpe, eu sou muito distraída, vai ter que se acostumar — me virei o mais rápido possível e quase corri para a minha mesa, precisava me livrar daquela tentação. Seja profissional, Clara. Você consegue. Tento me concentrar nos papéis ao lado do computador.

— Então, por onde começo? — Lá estava ele de novo, bem ali atrás de mim. Me assusto com a sua voz e deixo algumas folhas caírem ao meu redor. De alguma forma, meu olhar encontra o dele, preciso respirar fundo. Abaixo rapidamente para limpar a minha pequena bagunça. Me pergunto onde encontrei toda essa agilidade.

Ele se abaixa também e começa a pegar um papel aqui e ali. Se as nossas mãos se tocarem e ele olhar para mim e sorrir, como num filme, caio desacordada aqui mesmo.

— É sempre assim por aqui? Toda essa correria e rigidez? — Ele pergunta, enquanto me entrega o que conseguiu pegar. São quase todas as folhas, já que perdi muito tempo olhando para suas mãos. Belas mãos, inclusive. Ele se levanta e faço o mesmo antes de responder.

Só que não poderia ser tão fácil.

Acerto em cheio o topo da cabeça na parte de baixo da mesa. Droga, Ana Clara. Qual é o seu problema? A vontade é ficar ali embaixo mesmo, até que esse garoto saia de perto de mim com esse poder de me fazer agir como uma boba.

— Ei, você está bem? — Lucas segura a minha mão e me faz ficar de pé, dessa vez sem qualquer empecilho — Se machucou? — Agora ele está segurando os meus ombros com suas mãos firmes. Eu apenas confirmo, balançando a cabeça.

Em breve terei um galo no lugar da pancada.

— Respondendo à sua pergunta... Sim, é sempre assim. Mas você se acostuma. Então, você vai ser um dos repórteres, certo?

— Exatamente.

— Acho que você vai ter que vir comigo hoje e assim eu te explico como tudo funciona.

Pego meu caderno de anotações e vou em direção à porta, entretanto, Talita entra rapidamente em minha frente, me impedindo de sair da sala.

— Mudança de planos, garota de ouro! — Ela fala, segurando meus braços — Nada de matéria sobre o refeitório essa semana. Preciso que você escreva sobre a produção do clube de teatro, pelo visto o investimento é grande e a diretora quer fazer disso um espetáculo. Tragédia grega? Sério? Não entra na minha cabeça, mas, se é isso que ela quer, então é o que temos que fazer! — Ela me solta e sai da frente — Vá e faça sua mágica.

— Mas as sessões vão ser secretas, eu não vou conseguir muita coisa...

Eu tento argumentar, mas Talita só precisa de alguns segundos para conseguir uma solução. A garota vai até minha mesa e procura algo na gaveta. Antes que eu faça uma reclamação, ela volta com um bloquinho de *post-it* em mãos. Escreve alguma coisa rapidamente e, um segundo depois, há uma nota colada em minha blusa, bem na ponta do chifre do unicórnio estampado.

Imprensa.

Como se aquilo fosse funcionar.

Lucas também ganha a sua credencial improvisada e sorri para mim, não resisto e também começo a rir enquanto saio da sala.

— Essa Talita é engraçada, não é? — Ele comenta, enquanto caminhamos pelo corredor.

— Qual é mesmo o seu conceito de engraçado? — pergunto, olhando para ele. Lucas deve ser pelo menos uma cabeça mais alto do que eu, tenho que inclinar um pouco o rosto para olhar nos seus olhos. Ele ri do que eu digo e não consigo deixar de reparar nas maçãs do seu rosto.

— Eu tenho uma pergunta. — Ele me tira do meu devaneio — Garota de ouro?

Ah, o meu apelido.

— Então, isso é engraçado. Eu me inscrevi no jornal e fui selecionada como colunista. E quando eu precisei escrever a primeira coluna, simplesmente travei e não sabia sobre o que escrever. Então, escrevi sobre uma coisa que me incomodava e todo mundo acabou gostando. Inclusive a diretora.

Lucas concordava com a cabeça, parecia bastante interessado.

— Daí ela foi na redação e me elogiou aos montes. O que não foi tão bom, já que, depois desse momento de fama, eu fui promovida e fiquei sobrecarregada de trabalho. Tenho que entregar uma coluna por semana e duas matérias. Sério, estão me explorando! Só que agora, com você, vai ficar mais fácil. — Assim que as palavras saem da minha boca, torço para que ele apenas as interprete como elas devem ser interpretadas.

— Nossa, então estou andando com a estrela do colégio. Popular por aproximação.

Talvez ficar só um pouquinho convencida não seja errado, não é mesmo?

— Pare de ser bobo! Deixe eu te colocar por dentro do que tá acontecendo. O clube de teatro está trabalhando numa produção para o outono. As audições começaram hoje e nós vamos falar sobre isso. Simples, né?

— Até que sim. Já podemos tirar essas coisinhas? — Ele aponta para o papel rosa gritante na sua camisa.

— Vai por mim. Essas "coisinhas" vão nos abrir portas!

Pouco depois, estávamos no auditório. Abro uma das portas lentamente e nos esgueiramos pelas filas para nos sentarmos nas cadeiras do fundo. Quem sabe nem mesmo nos percebam.

— Você pode anotar os nomes dos candidatos e a quais papéis estão concorrendo enquanto tomo notas? — pergunto baixinho. Estamos quase deitados nas cadeiras para que não nos vejam e estamos tão próximos que consigo sentir seu perfume. Ele tem cheiro de banho tomado e, se esse não é um cheiro oficialmente listado na lista de cheiros, eu acabei de colocá-lo lá.

— Claro. Pode deixar. — Ele se movimenta e alcança o celular no bolso da calça. Abre o bloco de anotações e, quando volta a olhar para mim, pisca o olho. Eu posso jurar que se fosse fisicamente possível eu teria derretido e escorrido pela cadeira.

As pessoas começam a subir no palco e ficam um ao lado do outro. Vejo um garoto subir por último e se posicionar na frente dos demais.

— Caros colegas, hoje damos o pontapé inicial na produção do nosso espetáculo. Espero que vocês atuem com toda a sua alma nesse momento, pois seus papéis serão escolhidos de acordo com o que vocês apresentarem aqui. Não tomem isso como brincadeira.

Consigo, mesmo que de longe, encontrar Duda entre as outras pessoas. Ela emana tanta confiança que poderia assustar todas as garotas que concorressem ao mesmo papel antes mesmo que pudesse abrir a boca.

— Vamos lá! Me surpreendam.

Aqui vai um fato divertido. Eu odeio bancos, sofás, cadeiras e afins que sejam revestidos de couro. Sabe quando você se mexe num desses e eles soltam um barulho estranho e você é obrigado a se mover novamente só para provar que não saiu de você? Eu tenho uma dica, evite esse constrangimento em locais com uma acústica tão boa, pois é exatamente o que aconteceu comigo.

Eu faço um movimento mínimo e o barulho ecoa por todo o auditório.

— Quem está aí? — O garoto que há pouco falava pergunta alto o suficiente para que eu me encolha. Lucas está rindo ao meu lado e todos no palco olham para nós. Sou obrigada a me levantar e encarar tudo isso de uma vez por todas.

— Desculpe, eu... Nós não queríamos atrapalhar, é só que...

— Essas são audições secretas e a não ser que esteja pronta para se apresentar, terei que convidá-la a se retirar.

— Mas nós somos do jornal! — Lucas se levanta e segura minha mão, me puxando para um dos corredores que levam ao palco. Eu perco um pouco da consciência quando nos tocamos.

Olho para Duda, que está se matando de rir silenciosamente enquanto assiste toda a cena. Ela vai se ver comigo.

— Eu não fui avisado pela coordenação que teríamos espectadores. — O garoto está pronto para deixar tudo mais complicado do que deveria ser.

— Ai, olha, a diretora quer que façamos uma cobertura sobre essa produção desde agora até a estreia. Nós temos até credenciais, está vendo? — Aponto para o *post-it*.

— Você sabe que isso é um *post-it*, certo? — Ele só pode estar brincando comigo.

Solto, relutantemente, a mão de Lucas e subo lentamente os degraus da pequena escada para a parte superior do palco. Esse garoto não vai olhar para mim de cima. Caminho até ele com uma expressão de poucos amigos para que ele acredite na minha autoconfiança.

— Você precisa entender que eu provavelmente vou fazer a crítica do seu espetáculo quando ele finalmente estiver em exibição. Logo, se você não quiser palavras ruins na primeira página do Mercúrio... É melhor me deixar fazer o meu trabalho e começar a fazer o seu também.

Posso sentir a tensão vinda de todos ao meu redor, não me surpreenderia se todos estivessem prendendo a respiração. O garoto me encara visivelmente com raiva. Respira fundo e revira os olhos.

— Vamos lá, pessoal. Não temos o dia todo! — Ele me empurra de leve com o ombro quando passa por mim batendo palmas para animar seus companheiros de teatro e sai do palco. Olho para Duda que está com uma expressão de surpresa no rosto.

Pisco o olho para ela e consigo ler seus lábios quando ela diz sem emitir som algum: *Arrasou, garota!* Sorrio e respondo também em silêncio: *Agora ele sabe quem manda. Boa sorte!*

Faço um sinal positivo para ela com os polegares para cima e desço rapidinho do palco para encontrar um Lucas boquiaberto.

— Bom saber que não é uma boa mexer com você, garota de ouro.

Nos sentamos e a primeira atriz vai para a frente para começar a sua apresentação. Sei as falas de cor e acompanho-a mentalmente. Seguimos por um caminho de inúmeras performances. Pessoas nervosas demais que esquecem as falas, outras que atuam um pouquinho além do necessário e, se dependessem da minha opinião, seriam estrelas de novelas mexicanas... Até que chega a vez de Duda que é simplesmente perfeita. Lembra todas as suas falas, coloca emoção nos momentos necessários e caminha pelo palco com muita confiança. Sorrio para ela quando finalmente termina sua apresentação e corre para o fundo do palco.

As audições acabam e somos liberados.

— Então, eu posso te ajudar a escrever a matéria? — Lucas pergunta, quando saímos do auditório. Ele leva a mão à nuca mais uma vez. Eu tenho opções:

1) Não, e ele sai dali e eu o vejo apenas na manhã seguinte;

2) Sim, e...

— Claro, assim você vê como eu escrevo esse tipo de matéria e o que fazer quando ela estiver pronta. Tipo para quem enviar e tal... Vamos?

Ele concorda com um sorriso arrebatador e tento me concentrar no corredor para chegar sã e salva à redação.

Está mais vazio agora. Vamos para a minha mesa e começo a ligar o computador.

— Você deve gostar muito de escrever... Pensa em ser jornalista?

— Eu nunca tinha pensado nisso até chegar aqui e acho que é o que eu quero agora, e, sim, eu gosto muito de escrever. E você?

— Quer saber se eu gosto de escrever ou se quero seguir a profissão?

— Ambos — respondo em tom de brincadeira, enquanto procuro o editor de texto no computador.

— Sim e sim. Sabe, eu gostei de ver o que você fez lá na audição. Foi bem corajoso da sua parte, não deixar aquele cara falar com você do jeito que queria.

Será que ele notou os meus lábios se repuxando em um sorriso orgulhoso?

— Então, eu não sou tão má como a Talita, mas era aquilo ou toda uma confusão até que pudéssemos ficar e assistir a audição. Por falar nisso, o que você achou? Das audições, quero dizer.

Ele pega o celular aberto nas anotações e me entrega antes de responder.

— Eu achei bem legal, tinha um pessoal que com certeza vai ficar nos bastidores, mas tem gente muito talentosa aqui. Você viu quando aquele menino começou a ficar vermelho e não sabia mais o que tinha que falar? Achei que ele fosse vomitar.

— Eu fiquei com tanta pena dele, só gritaram "próximo" e ele saiu correndo. Talvez ele tenha mesmo vomitado.

Lucas ri e me observa começar a digitar algumas palavras. Vez ou outra, ele me dá algumas dicas e fazemos a matéria tomar forma aos poucos.

Duda vem falando tanto sobre isso que se torna fácil descrever toda a expectativa para a estreia do espetáculo. Alguns minutos depois, nosso texto está pronto.

— Então é só isso mesmo, sempre que você terminar de escrever e revisar a matéria, basta enviar para esse e-mail e o Douglas se encarrega da diagramação. A Talita com certeza já falou com o Caio que provavelmente está trabalhando na escolha da imagem e, abracadabra, você lê a matéria na semana que vem, quando pegar o seu exemplar.

— E eu achando que era só um simples jornal de escola. — Lucas diz, enquanto guarda no bolso o papel com o e-mail que eu anotei — Por hoje é só?

— Eu acho que sim. — Mas, para falar a verdade, eu gostaria que não.

— Então nos vemos amanhã, garota de ouro!

— É, nos vemos sim... — E eu fico ali parada, assistindo-o se afastar. O sol da tarde que entra pela porta dá um brilho especial à cena e eu podia jurar que anjos cantavam naquele momento.

Guardo minhas coisas e encontro Duda e JP na saída.

— Pode começar! Preciso de detalhes! — Duda me ataca com perguntas.

— Alguém me explica o que está acontecendo? — JP questiona e destrava o carro.

— É a Duda surtando com coisas que não precisam de tanta atenção. Só isso. E por falar em surtar, você foi maravilhosa, Duds! Eu quase acreditei que era a própria Antígona naquele palco.

— Como assim? As audições não eram secretas? — JP se vira para nós duas antes de ligar o carro.

— Eram secretas, mas a senhora Clara e seu amiguinho gato tinham entrada VIP graças ao jornal. Inclusive, você sambou na cara do Leo hoje. Eu venho me segurando para não rodar a baiana com aquele garoto só por causa do papel. Muito obrigada por colocá-lo no seu devido lugar.

— Gente, espera aí. Audições secretas não tão secretas, amiguinhos gatos, Clara sambando na cara de alguém. Eu tô perdido de verdade aqui.

Solto uma gargalhada e assisto Duda atualizar nosso amigo com alguns detalhes exagerados que com certeza aconteceram de forma diferente na versão original dos acontecimentos. Mas eu gosto de parecer uma super-heroína na história e concordo com a beleza estonteante de...

— Como é mesmo o nome dele, Clara? — Duda interrompe meus pensamentos para tirar a dúvida.

— Lucas. — O nome parece tão familiar quando sai da minha boca, aperto os lábios para que eles não me traiam se erguendo num sorriso.

Subo correndo para o quarto assim que chego, meus pais ainda não estão em casa e a forma como Duda falou sobre o que eu fiz nas audições me dá ideia para buscar o meu caderno dentro da bolsa e escrever algumas palavras.

Acabo me esquecendo um pouco dos acontecimentos do dia enquanto ajudo minha mãe na cozinha, durante o jantar, não dou uma resposta genérica quando meu pai me pergunta sobre o meu dia, mas é claro que deixo meus devaneios sobre Lucas de lado.

Mais tarde, quando finalmente me preparo para dormir, me pego pensando em Lucas outra vez e resolvo jogar o seu nome na barra de pesquisa de uma das redes sociais. E lá está ele. Observo suas fotos por um tempo e tomo cuidado para que ele não perceba que estou bancando a *stalker*. Fico dividida entre decidir se isso foi uma péssima ou uma ótima ideia, pois tenho sonhos confusos e Lucas está em todos eles.

4

Noite de sexta e as luzes piscam
Procurando um lugar para ir
Onde toquem a música certa, entrando no ritmo
Você vem procurar um rei

DANCING QUEEN / ABBA

— **Você viu a Maria Eduarda por aí?** —JP me pergunta quando me sento. Tínhamos aulas diferentes antes do intervalo e eu não tinha visto nenhum dos dois até então. Estranho que a Duda tivesse deixado JP sozinho.

— Eu achei que ela estivesse com você... Daqui a pouco ela deve chegar.

JP dá de ombros e comenta um pouquinho sobre o último episódio da série que acompanhamos. Há uma regra sobre assistir episódios antes dos outros do trio e, caso ela seja quebrada, não há piedade no momento da punição. Eu não sei muito bem qual é a punição, pois ninguém nunca burlou a lei, mas ainda assim não há piedade.

— Bom dia, pessoal. Eu sei que vocês ainda estão animados com o intervalo, mas, vamos focar aqui um pouquinho? — A professora entra na sala com alguns livros em mãos, fecha a porta e começa a aula.

Fico inquieta com o fato de que Duda ainda não tenha aparecido e só torço para que esteja tudo bem. Olho para a porta durante toda a aula, noto que JP também. Onde será que Duda se meteu?

Assim que somos liberados, pegamos nossas mochilas e saímos numa busca por nossa amiga, ela não responde as mensagens que envio.

— JP, eu vou tentar ligar mais uma vez — digo, olhando para a tela do celular.

— Acho que não precisa. — Ele diz, caminhando ao meu lado, não tiro a razão dele, é provável que Duda não atenda.

— Mas por que você acha que...

O impacto é forte e tento me equilibrar, é JP que me apoia pelas costas para que eu permaneça de pé. Levo um tempo para entender que foi Duda que me atingiu com um super abraço. Por um momento, penso que ela está chorando e tento acalmá-la.

— Ei, o que aconteceu? Onde você estava?

— Eu consegui! Eu consegui! Comemore comigo! — Duda me segura pelas mãos e pula me levando junto com ela. JP também é forçado a dar pulinhos no corredor e começo a ficar um pouco envergonhada quando algumas pessoas olham para nós sorrindo.

— Duda, a gente pode saber pelo que estamos comemorando? — JP a segura pelos ombros para que ela fique parada.

Ela está um pouco sem fôlego. Ergue o dedo indicador pedindo um momento enquanto respira fundo.

— Eu. Consegui. O. Papel. Principal. — diz entre lufadas de ar.

— Ai, meu Deus! — A abraço e começamos mais uma rodada de pulinhos.

Nós meio que já sabíamos que ia acontecer, mas ainda assim ficamos muito felizes por isso.

— Mas onde você estava? — JP pergunta, quando finalmente paramos de pular e caminhamos pelo corredor.

— Eu sabia que iam colocar o resultado no mural depois do intervalo, daí eu fiquei lá até colocarem. — Ela sorri como uma criança contando uma de suas aventuras e não consigo segurar a risada.

— Você é doida, sabia? — JP dá um tapinha na sua testa.

Nossos planos para o fim de semana vêm a calhar com a comemoração. No sábado, JP passa para me dar uma carona.

— Cuidado, mocinha! Não chegue tarde. — Meus pais estão vendo um filme abraçados no sofá quando minha mãe fala comigo ao notar que estou descendo as escadas.

— Tudo bem, até mais! — Pego a chave e ando rapidamente em direção ao carro.

— Maria Eduarda mandou mensagem, me fez vir aqui primeiro já que, segundo ela, "precisava de mais tempo para se arrumar". Palavras da própria. — JP avisa assim que entro. Dou um beijinho em sua bochecha e ele liga o carro.

— Como se estivéssemos indo para um super evento. Eu consegui escolher uma roupa, terminar a coluna e ficar pronta, não entendo quem demora tanto pra se arrumar.

— Inclusive, você está muito bonita... — JP comenta e noto que ele fica um pouco corado quando fala isso. Dou uma olhada para mim mesma, nada demais, um macaquinho preto, uma blusinha cinza por baixo.

Quando chegamos na casa de Duda, por algum milagre, ela já nos espera na porta. Hoje é o dia dela ir no banco de trás.

— Clara, porque você não respondeu minha mensagem? Eu queria saber se você ia de calça também — Ela pergunta quando entra.

— Mas eu não recebi mensagem nenhuma... — Me viro para ela com uma sobrancelha erguida.

— Claro que recebeu! — Ela pega o celular na bolsa e começa a deslizar o dedo pela tela — Ah, eu só digitei e esqueci de enviar.

Típico de Duda.

Ela ri e se coloca entre nós para alcançar o rádio, ligando-o e aumentando o volume. Acompanhamos a Taylor Swift a plenos pulmões. Quando paramos no sinal vermelho, o casal que para num carro ao lado do nosso nos encara curiosos com a nossa cantoria. Fico envergonhada, mas não paro. JP também percebe nossa pequena plateia.

Continuamos nesse ritmo até que a placa de neon da *Dancing Queen* aparece no final da rua. O meu pai acha que é uma balada que toca músicas dos anos 70, já a minha mãe acredita que é um lugar com trilhas sonoras de musicais famosos, graças à *Mamma Mia*. Contudo, não passa de uma casa de festas onde vamos nos finais de semana para dançar ao som de músicas que não são apenas batidas eletrônicas. Nós temos a necessidade de cantar aos berros as letras de cada canção.

Fato interessante: meus amigos e eu concordamos que não precisamos de álcool para termos diversão de verdade.

Fato ainda mais interessante: já fomos chamados de perdedores por isso, mas não nos importamos.

Passamos no bar e pegamos latinhas de refrigerante, é uma dessas noites quentes e a grande quantidade de pessoas ali não ajuda muito. As luzes traçam desenhos estranhos pelas paredes, e o gelo seco faz tudo parecer meio surreal. Ficamos nos balançando no ritmo da música, sem muito empenho, até que as Spice Girls começam a cantar.

— Ai, meu Deus! Nossa música! — Duda dá um pulo e puxa JP para a pista, tenho que acelerar o passo para acompanhá-los.

Uma vez, nosso trio foi transformado em uma dupla. O motivo foi bem bobo, um trabalho de colégio, mas JP sempre levou essas coisas muito a sério e discutimos por causa de alguns detalhes. O garoto passou a andar pelos corredores com seus mais novos amigos, que em nada se pareciam com ele, tudo por não querer ser quem saiu por baixo. Ele estava tão decidido em parecer bem sem a nossa companhia que não conseguia perceber que estávamos sendo imaturos, destruindo tantos anos de amizade por algo tão trivial. Precisávamos fazer uma intervenção. Era noite de karaokê na *Dancing Queen* e Duda me convenceu a subir no palco e cantar *Wannabe.* Conseguimos assistir tudo lá de cima, JP se desculpou com o seu grupinho e, por algum motivo, ele veio correndo e cantou com a gente.

— O que acabou de acontecer? — Duda perguntou quando terminamos nossa super performance.

— Vocês me fizeram acordar com a parte "amizade numa termina". Desculpe por tudo isso.

— O importante é que você está aqui de novo. — Eu me lembro de o abraçar enquanto as pessoas nos aplaudiam e Duda mandava beijos para os fãs.

A lembrança me faz sorrir e sei que eles também lembravam daquele momento. Sorrimos juntos. Quando a música acaba, algumas mais atuais começam a tocar e dançamos como se não houvesse amanhã. JP até se arrisca num estilo robótico, Duda sensualiza e eu fico na minha zona de conforto: mãos para cima, passos de um lado para o outro, cabeça balançando e pulinhos ocasionais.

No meio de uma música agitada, as luzes começam a piscar com toda intensidade e as pessoas ficam frenéticas, eu ignoro a sensação e tento acreditar que seja apenas a empolgação do momento, mas, estou realmente ficando tonta.

— Volto em um minuto! — grito para Duda que pergunta o que aconteceu, apenas vejo seus lábios se movendo por conta da música alta — Está tudo bem. Já volto! — Acabo sendo empurrada em alguns momentos até conseguir me livrar de todas as pessoas dançando. Chegar ao bar é como estar em terra firme após muito tempo sendo sacodida no mar aberto. Me sento em um dos banquinhos, apoio os braços no balcão e repouso a cabeça sobre minhas mãos. Preciso de um tempo para me recuperar.

— Uma água, por favor. — Ouço alguém pedir e penso que devia fazer o mesmo. Ergo a cabeça devagar e noto que, como num passe de mágica, a garrafa já está na minha frente.

— Ei, moço — chamo o *barman* —, eu quero uma água também, mas eu não pedi ainda.

— Ele pediu para você — o rapaz me responde e aponta para alguém atrás de mim.

— Devia se hidratar, não parece nada bem, garota de ouro...

Aquela voz... Me viro rapidamente, talvez até um pouco rápido demais. E lá está Lucas olhando para mim com um sorriso irresistível. Os olhos esverdeados estão faiscantes devido a todas aquelas luzes. Ele se aproxima e leva as costas da mão em direção à minha testa.

— Tem certeza que está bem? — Ele se senta ao meu lado, abre a garrafa e me entrega.

Pego a garrafa e nossos dedos se encontram rapidamente, talvez ele nem tenha percebido esse contato, eu, entretanto, notei. Bebo um pouco e seco o canto da boca com as costas da mão.

— Ei, o que está fazendo aqui? — pergunto, e acaba saindo num tom autoritário.

— O que você está fazendo aqui? — Ele me imita e sorri. Irresistível.

— Eu perguntei primeiro. Você não tem cara de quem gosta desse tipo de programa. — Olho ao redor, ele parece destoar de todos ali.

— Sério? Então eu tenho cara de quem gosta de que tipo de programa? — Ele se inclina para a frente no banco e agora seu rosto está a centímetros do meu.

Mais uma vez o cheiro de banho tomado me atinge e tenho uma vontade maluca de tocar o rosto dele. Ele não costuma usar barba, mas deixou por fazer essa noite e fico um pouco atordoada por esse detalhe.

— Quer saber? — Me levanto na tentativa de voltar a controlar meus pensamentos — Eu não sei. Mas você era a última pessoa que eu imaginava encontrar por aqui.

— Não queria que eu aparecesse? — Ele está ao meu lado, tenho noção do pouco espaço que nos separa.

— Não foi o que eu disse, é só que... Você me deixa um pouco confusa, sabia?

— É bom saber, garota de ouro. Então... Veio sozinha? — pergunta, sem fazer contato visual.

— Não, tô com os meus amigos. — Consigo encontrar Duda e JP na pista de dança e aponto para eles. Há um pouco de vergonha alheia ao ver a cena, estando fora dela. Ambos fazem passos de dança exagerados e cômicos.

— É, já vi vocês três andando pelo colégio. Assim fica bem complicado falar com você durante o intervalo. — Ele confessa e coloca as mãos nos bolsos da calça.

— Complicado? Explique.

— Não sei o que eles iriam achar de mim... — Ele ergue os ombros.

— Só perguntando para saber.

Puxo sua camisa e o levo para o meio da confusão de dançarinos.

— Oi, gente! — grito.

— Ei! Acabei de falar com a Duda que ia te procurar — JP grita também, sem perceber que temos companhia. Havia me esquecido que apenas Duda já tinha visto o Lucas pessoalmente.

— Eu falei que estava tudo bem, João Pedro! E você deve ser o famoso Lucas... — Ela aponta para o garoto ao meu lado, quero rir do desconforto visível de Lucas, ele está prestes a explodir de timidez.

— Famoso é? — Ele pergunta, olhando de Duda para mim.

— Não é bem assim, não! Eu encontrei o Lucas e ele me disse que não sabia o que vocês achavam dele, viemos perguntar.

Duda e JP se entreolham. É como se discutissem o que acham de Lucas por telepatia. É mais uma das nossas habilidades, conversar sem abrir a boca, tudo através de olhares.

Sejam legais, é o que o meu olhar diz.

Gatoooooo, é o que o olhar e o sorrisinho de Duda gritam.

Não consigo entender a expressão de JP, ele está meio estranho e desvia o olhar quando percebe que estou o encarando tentando desvendá-lo.

— Você parece ser legal, Lucas. E, segundo a Clara, você também escreve bem e é engraçado e levando em consideração toda a exigência que essa garota tem quando o assunto é escrita você pode se considerar um vencedor.

Fui bem? Ela me pergunta, erguendo a sobrancelha.

Ótima! Respondo piscando o olho discretamente.

— Eu me considero uma pessoa legal, sabe? Não que a minha opinião sobre mim conte, porque é como uma mãe que diz que o filho é lindo. Mas tenho que admitir que levo mesmo certo jeito com a escrita. Agora, quando o assunto é ser engraçado, eu acho que você está falando de outra pessoa, Clara. — Ele toca meu ombro e sorri.

— Claro que estou falando de outra pessoa. Você não é nem um pouco engraçado... — Sorrio e olho para ele. Lucas está sorrindo, uma risada grave que consigo ouvir mesmo que tenhamos que gritar para conversarmos.

— Eu vou pegar uma água. — JP sai antes que possamos dizer qualquer coisa. O acompanho com os olhos, ele coloca as mãos no bolso enquanto sai da pista de dança e percebo que passou direto pelo bar e foi em direção à saída da *Dancing Queen*.

— O que deu nele? — Duda pergunta e apenas ergo os ombros para tentar dizer que também não entendi muito bem.

Olho para Lucas e ele está um pouco deslocado, olhando para os lados, fingindo estar interessado na estrutura do lugar, mas eu sei que ele apenas está dando espaço para que eu Duda discutamos silenciosamente sobre a ceninha de JP.

— Então... — Lucas pegou o celular e deu uma olhada — Acho que eu devia ir.

— Mas ainda está cedo! — Tento argumentar e fazer com que ele fique mais um pouco. Sei que não foi um bom argumento, mas foi tudo que consegui pensar no momento.

— Desculpe, meninas. Eu tenho mesmo que ir. Mas quem sabe outro dia combinamos de vir aqui e ficar um pouco mais. — Ele fala olhando para Duda que concorda com a cabeça.

Lucas estende a mão para ela e minha amiga me olha com uma expressão engraçada, imagino que ela se esteja perguntando quem se despede assim se não estiver numa reunião de negócios. De qualquer modo, eles apertam as mãos.

— Me leva lá fora? — Lucas me pergunta.

— Tudo bem por você? — Antes que eu finalize a pergunta, Duda já está balançando a cabeça freneticamente.

Começo a me apertar contra as pessoas para sair da *Dancing Queen*, Lucas está logo atrás de mim e sinto sua mão em minhas costas, como se me guiasse para longe de todo aquele caos. Caminhamos até a saída com portas duplas e, quando chego do lado de fora, o vento gelado me atinge com força.

— Fui enganada — digo, abraçando a mim mesma.

— Como assim?

— Estava tão quente quando saí, vou sofrer um pouquinho até chegar em casa.

— Ah, entendo. Parece que até choveu um pouco. — Notamos algumas poças d'água aqui e ali. — Tome.

Lucas começa a tirar a jaqueta e não entendo, por um instante, quando percebo o que está prestes a acontecer, fico sem reação.

— Lucas, você vai ficar com frio. Eu não posso ficar com a sua jaqueta.

— Duas pessoas e uma jaqueta. Eu prefiro que você fique bem, pode me entregar na segunda, sem problema. E eu moro aqui perto.

Ele se aproxima para colocar a jaqueta sobre meus ombros e enfio os braços nas mangas. Voltamos a caminhar e não sei muito bem para onde estamos indo, apenas continuo acompanhando-o.

— Olhe, quer saber de uma coisa? Você pode me entregar a blusa antes da segunda. — Ele comenta, confiante.

— Tudo bem, eu te passo o meu endereço...

— Certo, eu vou mesmo precisar do seu endereço. Mas estava te convidando para dar um passeio amanhã.

Calma, coração! Se continuar batendo rápido assim ele vai te ouvir!

— Um passeio? Onde quer me levar?

— É uma surpresa. Vai ter que esperar até amanhã. Você pode me mandar uma mensagem com o seu endereço. — Ele me entrega o celular na tela de discagem e coloco meu número ali, meus dedos estão tremendo e, caso ele consiga ver, torço para que pense que é culpa do frio.

— Me mande um oi e salvo o seu também. — digo, tentando conter toda a minha euforia. Duda vai surtar quando souber o que está acontecendo. Eu nunca imaginei que Lucas pudesse querer me ver fora do colégio e agora aqui está ele me convidando para um passeio secreto. Estou no meio de um surto.

— Então, até amanhã, garota de ouro. — Não percebo que estamos bem ao lado de uma moto até que ele se senta nela.

— Primeiro me surpreende com o tipo de programa e agora com o meio de transporte? Mal posso esperar pela próxima surpresa. — Brinco e me aconchego um pouco mais na jaqueta.

— O quê? Eu não tinha cara de quem pilota uma moto também?

— Pensando bem, tem sim. Eu devia ter previsto.

Sua risada me alcança e me envolve. É um som grave que mexe comigo e me prende.

— Até amanhã. — Me despeço com um aceno rápido e ele pisca o olho assim que coloca o capacete. Fico observando quando ele dá partida na moto com um ronco alto e se afasta rapidamente, me deixando ali paralisada.

Puxo um pouco mais a jaqueta e volto correndo para dentro, mas antes que eu consiga entrar, sou surpreendida por uma voz grave que me alcança.

— Então, vocês estão juntos ou algo assim? — JP sai das sombras e se aproxima de mim.

— Nossa, você me assustou! Onde você estava? Disse que só ia pegar uma água.

— Eu só precisava sair um pouco, estava quente demais lá dentro. Então você e o Lucas...

— Não tem nada acontecendo, ele só me chamou para sair amanhã, mas não é nada demais. — digo e coloco uma mecha de cabelo atrás da orelha. Olho para JP, mas ele está sorrindo, o que é estranho.

— Tudo bem. Vamos entrar?

Antes que eu possa responder, a porta se abre e Duda sai. Posso perceber que ela também foi surpreendida pelo clima maluco que mudou drasticamente.

— Qual o problema de vocês? — Ela questiona, levando as mãos à cintura — Me deixaram sozinha. Cadê a sua água, João Pedro? — JP recebe um belo tapa no braço e reclama massageando o local — E você, dona Ana Clara, é bom ter beijado aquele garoto.

JP e eu não conseguimos segurar as gargalhadas daquele pequeno ataque histérico com final cômico. Duda tenta segurar o riso, mas acaba se juntando à nossa crise.

— Bela jaqueta, inclusive — JP aponta para mim.

— Longa história — respondo, sem dar muita corda.

— Humm, quero todos os detalhes! Pode começar! — Duda me abraça e vamos em direção ao carro.

Já é tarde e decidimos voltar para a casa de Duda e assistir um filme qualquer. Envio uma mensagem para a minha mãe e ela responde alguns segundos depois dizendo que tudo bem.

Assim que chegamos, nos jogamos no tapete da sala e JP começa a procurar algo na TV, Duda vai para a cozinha preparar algo e peço uns minutinhos para lavar o rosto. Meu celular vibra assim que fecho a porta do banheiro. Pego-o rapidamente, pensando se tratar de uma mensagem da minha mãe.

Me surpreendo mais uma vez.

Você me pediu para mandar um oi, mas achei muito pouco. Logo em seguida mudei de ideia e
decidi ficar só no oi, mas agora tô falando demais. Não acredito que tô digitando tudo isso.
Muito menos que tô enviando
LUCAS - 01h43min

Bobo! Você me deixou muito curiosa sobre o que vamos fazer amanhã.
Não vou conseguir dormir!
CLARA - 01h45min

Ótimo! Não estou com sono mesmo
LUCAS - 01h45min

Seremos companheiros de insônia?
CLARA - 01h46min

Pelo visto sim kkkk. Foi bom ter encontrado você hoje...
LUCAS - 01h47min

Não existem mais complicações para se aproximar...
CLARA - 01h47min

Não mesmo...
LUCAS - 01h48min

Continuamos a trocar mensagens quando retorno para a sala. Volto, algumas vezes, na mensagem sobre ter gostado de me encontrar para ter certeza de que ela é real. Precisamos nos despedir quando Duda me dá uma bronca e me pede para prestar atenção no filme. Ele diz estar ansioso para o nosso passeio. Se ele sente ansiedade eu não sei definir como estou me sentindo.

5

Eu preciso de alguém
Sem o qual eu passe mal
Sem o qual eu não seja ninguém
Eu preciso de alguém

MAIO / KID ABELHA

Me jogo, derrotada, na cama quando percebo que não tenho nenhuma dica sobre o lugar para onde Lucas pretende me levar. Ou seja, não faço ideia do que devo vestir. Pego meu celular e dou uma olhada no *Pinterest* na esperança de que algo me inspire. Sem querer, acabo olhando para o relógio e noto que tenho pouco tempo para ficar pronta. Me levanto num salto e corro para o armário, olhando para todas as possibilidades.

Ouvi em algum lugar certa vez que uma calça jeans é sempre uma boa opção, escolho um tênis, uma blusa com listras pretas e brancas e torço para estar vestida adequadamente. Caminho pelo quarto, me olhando no espelho mais duas ou três vezes.

Conheço Lucas há pouco tempo e, apesar de tudo, nunca imaginei que alguma coisa poderia acontecer, pensando bem, eu posso mesmo estar me iludindo e criando expectativas que não existem. Lucas apenas me chamou para um passeio, não é como se eu tivesse que apresentá-lo aos meus pais e marcar o casamento até o final do mês. Ele é novo no colégio, pode estar apenas querendo uma amiga.

Se eu segui direito todas as suas informações, estou na sua porta.
LUCAS - 15h13min

A mensagem surge na tela do celular e corro para a janela do quarto, que dá para a frente da casa. Lá está Lucas analisando as casas ao redor com uma expressão curiosa no rosto. Pego a pequena bolsa que decidi levar e desço as escadas com passos rápidos. Percebo que ele sorri quando finalmente abro a porta e permito que ele saiba que acertou o endereço.

— Oi, você! — Ele me cumprimenta quando me aproximo e me entrega um capacete despreocupadamente.

— Oi, você! — Colocamos nossos capacetes ao mesmo tempo, mas ele é mais ágil e me ajuda com a trava sob meu queixo — Alguma dica de para onde estamos indo? — pergunto quando subo na moto com o coração aos pulos, nunca fui fã das aventuras sobre duas rodas.

— Vai ter que esperar, não é assim que as surpresas funcionam... Pronta? — Ele pergunta e puxa, delicadamente, minhas mãos para seu abdômen. Aperto os lábios e respiro fundo. Será que ele quer saber mesmo a resposta para essa pergunta? Apenas murmuro positivamente e ele liga a moto.

Poucos segundos depois, estamos em movimento e, apesar do medo, sentir o vento no meu rosto e nos meus braços me dá uma incrível sensação de liberdade. Tudo ao meu redor agora não passa de borrões que se dissolvem na velocidade. Depois de um tempo, começo a me dar conta da proximidade entre nossos corpos e me pergunto se Lucas está pensando nisso também.

As casas e prédios começam a ficar para trás, saímos da cidade e fico preocupada com o nosso destino. A cidade vizinha é longe para fazermos a viagem assim do nada, não faço ideia do que se passa na cabeça de Lucas. Pouco tempo depois, saímos da pista e nosso passeio em alta velocidade continua por uma estrada de terra, árvores ladeiam o caminho e suas copas se unem, criando uma espécie de túnel que atravessamos. Percebo que o cheiro ali é mais suave e o ar também é mais frio.

Quando chegamos à uma clareira, algo me surpreende, uma construção completamente destoante do restante da paisagem surge bem ali na nossa frente. Lucas para a moto em frente à porta de uma casa incrível. Paredes inteiras de vidro que refletem os raios de sol que atravessam as copas das árvores ao redor. O branco que contrasta com todo o verde. Desço da moto e minhas pernas tremem um pouco quando piso no chão. Olho impressionada para a construção de arquitetura moderna.

— Você mora aqui? — pergunto, assim que tiro o capacete.

— Para falar a verdade, não. Meu pai ficou com essa casa de herança, mas é muito distante de tudo, então ele reformou e a gente vem para cá quando queremos um pouquinho de paz. — Lucas responde e se aproxima de mim — Quer conhecer?

Balanço positivamente a cabeça e ele sorri, deixa nossos capacetes sobre o assento da moto e segura minha mão, me guiando para a entrada da casa. Por dentro é ainda mais perfeita. Desde os quadros nas paredes claras até os tapetes no chão de madeira, tudo tem um ar de calmaria e bom gosto. A escada lateral dá um charme ainda maior à sala. Certo, talvez eu seja um pouco fissurada por decoração. Mas só um pouco.

— É muito linda... — Deixo o comentário escapar e me aproximo da parede de vidro, de onde posso ver o caminho pelo qual passamos para chegar aqui.

— Eu gosto da tranquilidade daqui, mas eu te trouxe por outro motivo — Lucas se aproxima e também observa a vista enquanto fala comigo. Eu já teria ficado satisfeita de permanecer nesta sala, se esse não é o lugar para onde ele queria que eu viesse, eu não posso imaginar qual é a cereja do bolo — Venha.

Lucas começa a caminhar pela sala em direção à uma porta que leva ao próximo cômodo e fico chateada com o fato de estar de sapatos. Adoraria sentir a sensação do tapete sob meus pés.

Atravessamos também uma gigantesca sala de estar com uma mesa enorme, mais uma vez o cômodo é decorado com quadros que não consigo entender olhando assim tão rápido. Quando chegamos à cozinha, fico maluca. Minha mãe também surtaria com o tamanho daquele lugar. Há uma pequena mesa no meio, armários de formatos e tamanhos diferentes cobrem uma das paredes e tudo tem tons de cinza e branco. Lucas passa pelo balcão e pega uma cesta. Logo em seguida, estamos saindo por uma porta de vidro do outro lado da cozinha, em direção aos fundos da casa.

Alguém passou muito tempo planejando esse lugar. Saímos da área coberta e vamos em direção à piscina. Não há cercas ou muros ali e fico impressionada com o que consigo ver, não havia notado que a casa ficava num lugar tão alto até perceber que dali posso ver toda a cidade à distância. Fico extasiada e percebo que devo parecer uma criança que acaba de descobrir o mundo quando Lucas começa a rir do meu lado.

— Não importa quantas vezes eu venha aqui, eu sempre acho incrível — ele comenta —, venha! — Me obrigo a desviar o olhar e acompanhá-lo para o que entendo ser o nosso destino afinal. Uma grande toalha está estendida na grama.

Olho para Lucas, que está se sentando e colocando a cesta ao seu lado. Quando ele finalmente volta a olhar para mim, noto que tenta desvendar meus pensamentos e sorrio.

— Muito clichê? — Ele pergunta quando me sento ao seu lado.

— Sabe de uma coisa? Essa é a graça dos clichês... Todos tentam ser diferentes, acabam se esquecendo deles e eles voltam a ser originais.

— Isso é um fato. Então quer dizer que fui original? — Ele brinca e abre a cesta, tirando alguns aperitivos e colocando-os sobre a toalha.

— A toalha podia ser quadriculada de branco e vermelho, mas a vista já compensa. — Sorrio e meu olhar encontra o seu.

— Engraçadinha. Com fome? Desculpe, eu não sabia do que você gostava, então eu peguei uns itens bem aleatórios. Espero que pelo menos algo te agrade.

— Está brincando? — Pego um pequeno tomate cereja — Você trouxe um banquete e está se preocupando? Eu não sou chata quando o assunto é comida, pode ficar tranquilo. — Pronto, agora ele acha que eu sou uma louca que está sempre com fome. Melhores comentários desde sempre.

— Então, valeu a pena todo o suspense?

— Com certeza!

Comemos em silêncio por um momento e aquela história de silêncio confortável é uma farsa total, eu sinto que preciso dizer alguma coisa, Lucas em contrapartida parece bastante tranquilo.

— Por que você não me fala um pouco sobre você? — Quebro o silêncio.

— O que você gostaria de saber sobre mim? Minha vida é meio chata.

Olho para trás e observo a casa gigante nos observando. Chata, sei.

— Não sei... Você é filho único? Tem algum talento escondido, além de escrever super bem? Algum segredo? Esse tipo de coisa.

— Vamos lá! — Ele se endireita e me olha com uma expressão pensadora — Eu tenho um irmão mais velho, ele faz faculdade em outra cidade, então é meio difícil nos encontrarmos. Sobre meus talentos, eu fui meio que obrigado a fazer aulas de violão, o que de certa forma foi muito bom, já que agora, quando me sinto sozinho ou algo do tipo, é o ele que me salva. Segredos? Humm... Não acho que eu tenha segredos.

— Todo mundo tem segredos... — comento.

— Eu vou pensar em algo e te conto depois, temos um acordo?

— Vou esperar ansiosa.

— Agora é a sua vez!

— Certo, filha única. Eu sei cozinhar, isso conta como talento escondido? — Ele confirma solenemente com a cabeça —Agora você tem que prometer que não vai contar para ninguém o meu segredo — Lucas ergue a mão direita e cruza os dedos e interpreto aquilo como um juramento —, certo... Eu ainda sonho com a volta do Kid Abelha.

Lucas solta uma gargalhada e eu dou risada de mim mesma.

— Kid Abelha? Eu sinto muito, mas acho que seu sonho não vai se realizar tão cedo.

— Pare de ser bobo, eu tenho esperanças!

— Qual a sua música favorita deles? — O garoto me pergunta com os cotovelos apoiados nos joelhos.

— Maio! — Respondo sem pensar duas vezes.

— Ah, conheço essa... Mas tem algum motivo em especial? Por acaso sonha em ter alguém sem o qual passe mal e não seja ninguém? — Ele cita parte do refrão da música.

— Não. — Minto — É só porque é o mês do meu aniversário e eu sou a louca do aniversário.

— Entendi. Mas pode ficar tranquila, seu segredo está a salvo comigo. — Ele pisca o olho e deita do meu lado, olhando para o céu. Faço o mesmo. Não há muitas nuvens, é um dia bem bonito. De repente, um pequeno inseto voa sobre nós, suas pequenas asas mudam de cor devido aos raios do sol, ora verdes, ora de um lilás meio azulado.

— Nossa, há muito tempo eu não via uma libélula — comento, mas não tenho certeza se Lucas também notou nossa pequena companheira.

— Às vezes elas aparecem por aqui por causa da piscina e todas essas árvores — Lucas ri.

— Existe uma história sobre as libélulas, eu não sei se lembro direito como é...

— Pode tentar me contar? Se você não se lembrar do final, a gente inventa um!

— Certo, eu vou tentar lembrar. Tudo começa há muito tempo, quando havia um grande dragão andando por aí... Isso parece tão bobo quando dito em voz alta... — Coloco as mãos sobre o rosto, envergonhada.

— Não, não é bobo. Continue, eu gosto de histórias com dragões.

— Tudo bem. Continuando... Havia esse tal dragão, e ele era bastante temido e tudo mais. Ele tinha a capacidade de se transformar em qualquer ser que quisesse. Mas um dia ele caiu numa armadilha. Pediram para que ele se transformasse num inseto pequenininho, ele ouviu aquilo em tom de ofensa, como se não acreditassem em todo o seu poder e se transformou numa pequena libélula. Era cintilante com a mistura de azul e verde que cobria seu corpo e as asinhas batiam rapidamente quase que invisíveis. Assim que finalizou o seu *show*, ele tentou voltar ao normal, mas estava preso no corpo do inseto. É por isso que conhecemos as libélulas e não os dragões. Fim.

O silêncio volta a reinar assim que finalizo a história. Espero uma resposta de Lucas, mas ele se senta e olha para mim. Tem uma expressão engraçada no seu rosto e não sei se ele está pensando em todas as entrelinhas da minha história mirabolante ou se está apenas me achando meio maluca.

— Eu nunca ouvi essa história, inclusive, você conta histórias muito bem! Então a lição é que não devemos nos deixar levar por nosso orgulho? — Fico impressionada com a forma com que ele realmente parece interessado.

— Você conseguiu captar a essência. — Ele sorri ao me ouvir falar e, nesse momento, me parece tão ingênuo e vulnerável, como se estivesse finalmente se abrindo de verdade para mim, na verdade, acho que ambos estamos nesse mesmo estágio — Também existe a teoria de que se uma libélula aparece para você é um sinal do universo, sei lá, é alguém mandando um sinal de que você precisa de uma mudança. Em qualquer aspecto da vida.

— Você concorda com essa teoria?

Concordo?

Me sento e olho para a piscina mais uma vez, agora há um grupo de libélulas dançando tranquilamente e isso tudo faz meu coração bater de forma acelerada. Talvez minha teoria maluca realmente esteja certa, talvez o universo esteja me mandando sinais e seja hora de aceitar a mudança que está batendo em minha porta.

— Mudanças são sempre bem-vindas, você não acha? — questiono para ter certeza de que estamos na mesma sintonia.

— Mudar é inevitável...

Eu consigo segurar o suspiro que me vem, antes que eu pareça uma garotinha boba. Eu já li uma quantidade suficiente de livros para entender que garotos fazem esse tipo de coisa. Eles te levam para um lugar incrível — onde muitas outras garotas provavelmente já foram — e te falam frases friamente calculadas com o único intuito de te impressionar, e você simplesmente cai na armadilha deles e torce para que eles fiquem.

Mas por que tem de ser tão difícil de resistir?

— Você é incrível... — Ele diz depois de um tempo e me pega de surpresa.

— Incrível? Mas o que eu fiz? — Coloco uma mecha de cabelo atrás da orelha.

— Você é diferente, não se importou de vir aqui, se sentar no chão comigo e passar a tarde contando histórias sobre dragões bobos. Você não exige nada muito produzido, apesar de ser o que merece. Você me permite ser eu mesmo e faz eu me sentir bem com isso.

— Eu só tento não me importar com os grandes feitos. Tem coisa bem mais importante nas entrelinhas.

Ele sorri e acaricia minha bochecha. Provavelmente estou vermelha, mas ele não se importa. Todo o meu nervosismo já se foi, eu não poderia me sentir melhor. Lucas consegue me fazer sorrir e sentir sensações inesperadas e tudo o que consigo pensar é que aceitar o seu convite foi a melhor decisão que eu poderia ter tomado. Com certeza eu estaria nesse exato momento me questionando como teria sido sair com ele, caso a minha resposta fosse diferente.

O restante da tarde passa tranquilo e agora não somos mais apenas Clara e Lucas, colegas do clube do jornal. Nos conhecemos melhor e a conversa flui mais naturalmente.

Quando o sol começa a se pôr, tudo ganha um tom alaranjado e fico feliz por estar ali naquele momento. A cidade lá embaixo parece uma grande constelação quando as luzes começam a se acender de forma gradual. Lucas se preocupa em me levar de volta para casa, é tarde e ele brinca dizendo que não quer que meus pais tenham uma má impressão sobre ele. O ajudo a desmontar nosso pequeno piquenique e deixamos tudo na cozinha. Me pergunto quem vai cuidar daquilo, já que ele não me permite arrumar nada.

— Onde já se viu a convidada lavar a louça?

— Não tem problema, nem é tanta coisa...

— Fique tranquila, garota de ouro! — Ele segura meus ombros e me leva pelos cômodos até a frente da casa mais uma vez, como se estivéssemos brincando de trenzinho no jardim de infância. Assim que chegamos ao lado de fora, ele me devolve o capacete e finalmente estamos prontos para o caminho de volta.

Como eu já conhecia o caminho, me preocupo apenas em aproveitar o vento em meu rosto e o aroma ao nosso redor. Estou bastante próxima de Lucas e meus braços o envolvem quando ouço-o me chamar.

— Você já pensou em voar? — Ele pergunta, a voz entrecortada pelo vento que sopra contra nós.

— Deve ser uma sensação maravilhosa, eu imagino — digo, torcendo para que ele consiga me ouvir.

— Por que não tenta agora? Feche os olhos e abra os braços. — Parece algo bobo e principalmente arriscado. Meu coração palpita e eu começo a ponderar se realmente quero fazer aquilo, mas talvez seja uma boa forma de começar a ser alguém que se arrisca mais e aceita mudanças.

Fecho os olhos imediatamente e, aos poucos, me solto do garoto, mesmo que meu instinto me peça para permanecer abraçando-o. Lentamente, vou ficando solta e, ansiosa, abro os braços até que finalmente me posiciono, como se estivesse prestes a voar. É quando a mágica acontece. Eu tenho a sensação de estar plainando pelo céu. O perfume de Lucas se mistura ao vento e a sensação é potencializada. Eu mexo as mãos em ondas e não consigo conter meu sorriso, ouço-o sorrir também e ele acelera um pouco mais.

— Isso é maravilhoso! — grito para ele, abro os olhos e volto a abraçá-lo.

— Você é muito corajosa — Ele brinca e já começamos a notar os sinais de que estamos próximos da cidade.

— Às vezes eu abro exceções de bravura na minha covardia. — Sorrio enquanto ele faz uma curva fechada, não demora para que entremos na cidade. Ele estaciona em frente à minha casa e desliga o motor. Assim que piso no chão, tenho vontade de "voar" um pouco mais por aí.

— Eu fiquei mais tranquilo quando você disse que não foi um grande clichê, mas queria te agradecer por passar esse tempo comigo, Clara. — Ele diz, gentilmente, assim que devolvo o capacete e jogo o cabelo para o lado.

— Eu não poderia imaginar uma tarde mais perfeita, Lucas. Sou eu quem deveria estar agradecendo.

— Ainda bem que você gostou...

E a conversa meio que chega àquele ponto em que você não sabe o que dizer, crio então a teoria de que isso talvez aconteça porque você não quer ir e não quer que a pessoa se vá e as próximas palavras com certeza serão de despedida, logo opta-se pelo silêncio e os minutos de companhia que ele ainda preserva.

— Foi muito bom mesmo, obrigada. — Agradeço com as mãos entrelaçadas nas costas.

— Por nada, foi um prazer. Então, a gente se vê amanhã, certo? — Ele me pergunta enquanto volta a colocar o capacete.

— Amanhã?

— Colégio?

— Ah, verdade! A gente se vê amanhã...

Lucas liga o motor da moto e, antes de partir, se despede com uma piscada de olho, claro que eu me derreto e sorrio em resposta. O observo desaparecer num borrão de alta velocidade e fico parada ali, como uma estátua, como se eu nunca mais fosse saber o que fazer. Preciso de todo o meu autocontrole para conseguir me movimentar para dentro de casa.

Meus pais disseram alguma coisa sobre visitar alguns amigos, então estou sozinha. Subo para o quarto e meu andar está saltitante. Me jogo na cama com um sorriso bobo no rosto. Fico algum tempo ali observando as sombras que se projetam nas paredes. Meu celular faz um barulhinho.

Lucas.

> Sei que passamos todo esse tempo juntos e já deve estar enjoada
> de mim, mas
> queria dizer que fiquei muito feliz que tenha aceitado o meu convite.
> Muito obrigado pela tarde.
> LUCAS – 19h27min

Solto o suspiro que segurava até então e percebo que, apesar de toda a tarde juntos, não me importaria de falar com ele durante o restante da noite. Tão logo respondo sua mensagem, palavras soltas começam a dançar em minha mente me obrigando a esticar o braço, puxar o notebook e escrever como nunca antes, já que dessa vez meu coração comanda cheio de controvérsias, sentimentos e rimas.

Libélulas e Dragões
Por: Ana Clara Goulart de Almeida

Caio sem me importar com o perigo
Ignoro os sinais que alertam
Fecho os olhos e me permito,
Me entrego.

Desfaço os nós que me prendem,
Aperto os laços que me submetem
Me lanço em seus braços e voo
Feito pena na brisa, leve.

Impetuoso como um sopro
Agonia e tranquilidade
Libélulas e dragões em relances
Quimera, realidade.

E todas as palavras soltas
Que até então consegui tecer
Em versos se organizam
E imploram seu nome, você.

6

E tudo que eu preciso está perto de mim
[...] Você pode se sentar ao meu lado quando o mundo cair

MONA-LISA / THE ALL-AMERICAN REJECTS

Às vezes eu cometo o erro de esquecer como é difícil fazer Duda mudar de ideia. É quase completamente impossível, e eu digo quase porque talvez alguém tenha uma estratégia muita boa que ainda não conheci. A questão é que se ela coloca algo na cabeça é aquilo e pronto.

— Mas, Clara, é isso ou passar o último ano nas sombras. E o nosso pacto de popularidade? — Ela começa a tirar promessas do fundo do baú. O pacto da popularidade simplesmente nos fazia prometer que nos ajudaríamos mutuamente a alcançar a popularidade no ensino médio. Isso fazia muito sentido quando tínhamos 10 anos e assistíamos *High School Musical*. Não é mais o caso.

— Você é a estrela do espetáculo de outono, eu sou chamada de garota de ouro por aí, Duda. É mais popularidade do que nós poderíamos esperar.

— E você acha que é só isso? Temos que comparecer também! Ir nos eventos é muito importante para manter a nossa fama. Quem não é visto é esquecido, Clara.

Estou fingindo não escutá-la quando JP entra em meu quarto com a caixa em mãos. É noite de sexta feira, logo, os planos se resumiam em comer pizza e jogar conversa fora. Ou, nesse caso, ouvir Duda nos implorar para irmos para essa tal festa na piscina que uns garotos da nossa classe estavam organizando.

Eu acho piscinas, mares, rios, lagos e lagoas muito lindos, mas não gosto da ideia de estar neles. Em suma, eu tenho problemas quando o assunto é água em grandes quantidades, não sei nadar, boiar ou afins e também não tenho muito talento para segurar a respiração por muito tempo. Participar de uma festa na piscina seria estupidez.

— João Pedro, fala com ela que a gente precisa ir para essa festa! — Duda usa aquele tom de voz que te deixa de coração mole pronto para cair na dela.

— JP, fala com ela que a gente *não* precisa ir nessa festa! — Tento usar a mesma estratégia, não é tão boa quanto a de Duda, mas dá conta do recado.

— Sinto muito, mas vocês vão ter que resolver isso sem a minha ajuda. — JP se senta ao meu lado no tapete e coloca a caixa entre nós dois. Abre a tampa e pega uma fatia sem se importar muito com a nossa discussão. Faço o mesmo e Duda desce da cama para se juntar a nós.

Penso que, inicialmente, eu realmente não queria ir por causa do trauma mal resolvido com a piscina, depois eu só queria mesmo implicar com Duda. Vê-la com aquela carinha de quem lutou até o último minuto, mas não alcançou o objetivo me fez mudar de ideia.

— Uma condição! — digo, apontando com a fatia triangular para ela.

— Não peça o biquíni, não peça o biquíni. — Duda repetiu baixinho com os dedos cruzados, enquanto olhava para mim com uma expressão de "não ouse ser uma pessoa tão má!".

— O biquíni.

— Uoooou! Pegou pesado, Clara — JP comentou, claramente colocando lenha na fogueira. Me segurei para não rir.

— De qual biquíni estamos falando? — Duda perguntou, parecendo não acreditar que eu estava mesmo fazendo aquilo.

— O seu lindo e maravilhoso biquíni de cintura alta. É o meu preço.

— Por que você tem que ser tão cara?

— Pegar ou largar, Duds... — Dou uma outra mordida no meu pedaço de pizza.

Duda respira fundo e pensa um pouco antes de finalmente dar a sua resposta.

— Tá bom, tá bom! Eu te empresto o biquíni... — Ela ergue as mãos como alguém que se rende e pega um pedaço de pizza na caixa.

— E quem disse que eu quero só emprestado? — Brinco, entendendo o ditado sobre "mexer com a fera" ou algo do tipo. Duda para no meio do caminho e olha para mim com olhos arregalados e a boca aberta em total descrença — Calma, eu tô brincando!

— Apesar do susto, eu estou orgulhosa, Ana Clara. Você finalmente deixou o mundo colorido dos unicórnios e veio para o lado negro da força, meus parabéns!

Solto uma gargalhada estilo bruxa má e todos rimos juntos, deixando, poucos minutos depois, a caixa da pizza vazia. Conversamos até mais tarde e foi apenas quando começamos a discutir o fato de que o Jack podia sim ter ficado vivo com a Rose, em cima daquela porta flutuante, que percebemos que talvez a noite tenha realmente chegado ao fim.

Depois que meus amigos saem, leva um tempo até que eu pegue no sono, fico olhando para o teto e penso sobre como Lucas esteve distante durante toda a semana, pelo visto eu estava mesmo criando expectativas demais em algo que nunca existiu de verdade. Pobre Ana Clara iludida. Desde o nosso encontro no último final de semana, ele passou a me evitar no colégio e eu até fui um pouco além do que deveria ter ido e enviei uma mensagem, que foi respondida com um emoji piscando o olho e nada mais.

Mas se Lucas quis assim, eu não tenho motivo para ficar tão paranoica, tentando descobrir onde foi que eu errei. Afinal de contas, eu não errei coisa nenhuma.

Duda chega logo após o almoço no outro dia, está usando uma saída de praia sobre o maiô preto com um grande decote nas costas, o cabelo solto com todos aqueles cachos. Coloco o biquíni do nosso acordo e ela revira os olhos quando desfilo pelo quarto para pegar a saída de praia no armário. Minha mãe aparece pouco depois, com todo aquele discurso que já conhecemos sobre protetor solar e tudo mais.

Uma mensagem de JP, avisando que já está nos esperando, chega quando estamos no meio de uma sessão de fotos.

— Ai, meu Deus! — Comento assim que entro no carro.

— O que foi? — Duda pergunta, mas entende sobre o que eu estou falando assim que se senta no banco de trás e olha para JP — Ai não!

— Vocês são tão engraçadas! Eu sabia que iam fazer piada, mas o que que tem?

— Nada contra as regatas, é só que... Deixa pra lá! — Digo e dou um tapinha em seu braço. JP olha e aponta para nós duas, como se avisasse que não quer piadinhas sobre o assunto. Seguro a risada e olho para Duda, que está ficando vermelha, o contato visual é a gota d'água para que as duas explodam em gargalhadas. JP liga o carro e sai resmungando.

O local da festa é distante, no sítio da família do organizador. Demora um pouco para que cheguemos e encontremos um lugarzinho para deixar o carro que não seja tão longe da casa. Tenho certeza de que é um lugar extremamente calmo em dias comuns, quando não tem tanta gente assim.

Uma entrada lateral torna possível que todos os convidados não precisem atravessar a casa para chegar até a piscina. O som está alto, tocando aquele tipo de música que leva um dez no quesito batida, mas é um fiasco quando o assunto é letra. É muito estranho ver todas aquelas pessoas com quem, de certa forma, convivo, usando tão pouca roupa. A situação me deixa um pouco desconfortável, todavia tento ignorar esse pensamento e continuo acompanhando meus amigos.

É um grande clichê: algumas pessoas dançando ao redor da piscina, os mais corajosos dando um mergulho e outros que decidiram deitar no chão e aproveitar o sol. Eu não sei muito bem quem é o verdadeiro responsável pela festa e é engraçado estar na casa de alguém que eu nem sei quem é.

— Vocês precisam admitir, essa festa está bem legal! — Duda já está se balançando no ritmo da música. JP e eu damos de ombros.

— E aí, pessoal! Estão se divertindo? — Um garoto se aproxima de nós, ele está apenas de bermuda e usa óculos escuros, me surpreende a forma com que ele consegue se movimentar rapidamente e ainda assim não derramar a bebida no copo que está segurando.

— Festa legal, Edu! E uma bela casa também — JP fala com o garoto na maior naturalidade e olho para Duda, que pelo visto também não sabia que ambos se conheciam.

— Esperem só até ver por dentro. Ei, aproveitem! Bebidas ali no canto, o DJ está aceitando pedidos e tem toalhas no armário perto da lavanderia.

— Ele deu tapinhas no ombro de JP ao se afastar de nós e sair correndo para ajudar um grupo que tentava jogar um menino na água.

— De onde vocês se conhecem? — pergunto para JP.

— Ele participa do clube de fotografia...

— Bem bonitinho — Duda comenta, analisando Eduardo de longe. JP revira os olhos e seguimos para o local onde as bebidas se encontram.

Eu não havia imaginado que "bebidas ali no canto" significava tanta bebida. Uma mesa estava repleta dos mais variados tipos de garrafas e latas, havia um refrigerador logo ao lado, que imaginei conter muito mais do mesmo e um garoto trabalhava de barman misturando alguns líquidos e oferecendo às pessoas ao seu redor. Olho em volta e tento imaginar uma idade média para os convidados da festa. Poucos ali eram maiores, então percebo que talvez toda aquela bebida não fosse algo permitido, mas não me demoro discutindo isso comigo mesma, não quero ser uma chata.

— E aí, galera! O que vão querer? — O barman improvisado nos pergunta.

— Eu só quero um refri... — O garoto observa meu amigo com uma sobrancelha arqueada e percebo que JP sente o julgamento implícito — Motorista da vez. — JP responde, girando as chaves do carro no dedo como se precisasse se explicar e as guarda no bolso da bermuda, logo em seguida, ele se aproxima do refrigerador e pega uma lata de refrigerante.

— Entendido... E as gatinhas? — Percebo que Duda revira os olhos ao som da gracinha do garoto. Quando ela olha para mim, repito o gesto e ela sorri.

Duda entra no seu modo America Singer para dizer que não somos "as gatinhas" dele, mas tudo que consigo ouvir são os berros do garoto que está prestes a ser jogado na piscina e o barulho da água que se espalha com os movimentos das pessoas que já estão lá dentro.

Meu coração, que até então permanecia calmo, começa a bater de forma acelerada. Eu conheço meus colegas e sei o quanto de maturidade lhes faltam. Nenhum deles vai se importar em me ouvir falar sobre o meu medo enquanto estiverem me carregando em direção à borda da piscina, eu preciso de muita coragem para enfrentar o resto desse dia e se alguns filmes e seriados que já vi estiverem corretos, tem bastante coragem líquida bem na minha frente.

— O que você sugere? — As palavras simplesmente escapam da minha boca antes mesmo que a decisão "beber ou não beber" seja tomada em minha mente, culpo essa outra parte de mim que já começou a medir a distância entre o fundo da piscina e eu.

Duda me encara sem tentar esconder a surpresa, mas ela é uma das poucas pessoas que me conhecem bem o suficiente para entender que estou apavorada apenas pelo meu olhar.

— Sendo assim, eu bebo o mesmo que ela. Nos surpreenda!

— Se me permitem... — O garoto começa a fazer algumas misturas, sacode nossas bebidas numa espécie de copo fechado e faz tudo com uma expressão de quem sabe o que está fazendo. Alguns segundos depois, ele nos estende dois copos cheios de uma bebida azul que seria impossível encontrar naturalmente. Duda e eu no entreolhamos e ela ergue os ombros — Espero que vocês gostem.

Fazemos uma contagem regressiva silenciosa e bebemos ao mesmo tempo. O líquido parece queimar minha garganta num primeiro instante, mas logo sou surpreendida pelo delicioso sabor que enche minha boca.

— Ai, caramba! — Duda diz, traduzindo meus pensamentos.

— Isso é muito bom! — complemento a sua ideia e JP começa a rir da nossa reação exagerada. Dou mais um gole.

— É isso aí, garotas, mas cuidado porque o gostinho doce acaba enganando...

Damos de ombro e nos afastamos do bar.

A maioria das pessoas prefere explorar a grande casa de Eduardo ou se divertir na piscina, logo, encontramos facilmente algumas espreguiçadeiras vazias e nos sentamos para aproveitar nossas bebidas sob o sol.

— Como anda a peça de outono, Maria Eduarda? — JP pergunta, tirando os óculos e os colocando na gola da camisa.

— Verdade, você não anda dando muitos detalhes — Comento.

— Sabe o que é? Se eu começar a falar, não paro mais e vou acabar contando tudo. Fomos todos obrigados a participar de um ritual que nos impede de contar qualquer coisa, acredita? Às vezes eu tenho um pouco de medo daquele pessoal... — Duda nos explica e sorrio com a imagem que se projeta em minha mente, os atores posicionados em círculo se comprometendo ao silêncio conjunto e eterno — Mas existem detalhes que posso contar, tipo, se a Beatriz acha que aquilo é atuar, ela está bastantemente enganada!

— "Bastantemente" existe? — pergunto, enquanto arrumo a postura.

— Definitivamente não! — JP responde.

— Existe a partir de agora... E o seu clube de xadrez, João Pedro? Me fala uma coisa, vocês realmente ficam lá jogando o tempo inteiro? Não faz muito sentido, para mim, um clube assim.

— Claro que não, né, Duda. Nós discutimos questões de estratégia e lógica. É muito mais do que só jogar xadrez.

— Sendo assim, fico mais tranquila. — Duda olha para a piscina, enquanto dá mais um gole em sua bebida azul.

Estamos a poucos passos de distância da água e meu coração está um pouco acelerado com a possibilidade de que, por falta de conhecimento sobre meus medos aquáticos, meus colegas acabem aderindo às suas brincadeiras idiotas, porque eu sei que tudo que se passa na cabeça desses garotos é "olhe aquela pessoa tranquila sem querer se molhar, vamos jogá-la na água". De onde vêm esses pensamentos? Os seres humanos podiam ser mais interessantes, eles têm capacidade para isso. Mas prefiro acreditar que tudo vai ficar bem até que um dos garotos da piscina começa a se aproximar de forma suspeita completamente molhado. Me agarro às beiradas da cadeira.

— E aí, galera! Beleza? Então, a gente estava pensando em fazer um vôlei ali na piscina, só que precisamos de mais gente, vocês querem participar?

Solto o ar que vinha prendendo, aliviada.

Nos entreolhamos, JP concorda silenciosamente e se levanta enquanto Duda se aproxima de mim e se abaixa do meu lado.

— Quer vir? — Ela pergunta e tenho vontade de abraçá-la só por ser tão atenciosa, apesar de saber que eu inventaria qualquer motivo para não entrar na piscina. Principalmente numa tão cheia de gente.

— Eu vou ficar aqui, tudo bem? Mas vai lá, vou ficar torcendo! — Recuso o convite e ela me entende. Duda tira a saída de praia e me entrega, antes de correr e pular na água.

Tenho que admitir que ver todos se divertindo ali na água me fez ter vontade de participar, mas fico no meu lugar. Comemoro quando o time de Duda e JP marca pontos e me divirto do meu jeito, volto à mesa de bebidas umas três ou quatro vezes — talvez algumas mais, acabo perdendo a conta — em busca de mais um pouco da maravilhosa bebida azul, quando me sinto meio zonza é que me lembro do conselho do garoto sobre o gosto doce que enganava, mas é tarde demais, então só aproveito os últimos goles e prometo para mim mesma ouvir os conselhos de um barman no futuro. Toda a brincadeira faz com que a tarde passe rapidamente e, quando me dou conta, está começando a escurecer.

— Ei, Clara! O pessoal vai lá para dentro agora, acho que alguém vai tocar violão ou algo do tipo — Duda se aproxima toda encharcada abraçando a si mesma e tremendo um pouco.

— Vou num segundo! É melhor você se secar logo, Duds.

— Eu vou procurar uma toalha e a gente se encontra lá dentro daqui a pouco, pode ser? — Eu concordo mostrando os polegares e ela ergue a sobrancelha sem entender muito bem, mas segue para o interior da casa junto ao restante do pessoal. Aos poucos, o pátio vai ficando vazio, exceto por mim.

— Meu corpo não me obedece! — digo em voz alta para mim mesma e começo a rir. Faço um esforço que, logo em seguida, percebo ser exagerado e me coloco de pé, o mundo parece girar por um momento, fecho os olhos e respiro fundo. Ao voltar a abrir os olhos, tudo voltou ao seu lugar e a única coisa a se movimentar ali é a água da piscina que balança lentamente com ajuda do vento — Eu sou uma idiota mesmo... Todo mundo se divertiu e não foi o fim do mundo! Mas eu não! Eu tenho medo de uma piscina inofensiva!

Dou passos vacilantes em direção à borda da piscina.

— Viu? Nada de mais. Não aconteceu nada! — Olho para a água, consigo ver meu reflexo.

Me arrependo imediatamente de ter passado toda a tarde sentada, ao invés de simplesmente deixar meu medo de lado. Prometo a mim mesma que não cometerei o mesmo erro de uma próxima vez. Se é que haveria uma próxima vez.

Caminho lentamente pela borda da piscina com os braços abertos, como se eu estivesse numa corda bamba. Não me importo que pareça bobo, é divertido. Paro por um momento, quando sinto o vento soprar mais forte, fazendo meu cabelo voar para todos os lados, respiro fundo e volto a olhar para a água com as mãos na cintura, há uma sensação vertiginosa no ato de permanecer ali, olhando para baixo, mas finjo não senti-la.

— Certo, fizemos as pazes. — Dou risada da forma como estou falando com a água, quanto daquela bebida azul eu bebi durante a tarde?

— Falando sozinha? — Uma voz quebra o silêncio do pátio e fico arrepiada com o susto. Se assustar ao lado de uma piscina não é uma boa ideia.

Meus pés vacilam por um instante e, no momento seguinte, estou em câmera lenta, vendo o céu ficar cada vez mais distante. Percebo que alguém corre em direção à borda da piscina e me assiste cair, mas não tenho tempo de ver quem é, pois, por instinto, fecho meus olhos e prendo a minha respiração.

Sou envolvida pela água e sinto meu corpo ficando mais pesado enquanto vou para o fundo. Tento me mexer, mas tudo que consigo é fazer movimentos inúteis com os braços e as pernas.

Não sei por quanto tempo conseguirei prender a respiração.

Abro os olhos e tudo está muito escuro, apesar do tom azulado. Meus pulmões começam a implorar por ar e o desespero faz com que eu me movimente mais rápido, mas continuo não obtendo nenhum resultado. Então é isso? Depois de tanto tempo com medo de entrar na água, me afogo no dia em que tecnicamente fizemos as pazes? É tão injusto.

Meus olhos estão começando a arder quando noto um vulto se aproximar, contudo, imediatamente o mesmo vulto desaparece ao meu redor, tento acompanhá-lo com o olhar, mas é escuro demais embaixo da água. Chego ao meu limite, preciso de ar, preciso gritar, infelizmente isso só piora a situação. É exatamente nesse momento que algo me segura, todo o meu desespero — apesar de ainda presente — parece se desfazer enquanto sou içada para cima, percebo as luzes se aproximarem e, alguns segundos depois, estou na superfície.

Começo a tossir persistentemente ao me apoiar na borda da piscina. Demora um pouco para que eu volte a respirar normalmente outra vez. Tento, com certo esforço, sair da água, são as mesmas mãos que me salvaram que me ajudam, me deito no chão com os olhos fechados.

— Clara, você está bem? É sério, me perdoe! Eu não queria te assustar e também não fazia ideia de que você não sabia nadar. Por favor, fale comigo.

Abro os olhos e sei quem é o dono daquela voz antes mesmo de encontrá-lo. Lucas está olhando para mim com uma expressão tão assustada que me faz querer abraçá-lo e dizer que está tudo bem. As luzes do pátio refletem nas gotas de água que pingam do seu cabelo e em seu rosto e, por um momento, imagino que ele esteja mesmo brilhando.

— Eu tô bem — minha voz sai um pouco embargada —, você me salvou!

— Tecnicamente, fui em quem te colocou nessa situação, então não me considere um herói, Clara.

Ele se deita ao meu lado, nossos braços se tocam.

— Se você olhar por esse lado, é verdade. Mas ainda assim...

— Desculpe, Clara. Nossa, que idiota eu sou. Deve existir alguma regra sobre chegar do nada e falar com alguém ao lado de uma piscina. — Ele comenta.

— Então também devia existir alguma regra sobre pessoas desastradas e levemente alcoolizadas, ou nem tão levemente, caminharem ao redor de piscinas.

— Você não parece o tipo que bebe tanto. Você nem parece o tipo que bebe.

— Vou tomar isso como um elogio. Eu realmente não sou, foi aquela bebida azul idiota. Eu devia ter parado no segundo.

— Quantos você bebeu?

— Talvez uns seis. Ou sete. — Aquela confissão parecia muito menos sujeita a julgamentos em minha mente — Caramba, será que eu sou uma alcoólatra?

— Calma... — A risada alta de Lucas ecoa por todo o pátio e me faz sorrir com ele — Não é para tanto.

— Você sumiu... — Talvez ainda seja efeito do álcool, não consigo segurar as palavras que vêm à minha mente, me viro apoiando o cotovelo no chão e a cabeça na mão.

— O que você quer dizer? — Lucas desvia o olhar, encarando o céu negro.

— Você começou a me evitar cada vez mais. O que aconteceu depois daquela tarde na sua casa?

— Não aconteceu nada... — O garoto se senta, claramente tentando evitar a conversa.

— Você pode fingir que não ou pode simplesmente falar comigo, Lucas.

— Eu fiquei com medo, tá? — Ele dispara e isso me pega de surpresa. Me sento ao seu lado e olho para o seu rosto, ele está com os olhos fechados antes de se virar e olhar para mim.

— Medo? Como assim?

— Eu tive medo porque eu tenho sentimentos por você, Clara. Eu tive medo porque não sabia se você sentia o mesmo, até porque não tem motivo para que alguém como você sinta algo por alguém como eu. Me desculpe, mas eu só não queria te machucar ou machucar a mim mesmo. — Ele fala sem pausas e cada palavra parece me atingir de uma forma diferente.

Eu tenho sentimentos por você, Clara.

— O que você quer dizer com "alguém como eu e alguém como você"?

— Clara, você merece alguém melhor.

— Você não pode decidir o que é melhor para mim.

Coloco minha mão sobre a sua e parece que algo acontece através do nosso toque, como o dobro de impulsos nervosos correndo por nós e nos unindo.

— E o que é melhor para você? — Ele pergunta e assim que volta a se calar parece que o silêncio é muito maior do que antes. Como se as batidas rápidas do meu coração pudessem ser ouvidas à distância. Sei exatamente o que é melhor para mim.

— Que você não se afaste.

Não temos tempo para refletir sobre as últimas palavras ditas. No instante seguinte, estamos tão próximos que posso sentir sua camisa fria e molhada no meu corpo, e ainda assim tudo parece muito quente. Seu polegar acaricia meu rosto um milésimo de segundo antes que nossos lábios se encontrem. É tudo muito calmo, é simples.

Não, eu não sinto tudo aquilo que dizem por aí.

Não vejo fogos de artifício. Não sinto o chão desaparecer. Não sinto que o mundo ao nosso redor deixou de existir.

Só sinto que tudo que preciso está sentado bem ali ao meu lado.

7

E pode parecer loucura
Porque a gente ainda não se conhece
Mas de repente me peguei
Te incluindo nos meus planos

QUINTA-FEIRA / YVES

Lucas se afasta e mantém os olhos fechados por um instante antes de finalmente, após um longo suspiro, olhar diretamente para mim, com um largo sorriso no rosto. Nossos rostos afastados por poucos centímetros. Eu não conseguiria não retribuir o seu sorriso, nem que se daquilo dependesse toda a existência da humanidade.

— Isso foi... — Tento dizer.

— Incrível! — Ele me interrompe e percebo que eu não tinha uma palavra melhor para definir o que acabara de acontecer.

Nossas mãos ainda estão próximas e ele começa a acariciar o dorso da minha, delicadamente, com movimentos circulares. De repente, todo o pátio é invadido pelo barulho de vozes que falam mais alto do que o normal. Alguém abriu a porta da casa.

— Clara? — Reconheço instantaneamente a voz de Duda e ouvi-la me chamando parece me trazer de volta ao mundo real, aquele do qual saí por alguns instantes — Clara, onde você está?

— Aqui, Duds! — grito em resposta e me levanto rapidamente para que ela me veja. Assim que descobre onde estou, a garota corre em minha direção.

— O que aconteceu? Você disse que ia entrar e... — Lucas se levanta também, ficando então visível e deixando Duda com uma expressão questionadora no rosto — Oi, Lucas.

— Oi, desculpe ter feito a Clara demorar a entrar, é que ela se assustou quando eu cheguei e acabou caindo na piscina...

— Ai, meu Deus! Clara, você está bem?

— Sim, eu tô bem. Graças ao Lucas, no caso — tento explicar enquanto Duda passa as mãos por meus braços como se me examinasse.

— Era o mínimo que eu poderia ter feito, depois de te fazer cair — Lucas passa a mão pelo cabelo e só aí parece se dar conta de que está completamente molhado —, eu acho melhor a gente se secar, eu vou procurar uma toalha.

O garoto sai rapidamente, sem esperar por qualquer comentário. O observo por alguns segundos antes de voltar a olhar para Duda, que tem um sorriso de orelha a orelha enfeitando os lábios.

— Eu nem sabia que ele vinha! — Ela comenta, com tom de ameaça.

— Eu muito menos!

— Me explica isso direito, o que aconteceu?

— Eu tentei acabar com esse medo de piscinas andando ali na borda. — Aponto para a piscina atrás de mim — Ele chegou enquanto eu estava distraída e me assustei quando ele falou comigo. Duds, foi horrível, mas, sem pensar duas vezes, ele pulou na água e me salvou e aí depois...

— E aí depois... — Duda aperta minhas mãos com um pouco mais de força.

— E aí depois nós nos beijamos!

Os olhos de Duda parecem querer pular das órbitas. Sua boca vai se abrindo devagar, juntamente com um sorriso grandão. Eu posso sentir todo o esforço que ela está fazendo para não soltar um gritinho, afinal, Lucas não está tão longe e não entenderia uma crise histérica a essa altura do campeonato.

— Eu sabia que ia acontecer mais cedo ou mais tarde! Você já percebeu como ele olha para você? E o que você achou? — Duda fala rápido demais, me deixando ainda mais ansiosa.

— Como ele olha para mim?

— É meio que aquela interação entre mariposas e focos de luz... Mas esse não é o ponto...

— Eu sou a mariposa? — questiono um pouco confusa e ao mesmo tempo tentando evitar toda a conversa sobre o tal beijo.

E que beijo.

— Ele é a mariposa! Mas esquece isso! Como foi o beijo? Quem beijou primeiro?

— Tá bom! Tá bom! Olha, eu não sei bem quem beijou primeiro, estávamos sentados e conversando e, de repente, estávamos nos beijando e eu tenho que admitir: foi muito bom.

— Ainda mais se a gente se lembrar que foi um beijo molhado!

Não consigo segurar a gargalhada e Duda me acompanha, rimos tanto que nem sequer notamos que Lucas já está de volta com toalhas em mãos. Tento secar meu cabelo enquanto Duda e Lucas conversam, entramos na casa logo em seguida.

O lugar está lotado, é uma bagunça organizada. Assim como Duda dissera, alguns garotos tocam violão no centro da sala enquanto o restante do pessoal canta (ou grita) alguns desses clássicos que sempre surge quando muita gente se junta pra cantar.

Percebo quando Lucas observa a sala por um instante e, por fim, deposita seu olhar em mim, parecendo surpreso ao me encontrar analisando-o. O garoto faz um movimento com a cabeça que deixa claro que quer que eu o acompanhe, e é o que eu faço. Ele caminha lentamente até um canto da grande sala e se senta no chão, o imito e só então entendo que são as nossas roupas molhadas que nos impedem de sentarmos confortáveis no grande sofá branco do outro lado, que ainda tem alguns lugares vagos.

— Então... Nós vamos falar sobre isso agora? — Lucas chama minha atenção com a pergunta, mas não olho diretamente para ele.

— Acho que talvez fosse melhor usar essa noite para pensar direito e colocar tudo no lugar, conversamos com calma amanhã.

— Ou seja, vamos só curtir o momento.

— É, vamos curtir o momento.

Ele sorri sem fazer nenhum som e percebo que volta a olhar para a frente. Sou pega de surpresa quando ele coloca o braço por trás dos meus ombros e me puxa devagar para mais perto, aceito o gesto e ficamos ali nos balançando ao som da música, até me arrisco a cantarolar algumas estrofes e seguir nosso plano de curtir o momento.

Curtir o momento.

Até parece.

Meu estômago se revira durante todo o restante da noite. Apesar de tudo, eu até mereço um prêmio por minha atuação, fingindo naturalidade. Quando as pessoas vão finalmente entendendo que a festa acabou, Lucas me ajuda a ficar de pé e me oferece uma carona até em casa, mas eu ainda não estou certa de que tenho capacidade física e psicológica para ficar tão próxima dele com um total de zero pessoas por perto. Claro que dou a desculpa de que meus amigos estão me esperando — o que não deixa de ser verdade —, combinamos de nos encontrarmos no dia seguinte no colégio e praticamente corro para o lado de fora em busca do lugar onde o carro de JP havia sido estacionado.

Ando em círculos por algum tempo até finalmente encontrar o carro e meus amigos, impacientemente, me esperando.

— Onde você estava, sua maluca? — Duda pergunta assim que me vê.

— Andei um tempão sem saber onde a gente tinha estacionado. — Dou um sorriso amarelo e jogo a cabeça para trás, deixando claro o meu cansaço.

— Podemos ir, senhoritas? — JP pergunta já entrando no carro e Duda e eu fazemos o mesmo.

Como sempre, a viagem de volta é mais rápida e eu sou a primeira a ser deixada em casa. Combinamos o horário da manhã seguinte e observo o carro se afastar, em pé na calçada enquanto aceno.

Meus pais já estão dormindo quando entro, então vou direto para o andar de cima, tomo um banho rápido e, assim que me enfio em um pijama, pulo na cama ansiosa pelas próximas horas de sono até o despertador tocar desesperadamente, me obrigando a levantar.

Pelo menos era o que eu esperava. Nada podia garantir, contudo, que era o que realmente aconteceria.

Me deito de barriga para cima, de lado, de cabeça para baixo, nada parece funcionar. Cada vez que meus olhos se fecham, o cheiro de cloro da piscina me alcança e eu posso sentir o calor do beijo de Lucas ainda ardendo em meus lábios. Por mais que eu tente contar carneirinhos e mandar meus pensamentos para longe, eles me levam de volta para o momento em que minha mão sentia o toque do garoto e lá estava eu novamente caindo num poço infinito de sensações completamente novas e empolgantes.

Eu não percebo o momento exato, mas do nada o quarto fica claro demais e meu celular começa a vibrar e ecoar a melodia já conhecida. Sinto então a *maravilhosa* sensação de passar a noite em claro rodando de um lado para o outro na cama. Eu posso apostar que Lucas conseguiu dormir tranquilamente. A cena que invade minha mente é capaz de me fazer sorrir. Eu consigo imaginá-lo, facilmente, deitado, tão vulnerável de olhos fechados, com um leve sorriso nos lábios.

Droga.

Me obrigo a ficar de pé e pensar em qualquer outra coisa que mantenha Lucas longe, pelo menos por enquanto. Eu serei obrigada a encontrá-lo no colégio, mais cedo ou mais tarde. Entro em pânico com a ideia e começo a me arrumar imediatamente numa tentativa de me distrair. Preciso de ajuda da maquiagem para disfarçar as marcas escuras logo abaixo dos olhos.

Minha mãe está em casa esta manhã e me pede detalhes sobre a festa, quando me dou conta de que é melhor manter a história sobre a bebida azul e sobre o beijo fora da narrativa, tudo que posso dizer é:

— Foi ótima, mãe.

Ela sabe que tem muito mais. Sempre sabe. Mas apenas sorri e continua caminhando pela cozinha.

Eu estou pronta quando JP chega com Duda, mas devo admitir que gostaria que ele tivesse dirigido lentamente para postergar pelo menos mais alguns minutinhos a nossa chegada à escola. Eu não consigo me concentrar em nenhuma das aulas e, cada vez mais, o horário de me dirigir para a redação do Mercúrio se aproxima, eu estou com a ansiedade a mil.

E cá estou eu, na porta da redação. Respiro fundo e entro tentando focar na minha mesa e não olhar para os lados. Espero que ele apareça na minha frente e diga "precisamos conversar", mas ele não o faz, exatamente pelo fato de não estar no local, informação que consigo assim que crio coragem para dar uma olhada rápida ao meu redor.

— Clara, será que pode me ajudar com isso aqui? — Talita surge do nada e se senta na ponta da minha mesa com papéis em mãos.

— Posso sim, o que foi? — Pego os papéis que ela me entrega.

— Olha o estado desse artigo, preciso que faça sua mágica aqui.

— Vai ficar me devendo essa, hein? — digo, enquanto ligo o computador.

Ela se afasta sorrindo, coisa que é tão rara de acontecer.

Trabalho por algum tempo no artigo bagunçado, mas me perco várias vezes olhando para a porta, esperando por Lucas, que nunca aparece.

Estou no último parágrafo quando o meu celular vibra. É uma mensagem dele. Sinto um arrepio percorrer meu corpo ao ler seu convite:

Venha me encontrar.
LUCAS - 14h16min

O garoto anexa uma foto à mensagem e sei exatamente o que ele quer dizer. Reconheço a fonte do pátio do colégio. Dou uma última olhada no que pude fazer com o artigo, o imprimo e procuro Talita.

— Foi o máximo que pude fazer — digo, entregando-lhe as folhas de papel.

— Provavelmente o mínimo que você tenha feito já ajudou e muito.

— E agora eu já vou cobrar por esse favor. — Percebo quando a garota ergue uma sobrancelha com medo do que eu possa lhe pedir — Preciso sair por alguns minutinhos, tenho um assunto para resolver. Tudo bem, né?

— Algo relacionado à noite de ontem? — Ela pergunta, com um sorrisinho malicioso nos lábios.

— Como assim? Do que você está falando?

— O Lucas não está aqui, você precisa sair... Tudo se encaixa perfeitamente.

— E como você sabe da noite passada? Nem foi na festa.

— Como se fosse preciso. Você sabe que a rádio-corredor desse colégio dá mais notícias que o próprio Mercúrio. — Ela ergue os ombros.

— Então quer dizer que...

— Que o novo casal de pombinhos é o assunto mais comentado dessa segunda-feira.

Arregalo os olhos, a garota solta uma gargalhada, que em nada se difere daquelas malignas risadas de bruxas más, e se afasta para a mesa de Milena.

Saio da sala com o coração a mil. Desço as escadas pulando alguns degraus e corro em direção à fonte. Encontrar Lucas ali me deixa dividida. Parte de mim se sente segura, a outra parte diz que estou prestes a entrar em apuros. Respiro fundo e me aproximo, me sento ao seu lado.

— Já está sabendo das notícias? — pergunto.

— Ouvi algumas coisas por aí... O que acha de tudo isso?

— Eu acho que as pessoas deviam cuidar de suas próprias vidas, eu fico indignada com isso. Quer dizer que não temos mais privacidade?

— Clara... — O garoto segura minha mão e me faz calar sem nem mesmo pedir. Talvez ele esteja começando a entender o poder que tem de me fazer perder a fala com um simples toque seu — Eu quero saber o que você acha do assunto que estão comentando por aí.

— Eu só não queria ser o centro das atenções. — digo e olho para os meus próprios pés.

— Então o problema é apenas que comentem algo que deveria ser apenas nosso? — Ele pergunta e minha respiração fica um pouco desregulada ao ouvi-lo falar sobre *algo que deveria ser apenas nosso.*

Não consigo pensar em nada para dizer, Lucas segura meu queixo e me faz olhar para ele. Confirmo balançando a cabeça lenta e positivamente.

— Eu tenho uma ideia... — Ergo as sobrancelhas, como se o pedisse para continuar contando o seu plano — Se eles querem falar sobre algo que ainda não existe, por que não damos motivos reais para discutir?

— O que você quer dizer? — Fico um pouco confusa por um instante. Apenas por um pequeno instante — Ah, tá. Então... é... tipo... sabe... como... — Me perco nas palavras e Lucas resolve me ajudar.

O garoto se inclina em minha direção e quando percebo o movimento, ele já está tão próximo que posso sentir seu hálito brincando em meu rosto. Fico um pouco tonta com toda aquela aproximação e decido que seus lábios podem facilmente ser meu ponto de salvação em meio a todo o caos.

Não penso duas vezes.

Lucas também não.

Ambos reduzimos a pouca distância que restava, colo meus lábios aos seus e sinto suas mãos envolvendo minha cintura. Minhas mãos estão em seu peito e, por um instante, me esqueço completamente que estamos no colégio. Ouço risadinhas e sei que Lucas também conseguiu ouvir, pois nos afastamos ao mesmo tempo e olhamos para trás onde um grupinho de garotas tenta fingir que não estão nos observando.

— Acho que seu plano deu certo. — Brinco e só então percebo que ainda estamos abraçados.

— Então eu preciso perguntar outra vez. O que acha de tudo isso? — Ele pergunta e noto o sorriso malandro em seu rosto. Fico ligeiramente sem ar.

— Posso ser sincera? — Lucas concorda silenciosamente — Eu acho tudo isso muito bom...

Sorrio e ele me acompanha, mas não queremos ser pegos ali, então ele apenas me puxa para mais perto de si e fico envolvida em seus braços, sentindo os movimentos de sua respiração calma e imaginando todas as vezes em que vi filmes românticos, me colocando no lugar da mocinha. Eu nunca achei que isso pudesse acontecer de fato, e agora era exatamente o que eu tinha.

8

Eu renuncio a quem eu tenho sido
Para ser quem você é
Nada me torna mais forte do que seu coração frágil

TURNING PAGE / SLEEPING AT LAST

Chega a ser meio ridículo a forma como agimos quando estamos gostando de alguém, não é mesmo? Nossos pensamentos sempre correm em direção a essa pessoa, mesmo que digamos para que eles façam o contrário. E o engraçado é que nunca, em sã consciência, iríamos querer que eles te obedecessem porque, ora, o que poderia ser melhor do que escrever poeminhas bobos e combinar sobrenomes?

Corro pelo corredor tentando não esbarrar em ninguém, até recebo uns olhares feios enquanto faço isso, mas, poxa, estou atrasada!

O que não é nenhuma novidade.

O combinado era encontrar Lucas na fonte do pátio do colégio logo após a minha aula, mas Duda precisou contar um sonho que ela tivera e sobre como ela achava que aquilo havia sido um sinal deixando claro que era melhor não tomar nenhuma decisão e também prestar atenção no que dizia, já que isso podia trazer prejuízos e resultados ruins para ela.

— É sério, eu procurei em todos os lugares no sonho e eu não conseguia encontrar a bendita da pulseira e aí, quando eu acordei, pesquisei e foi isso: situações difíceis ou humilhantes, perdas... — Ela diz enquanto mexe no celular, tentando encontrar o *site* no qual havia pesquisado mais cedo.

Saí correndo assim que desisti de tentar colocar juízo na cabeça da garota e ela percebeu que precisava ir para o auditório antes que se atrasasse e perdesse o papel no espetáculo.

Vejo Lucas sentado na fonte, alternando entre olhar ao redor e checar o telefone. Perco o chão só de vê-lo sorrir ao me encontrar. Me aproximo ofegante e apoio as mãos no joelho, tentando voltar a respirar normalmente.

— Estava na aula ou numa maratona? — Ele se aproxima de mim, passando a mão em minhas costas.

Ergo um dedo em resposta, pedindo um segundo e me sento na beirada da fonte, finalmente, recuperando o fôlego. Lucas se senta ao meu lado e apoia a mão no meu joelho.

— Nossa, essa vida sedentária não está ajudando mesmo... — Me lembro de todas as vezes que prometi começar a me exercitar e tudo não saiu do planejamento — Mas não é para isso que estamos aqui! Temos pouco tempo e... FELIZ MESVERSÁRIO! — digo alto demais e percebo que atraio alguns olhares. Lucas me encara num misto de constrangimento, surpresa e curiosidade.

— Feliz o que?

— Mesversário! Estamos juntos há um mês — Balanço as mãos festivamente.

— Ei, eu não sabia que você se importava com essas coisas. Eu devia ter perguntado, teria me preparado. Mas eu juro que eu lembrei desse fato hoje. — Ele ergue as mãos enquanto se defende.

— Não tem problema. Eu fiz uma coisa para você... — Abro a mochila e pego a pequena caixinha branca e a entrego para o garoto que não entende muito bem o que está acontecendo.

Rio da sua falta de jeito e tiro a tampa da caixa ainda em suas mãos.

— Eu escrevi e coloquei aí trinta motivos pelos quais eu amo ter você comigo!

OK, dizer em voz alta faz tudo ficar ainda mais bobo do que parece. Mas ainda assim acho que foi uma boa ideia, a não ser que Lucas ache ridículo e comece a rir da minha cara.

Ai, meu Deus! Um sorriso está se formando nos lábios dele! Talvez a situação humilhante que a Duda previu em sonho fosse acontecer bem aqui, agora, comigo.

— Eu já disse hoje como você é perfeita? — Ele não me dá tempo para pensar, apenas se aproxima e me beija, me pegando de surpresa. Acaricio seu braço e seguro sua mão livre quando ele se afasta.

— Então você gostou? — pergunto apenas para tirar qualquer dúvida que ainda restasse.

— Eu amei isso aqui, vou precisar me segurar para não ler todos de uma vez só. Muito obrigado, sério. Desculpe não ter me preparado, mas eu já vinha pensando em algo e acho que esse é o momento perfeito.

Ergo uma sobrancelha.

— Não precisa se preocupar com isso.

— E eu não vou me preocupar. A não ser que você não esteja livre hoje à noite.

— Talvez eu não esteja...

Ele murcha decepcionado e parece esperar que eu explique meus planos.

— Eu vou estar ocupada tentando descobrir o que um certo garoto vai aprontar!

Lucas sorri, simples gesto que me contagia. Sorrimos juntos sem nos importarmos muito com o que o pessoal que passa por perto está pensando sobre nós. Quando você passa muito tempo se preocupando com o que as pessoas pensam, fica sem tempo para viver.

Meu celular toca e o pego na bolsa para dar uma olhada.

Você tem dois minutos, sua louca. Espero que já esteja chegando!

Leio o recado programado que deixei para mim mesma, todos os atrasos no clube do jornal estavam me rendendo olhares alarmantes de Talita e mais trabalho como punição. Agora eu estava um passo à frente da minha capacidade de me atrasar. Puxo Lucas pela mão e andamos rapidinho em direção à redação do Mercúrio.

Chegamos juntos com o restante do pessoal e seguro o riso ao ver a expressão surpresa no rosto de Talita ao me ver chegando, atipicamente, cedo.

— Pessoal, antes que vocês comecem seus afazeres, vamos aproveitar que todos, felizmente, já chegaram — ouço risadinhas e percebo que alguns dos meus colegas olham para mim, reviro os olhos e sorrio —, e vamos nos reunir aqui. Eu tenho um anúncio.

Todos nós vamos em direção ao centro da sala, Lucas olha para mim com curiosidade, ergo os ombros para que ele entenda que eu também não sei do que se trata, só sei que dá para sentir toda a empolgação de Talita.

— Eis o que está acontecendo! Junto à equipe gestora, nós da liderança do Mercúrio — me pergunto quem mais faz parte dessa tal liderança, mas é um pensamento passageiro e logo volto a prestar atenção —, estamos abrindo, oficialmente, as inscrições para o primeiro concurso de matérias do nosso jornal.

Conversinhas paralelas se iniciam automaticamente. Agora sim entendo a animação da garota.

Vamos lá! Me dê as regras e eu vou sair correndo em busca do primeiro lugar.

Você nunca vai encontrar alguém tão competitivo quanto eu.

Não estou brincando.

— Ei, ei, vamos nos concentrar, vocês precisam saber como tudo acontecerá. É o seguinte, cada um dos repórteres, colunistas e afins irão formar duplas com um de nossos fotógrafos. Então vocês estarão livres para escolher sobre o que vão falar. Precisarão utilizar a criatividade. Escolham entrevistas, reportagens ou artigos. O importante é dar o melhor de vocês e esperar para descobrir qual será a dupla a ganhar o concurso e a capa do jornal.

Estão todos fora de si. Minha cabeça gira e penso em todos os nomes em busca do melhor fotógrafo para formar a minha dupla. Não é preciso demorar muito, meus olhos pousam na escolha perfeita.

— As informações sobre inscrições, prazos e regras estarão no mural até o fim do dia. Boa sorte! — Talita avisa, mesmo que muitos já não a estejam ouvindo — E voltem ao trabalho, temos muito o que fazer.

Nos misturamos em busca de nossos pares.

— Ei, já tem dupla? — Ouço alguém perguntar.

— Já sim, desculpa aí. — A outra pessoa responde.

Atravesso o aglomerado de pessoas e me aproximo da garota que brinca distraidamente com a barra da blusa.

— Se você disser que sim, vamos juntas em busca do primeiro lugar — digo, chamando a sua atenção.

— Você quer participar do concurso comigo?

— Exatamente. Então, o que me diz?

Milena me responde com seu sorriso metálico e confirma, animadamente, com a cabeça. A puxo pela mão em direção à minha mesa e, no meio do caminho, recebo um olhar especulativo de Lucas, que conversa com Caio, dou um sorriso que pergunta "algum problema?" e continuo andando com Milena.

— Você tem algumas fotos que eu possa ver? Eu queria conhecer o seu estilo fora dos padrões de fotos aqui do jornal. — pergunto assim que nos sentamos.

— E-e-eu tenho sim. — Ela responde e se atrapalha um pouco quando pega o celular do bolso, assisto enquanto a vejo navegar pelas pastas até que finalmente me entrega o aparelho.

Observo a foto com atenção. A garota na captura está no meio de um bosque. Milena trabalha utilizando, perfeitamente, o foco da câmera, deixando exatamente o necessário em foco. O cabelo da modelo está voando e eu posso imaginar o movimento, como se estivesse assistindo a cena em tempo real.

— Ai, meu Deus, Milena! Você é maravilhosa! Olhe essa foto! A gente vai ganhar isso, eu tô sentindo. — Aperto sua mão e a vejo corar.

— Obrigada... Eu acho que o maior peso na hora da escolha vai ser o texto e você escreve muito bem. E-e-então eu acho que a gente tem muita chance mesmo.

— Vai ser um conjunto da melhor foto e do melhor texto. Nós vamos arrasar!

A felicidade em seu rosto me faz feliz também. Ela precisa se despedir e voltar ao trabalho, fico sentada, olhando fixamente para o computador ainda desligado. Preciso da ideia perfeita.

— Você é bem corajosa de ficar com a Carrie — me assusto quando Lucas se aproxima repentinamente.

— O nome dela é Milena... — Demoro alguns segundos para entender a piadinha de mau gosto — Lucas! Não fala assim dela. Nossa, que horrível! — Me viro, incomodada, na cadeira para que ele perceba como foi um comentário desagradável e mexo nos papéis sobre a mesa.

— Desculpe, desculpe, desculpe! Era só uma brincadeira, na verdade, é de tanto ouvir o pessoal falar.

— Como assim? Estão chamando a Milena de Carrie? — Me levanto, não pensei direito, mas tudo que eu quero é gritar com todo mundo. Lucas segura minha mão, me fazendo voltar a sentar.

— Calma, eu vou falar com eles. Fazer uma cena agora só vai fazer com que a menina fique constrangida.

Penso com calma enquanto olho bem nos seus olhos. Ele tem razão.

— Mas não foi sobre isso que eu vim falar. Acabei de receber uma mensagem do meu irmão. Ele está vindo para cá, deve chegar à noite. E eu sei que nós tínhamos planos, mas, se você não se importar, nós podemos sair com ele e você já aproveita para conhecê-lo. O que acha?

Socorro! Meu estômago dá um nó ao pensar que terei de conhecer alguém da família de Lucas. O seu pai ainda é um estranho para mim, então fico mais calma ao pensar que vou começar no nível mais leve.

— Nossa, eu acho que vai ser bem legal.

— Então eu passo para te pegar um pouquinho mais cedo, assim temos um tempinho a sós e depois a gente o encontra. Pode ser?

— Estarei esperando. — Pisco o olho em resposta e sorrio quando ele se aproxima e me dá um beijinho estalado na bochecha antes de voltar para sua mesa. Eu não sei o que esperar dessa noite, então respiro fundo e tento me distrair com o artigo da próxima edição.

Não se passaram muitos segundos desde que enviei uma foto de corpo inteiro para Duda e o celular já notifica uma mensagem da minha amiga dizendo que estou linda. Agradeço em poucas palavras, já que uma mensagem de Lucas avisa que o garoto me espera na porta da frente.

— Ei, dona moça. Onde é a festa? — Minha mãe pergunta, assim que desço o último degrau. Está debruçada sobre uma papelada espelhada pela mesa.

— Eu vou conhecer o irmão do Lucas, a gente vai sair para jantar. Peguei aquele seu batom emprestado, certo?

Ela ajeita os óculos e estreita os olhos de brincadeirinha.

— Divirtam-se!

— Pode deixar! — Sopro um beijinho em sua direção e saio de casa.

Lucas me espera enquanto observa o pouco movimento da rua. Me aproximo sem que ele perceba e coloco minhas mãos sobre seus olhos.

— Será que é a menina mais linda desse mundo? — Ele pergunta, tocando minhas mãos e acariciando-as. O simples toque já me faz perder o fôlego.

— Vai ter que descobrir por si mesmo.

Ele se vira assim que tiro minhas mãos do seu rosto. Eu posso estar imaginando, mas noto um brilho nos seus olhos ao encontrar os meus. Ele não pensa duas vezes antes de se aproximar para um beijo rápido, porém, intenso.

— Ainda temos aquele tempo livre? — pergunto quando ele segura minha mão e me puxa de volta para a porta de entrada da minha casa.

— Foi por esse tempo livre que esperei o dia inteiro.

Sua resposta causa um calor repentino por todo o meu rosto e eventualmente por todo o corpo. Eu não sei o que ele pretende fazer até que me ajuda a sentar em um dos degraus que levam à porta.

— Você é tão linda... — Ele acaricia meu rosto de forma delicada, se alguém visse a cena de longe, não teria dúvidas de que o mais leve toque poderia me quebrar em pedacinhos. Inclino meu rosto em direção à sua mão, a qual escorrega por meu ombro, braço e chega à minha mão. Me aproximo do garoto, seu cheirinho de banho tomado me envolve e repouso minha cabeça em seu ombro.

Ficamos em silêncio por alguns segundos, ouvindo os sons da noite ao nosso redor.

— Lembra daquela primeira vez em que te levei para passear?

— O piquenique na sua casa?

— Ele mesmo... Eu nunca vou me esquecer daquele dia, sério. — A lembrança chega rapidamente e eu não consigo segurar o sorriso. Sua mão envolve minha cintura, aconchegando-me — Quando me contou aquela história sobre as libélulas, me fez pensar sobre como eu realmente queria mudar. Eu não queria mais ser quem eu era, já que daquela forma eu não tinha você. Eu tentei fugir de tudo isso e só agora eu percebo como estava errado. Eu corri na direção errada por muito tempo até entender que você estava bem do meu lado.

Eu fico sem palavras.

Eu não esperava por aquilo tudo, todos aqueles sentimentos sendo expostos assim tão de repente.

— Lucas, eu nem sei o que dizer... Você também me fez mudar, e de um jeito bom. Eu queria poder eternizar esse momento.

— Se depender de mim, nós vamos ter muitos momentos perfeitos, afinal qualquer momento seria perfeito, desde que você estivesse comigo.

— Promete? — Dou um beijinho demorado em seu pescoço. Percebo sua movimentação e imagino que esteja sentindo cócegas.

Não podia estar mais enganada.

— Essa é a minha promessa — ele tira a mão do bolso e a ergue bem em frente aos nossos rostos. Por seus dedos, escorrega uma fina corrente e uma pequena libélula dourada balança alegremente no ar.

Apenas consigo revezar olhares entre o pingente e os olhos de Lucas, que sorri com a minha empolgação. O garoto se afasta e coloco o cabelo para o lado, dando espaço para que ele coloque o colar em volta do meu pescoço. Toco a libélula no meu colo e sorrio feito boba.

— Sempre que você se sentir sozinha bastar olhar para esse pingente e eu vou estar pensando em você. Certo?

Concordo com a cabeça. Meus olhos estão começando a ficar marejados, me aproximo e o beijo para que não perceba como sou uma boba chorona. Seus braços me fazem sentir tão segura que sinto que nada no mundo poderia me atingir desde que ele estivesse por perto. As lágrimas já estão sob controle quando nos afastamos.

— Então vamos? — Ele pergunta, me ajudando a ficar de pé.

— Vamos!

A essa altura já estou acostumada com a velocidade com que a moto ultrapassa os carros e corta a cidade num borrão. Me seguro em Lucas não por medo, mas porque o quero tão perto quanto seja possível.

O nosso destino essa noite é uma confeitaria pequena e aconchegante. Assim que desço da moto e fico de pé em frente ao estabelecimento, meu coração dispara. Parece que apenas agora consegui entender que conheceria o irmão de Lucas. E se ele não gostar de mim? Será que tentaria fazer com que Lucas se afastasse?

— O que foi? — Ouço a voz de Lucas ao meu lado.

— Oi? — pergunto, tentando fingir que não tinha pensamentos estranhos sobre seu irmão ser um vilão.

— Você ficou toda distraída olhando para o nada, está tudo bem?

— Ai, Lucas, eu tô nervosa. E se ele não gostar de mim?

— É impossível não gostar de você, garota de ouro! — Ele beija minha testa o que acalma meu medo irracional. Respiro fundo e seguro sua mão enquanto entramos no lugar.

Lucas dá uma boa olhada ao redor e não demora muito a encontrar o irmão que está acenando para nós.

Ok, a genética dessa família é realmente muito boa.

— Ei, cara! Como você está? — O rapaz abraça Lucas, e não é um desses abraços de garoto, eu consigo ver como eles estão felizes.

— Eu tô bem, mas e você? Está tudo certo por aqui? — Agora ele segura os ombros de Lucas analisando-o e eu tento não demonstrar que estou meio alheia ao reencontro.

— Está sim, fique tranquilo — Lucas se afasta um pouco do irmão para se aproximar de mim e envolver meus ombros com o braço — Davi, essa é a Clara, minha namorada. Clara, esse é meu irmão, Davi.

Ouvi-lo dizer as palavras *minha namorada* me deixa boba, mas até que disfarço muito bem. Davi dá um passo em minha direção e estende a mão, o imito num aperto de mão caloroso.

— Então você é a famosa Clara! É como se eu já te conhecesse, mas é um prazer conhece-la pessoalmente. Se o carinha aí pisar na bola, é só me avisar, certo? — Ele aponta com o polegar para o irmão, que revira os olhos.

— O prazer é meu e pode deixar que eu vou ficar de olho. — Tento entrar no clima descontraído que Davi construiu e ele sorri com sinceridade.

— O que é isso? Estão formando um time contra mim bem na minha frente?

Sorrimos juntos enquanto tomamos nossos lugares à mesa. Tiro um tempo para observar o lugar, estar aqui nunca perde o encanto, cada cantinho tem um detalhe especial desde as poltronas confortáveis, à parede de tijolinhos do lado de fora e a grande parede decorada numa mistura de pratos, xícaras e bules.

Assim que nos sentamos observo o garoto do outro lado da mesa, Davi é parecido com o irmão, seu cabelo é um pouco mais escuro e Lucas é um pouco mais alto. Mas se eu não soubesse, não diria que há diferença na idade.

— E a faculdade? Como está? — Lucas pergunta, relaxando na cadeira.

— Cara, bem complicada, sabe? Mas eu amo o que eu estudo, então não tenho do que reclamar — ele faz uma pausa e olha diretamente para o irmão —, a única parte que me incomoda é ter que ficar longe de você.

Preciso me segurar para não soltar um "ohh", não consigo imaginar como deve ser difícil ter de morar longe de alguém com quem se conviveu praticamente toda a vida.

— Também sinto sua falta... — Lucas se inclina um pouco e dá tapinhas no ombro do irmão.

— Ah, quase me esqueci de contar. Recebi a resposta sobre aquele estágio enquanto vinha para cá. Eu consegui! Começo na semana que vem!

Fico meio perdida com o assunto, mas a empolgação nos olhos de Lucas ao receber a notícia faz com que tudo faça sentido.

— Eu te falei que você ia conseguir! — Eles comemoram com um soquinho amigável e eu sorrio para Davi que olha para mim.

— Você cursa o que, Davi? — pergunto.

— Engenharia Civil, oitavo semestre. E você, já sabe o que vai fazer?

— Eu ainda fico dividida entre algumas opções, mas estou pensando bastante em Jornalismo, sabe?

— Você está falando com a estrela do jornal do colégio. Sério! — Lucas avisa para o irmão e aponta para mim, que sinto meu rosto queimar com tanta atenção.

— Nossa, vou até pedir um autógrafo e uma foto quando terminarmos de comer. E por falar em comer... Vamos pedir? — Davi sugere e apenas concordamos silenciosamente. Damos uma olhada no cardápio enquanto ele chama o garçom, que com muita eficiência anota nossos pedidos.

Os meninos contam histórias da infância para mim e percebo, com facilidade, o quão próximos são. Minha vontade de ter um irmãozinho até volta da infância.

— E daí que o pai achou que nossa tia ia buscá-lo na escola, e nossa tia achou que nosso pai é quem o buscaria. Ou seja... — Davi conta empolgado — Lucas foi esquecido na escola. Sério!

— Cara, isso foi traumatizante, eu achei mesmo que ia ter que morar com a diretora. — Lucas olha para mim com uma expressão assustada no rosto. Começo a rir com a ideia do pequeno Lucas esquecido no colégio.

— Nossa! Que maldade — me inclino e beijo sua bochecha.

— Eu tô tão feliz de ver vocês dois juntos... — Davi comenta, apoiando os braços sobre a mesa enquanto olha diretamente para nós dois.

— E eu também tô tão feliz de estar com você... — É a vez de Lucas falar e, segurando minha mão, olhar para mim. Olhando diretamente para ele, o mundo parece até ser um lugar melhor, me esqueço por um momento de que não estamos sozinhos e toco a pequena libélula no colar para voltar à realidade.

Nossos pedidos chegam e começamos a comer, alternando entre garfadas e assuntos que variam dos mais sérios aos mais informais. É bom conhecer um pouco mais sobre meu namorado que é tão reservado quando se trata de sua infância.

Nossos pratos já estão quase vazios e está tudo muito tranquilo até sermos interrompidos pelo toque do celular de Lucas no bolso da sua calça. Ele se mexe na cadeira para alcançar o aparelho. Analisa a tela rapidamente e olha para mim com uma expressão engraçada de curiosidade, a sobrancelha erguida e um biquinho se formando nos lábios.

— Que foi? — pergunto, pousando a colher no prato.

Ele não responde, apenas vira o celular para mim.

— Mas o que a Talita quer a essa hora?

— Quem sabe? Depois eu ligo e vejo o que é. — Ele volta a guardar o celular.

— Como eu estava dizendo, vocês podem ver o dia e ficam na minha casa e saímos para que vocês conheçam a cidade. O que acham? — Davi está muito animado desde o surgimento da possibilidade de o visitarmos. Mas não temos tempo de responder. O celular de Lucas volta a tocar insistentemente.

— Talita outra vez? — pergunto e Lucas apenas revira os olhos em resposta — Ninguém merece.

— Devo atender? — Ele me pergunta, inclinando a cabeça com uma expressão de sofrimento fingido no rosto.

— Você que sabe... Se bem que sabemos que ela vai insistir até você atender. Quanto mais demorar a falar com ela, maior vai ser a bronca. A decisão é sua, senhor repórter em tempo integral. — Ergo os ombros deixando a bomba em suas mãos, Davi ri do outro lado da mesa.

— Fala, Talita. — Ele resolve atender e posso ver seu esforço para ser gentil — Como é? Não entendi — Lucas aperta o celular no ouvido e se mexe um pouco — Claro que não... A ligação é que fica cortando. Deve ser o sinal. Calma, Talita. Espere um minuto. — O garoto afasta o celular do rosto e se inclina na minha direção — Eu já volto, certo? O sinal está péssimo aqui.

O vejo ir em direção à saída do lugar, ainda tentando entender o que Talita está dizendo. Volto a olhar para Davi, que está mastigando mais um pedaço de torta. O imito e ele quebra o silêncio.

— Quem é Talita?

— Você não deve ter entendido nada... Talita é a editora-chefe do Mercúrio. Maluquinha. Ela leva o jornal da escola muito a sério. Provavelmente precisa falar com Lucas sobre o artigo dele dessa semana.

— Nossa, nem mesmo o meu orientador é tão rígido.

Sorrimos juntos, imagino Talita com farda de soldado dando ordens para todos os lados.

— Sabe, Clara — Davi fala assim que deixamos nossas risadas de lado — Sério. Eu tô muito feliz mesmo de ver você com o Lucas. Eu fico muito preocupado com ele aqui sozinho... Ele nunca foi de muitos amigos, eu era o mais próximo que ele tinha de uma amizade. Acho que agora ele deve conhecer um pessoal, mas saber que ele tem você por perto, e vendo como você é boa para ele, eu fico tão mais tranquilo.

Engulo em seco.

— Ele também me faz muito bem, Davi. Ele realmente não é de muitos amigos, além de ser super fechado — Davi solta uma risadinha com o comentário —, mas eu tô conseguindo fazer com que ele se abra mais comigo. É ruim guardar tudo para si, você acaba se sufocando.

— Isso é verdade... Apesar de tudo que temos e do que nos tornamos, nossa vida nunca foi lá muito fácil. O Lucas era muito pequeno quando nossa mãe... Ela foi embora, sabe? Não se explicou, não deu um motivo. Ela simplesmente saiu de casa e nunca mais apareceu.

Escuto as palavras com atenção e posso ver toda a carga de sentimentos que ele traz consigo através de seus olhos. Tenho vontade de segurar sua mão e consolá-lo, mas não acredito que sejamos assim tão íntimos.

— Nossa, o Lucas nunca disse nada sobre isso... Para falar a verdade, ele sempre muda de assunto quando a conversa chega na sua família. Caramba, eu não posso dizer que entendo, mas imagino que deve ter sido bem difícil para vocês.

— Realmente, foi bem difícil. Acho que para ele ainda mais. Ele passou muito tempo nos perguntando quando a mamãe ia voltar e não sabíamos como responder, até que ele amadureceu o suficiente para entender que nossa mãe não voltaria. E, além disso, eu me senti muito mal em ter que sair de casa para estudar, apesar de ter sido uma situação completamente diferente, ele deve ter se sentido abandonado mais uma vez.

— Ele te admira muito, Davi. Não se sinta culpado. — Não resisto, dessa vez seguro sua mão sobre a mesa e tento lhe oferecer um sorriso.

— É só que nosso pai não é o maior exemplo de carinho, Clara. Ele é ótimo, cuidadoso, presente, soube lidar com a falta de uma esposa e mãe em casa, mas acho que você me entende. Ele não se preocupa em saber como foi o dia no colégio desde que as notas estejam sempre acima da média.

— Eu entendo. Mas se tem algo que posso dizer, é: o Lucas entende e aceita tudo que você faz por ele. Ele sabe o quanto você se preocupa com ele. Pode até ter sido o pensamento de um Lucas mais novo, mas ele não pensa, hoje, nem por um segundo que você tenha o abandonado. Pelo contrário, ele tem você como um exemplo.

— Eu nunca ouviria isso daquele bobão.

Voltamos a sorrir e sinto o clima voltar a ficar mais leve. Solto sua mão e como mais um pouco da torta.

— Obrigado por cuidar dele.

— Não é nenhum trabalho para mim.

Pergunto alguns detalhes sobre a faculdade e ele me responde animadamente. Nada como vemos nos filmes, mas tem lá sua diversão, se você souber escolher seus companheiros universitários. Palavras do próprio, não seria eu quem discordaria.

Olho para trás depois de alguns instantes e vejo Lucas voltando. Ao encontrar meu olhar, deixa um sorriso preencher seus lábios, como se estivesse finalmente livre do martírio Talita.

Olhar para Lucas agora me faz sentir diferente. Ele sorri de algo que o irmão conta e consigo imaginá-lo sozinho, ansiando pela volta da mãe. Consigo vê-lo preocupado com o fato de que aquela que deveria colocá-lo para dormir e prepará-lo para a escola nunca estava presente. E ainda consigo imaginá-lo um pouco mais velho, entendendo, finalmente, que aquela era a sua realidade e nada poderia modificá-la. Algo dentro de mim me diz que não posso fazê-lo se sentir assim mais uma vez.

Me despeço de Davi no estacionamento, provavelmente não o verei antes de voltar para sua cidade, mas deixo claro quão bom foi conhecê-lo. Quando Lucas me deixa na porta de minha casa e desce da moto para me abraçar eu afundo meu rosto em seu peito.

— Não foi como imaginávamos, mas foi um bom mesversário. — Ele sorri ao dizer a palavra e beija o topo da minha cabeça.

— Foi perfeito! — Me afasto o suficiente para olhar bem para o seu rosto. Seus olhos esverdeados brilham — Você é perfeito! — O beijo sem qualquer aviso e sem qualquer surpresa, ele retribui. Deveria ser meu trabalho a partir de hoje protegê-lo, mas eu não acho que haja problema em dar início a essa função na manhã seguinte. Me agradava, naquele momento, estar envolvida por seus braços fortes e ser protegida por ele.

9

Ouça o vento soprar
Veja o sol nascer
Corra por entre as sombras
Dane-se seu amor, dane-se suas mentiras

THE CHAIN / FLEETWOOD MAC

Milena se contorce na cadeira numa crise de riso quando lhe conto baixinho que descobri que uma dupla havia decidido participar do concurso com uma matéria que tentava provar por a mais b que videogames eram mais influentes para o desenvolvimento cerebral do que livros. Com certeza Talita nem chegaria à metade do texto, se deteria no próprio título.

— Eles acham mesmo que isso seria publicado num jornal estudantil? Eles são mesmo muito desenvolvidos intelectualmente.

Fico feliz em ver que Milena está começando a se sentir à vontade quando estamos juntas, ela agora consegue deixar toda a timidez de lado e ser a Milena por trás de todas as camadas de autopreservação e subestimação. Ambas rimos e, dessa vez, não conseguimos nos controlar, acabamos chamando mais atenção do que queríamos e Talita nos lança um olhar enviesado da sua mesa. Paro instantaneamente, pois sabia que poderíamos levar uma bronca a qualquer momento. Na tentativa de me controlar, percebo que estou sendo observada.

Um par de olhos verdes me fitam como se eu fosse sua presa, quando percebe que foi pego no ato, Lucas sorri desconcertado e desvia o olhar, eu podia jurar tê-lo visto fitando Milena um segundo antes de se virar completamente, mas provavelmente foi só uma ilusão de ótica ou coisa parecida.

— Estamos rindo deles, mas ainda não temos um tema. Precisamos nos esforçar mais. Eu sei que existe uma matéria perfeita e campeã escondida por aí, esperando para ser escrita e fotografada por nós. A gente só precisa pensar mais um pouquinho— aviso, tamborilando os dedos sobre o tampo da mesa.

— Podíamos tirar o restante dessa semana para pensar sobre isso e anotamos todas as nossas ideias e as trocamos na semana que vem.

— E aí provavelmente teremos um tema perfeito. Vai ser como um ultimato para a nossa procrastinação!

— Eu não pensei em nada tão grande, mas sim, vai ser nosso ultimato — Milena sorri, erguendo os ombros.

Uma movimentação na porta chama nossa atenção e olhamos para lá.

— Oiê! — Duda vem em nossa direção e acena em cumprimento. JP está logo atrás dela e ambos puxam cadeiras para se acomodarem bem à nossa frente.

— Que surpresa! Eu acho que vocês nunca vieram aqui, né? — comento, afastando alguns papéis sobre a mesa para que possamos conversar sem obstáculos nos separando.

— A gente veio te chamar para ir ao cinema mais tarde... — Duda explica o motivo da presença dos dois.

— Podemos te esperar terminar e vamos direto daqui para aproveitar a promoção da matinê. — É a vez de JP falar e fico empolgada com a ideia de ver, de uma vez por todas, aquele filme sobre o qual todos vinham falando, mas que até então eu não tivera a oportunidade de assistir — Você também pode vir com a gente, Milena.

Milena pousa as mãos sobre as coxas e observa-as, por um instante, e apenas alguns segundos depois vira-se para meu amigo e sorri, concordando com um aceno de cabeça. Eu os havia reunido e apresentado num intervalo há alguns dias, mas Milena ainda permanecia meio fechada quando eles se aproximavam, porém eu percebia que, aos poucos, ela estava começando a mudar e eu amava a ideia de nos tornarmos quatro.

Ou cinco, não fosse o caso de Lucas quase nunca sair conosco. Na verdade, ele sempre tinha uma desculpa quando a oportunidade surgia e até houve duas ou três vezes em que ele havia me pedido que cancelasse o compromisso e fosse com ele para algum outro lugar na garupa da sua moto. Eu queria tanto que ele se desse bem com o pessoal. Não é como se ele não gostasse deles, mas eu percebia que ele ficava meio desconfortável na presença de JP e Duda. Provavelmente era consequência das nossas conversas cheias de piadas internas. É horrível participar de um diálogo em que não se entende boa parte do que está sendo dito. Eu precisava falar com meus amigos sobre esse assunto.

Pensar nisso fez uma parte do meu cérebro se acender, aquela que funcionava, às vezes, para me fazer lembrar de datas. Olhei para o calendário e, em seguida, para Lucas, que pareceu estar olhando para nosso pequeno grupo, antes de voltar a olhar para sua mesa.

— Poxa, gente. Acabei de lembrar que eu tinha marcado de ajudar o Lucas com uma prova de inglês que ele vai fazer amanhã. A gente pode deixar para outro dia? — pergunto, me inclinando sobre a mesa e apoiando os cotovelos sobre o tampo e a cabeça nas mãos.

— Pior que eu tenho quase certeza que hoje é o último dia do filme em cartaz... Não dá mesmo para ajudar ele uma outra hora? — JP pergunta e dá um leve empurrão com o dedo na libélula pendendo no meu pescoço. O inseto inanimado balança para lá e para cá, como numa dancinha frenética.

— A prova é amanhã... Desculpe mesmo, gente. Mas tudo bem se vocês quiserem ir sem mim, não seria justo perder o filme.

— O que acha? — Duda pergunta para JP, com um empurrão de leve com o ombro. O garoto parece pensar um pouco.

— Se não pode mesmo ir e não se importar, nós vamos, então.

— Nada de *spoilers*, hein? Eu vejo depois — comento e coloco mechas do cabelo atrás da orelha.

— Você vai né, Milena? — Duda pergunta e vejo que Milena pondera um pouco sobre a resposta, agora que eu não vou mais. Ela olha para mim, como se implorasse para que eu fosse, mas desvio o olhar, torcendo para que ela aceite.

— Vou sim... — Ela responde baixinho e comemoro internamente.

— A gente passa para te pegar, então, mande uma mensagem com seu endereço — JP se levanta e Duda faz o mesmo — A gente se vê depois — Ambos se despedem e deixam a sala.

— Ai, Clara. Como eu vou sem você? Eu fiquei com vergonha de dizer que não ia mais. Eles podiam ficar chateados comigo, podiam pensar que eu só ia porque você estaria lá também. — Milena reclama na cadeira ao lado.

— Calma, não tem motivo para ficar nervosa, você vai ver que a Duds e o JP são incríveis, sério. Eles são muito legais e você vai se sentir à vontade num piscar de olhos.

— Tomara... Agora eu tenho que ir. A gente se vê amanhã — Nos abraçamos e Milena pega suas coisas, saindo da sala logo em seguida, muitos alunos que fazem parte da equipe do Mercúrio já saíram, a sala está praticamente vazia, então guardo tudo, desligo o computador e vou até a mesa de Lucas.

— Ei, senhor repórter lindo, pronto para ir? — Me posiciono atrás de sua cadeira e me inclino para abraçá-lo. Ele vira um pouco o rosto para beijar meu braço.

— Estou sim, senhorita repórter perfeita — Começo a rir e o largo para que possa se preparar para irmos embora. Lucas se levanta pouco tempo depois e envolve meus ombros com o braço, é assim que saímos da sala com nossos quadris se tocando levemente.

Vamos até o estacionamento pegar a moto e passamos no *Station* antes de irmos para casa, para pegarmos um combo de batatas, hambúrgueres e refrigerante. É um exercício de equilíbrio levar tudo aquilo e não cair, mas eu consigo.

A casa de passeio de Lucas se tornou nosso cantinho e era nosso destino mais uma vez. Eu nunca me acostumaria com a beleza daquele lugar. Atravessei os cômodos para pegar uns copos e pratos na cozinha enquanto Lucas tirava nosso lanche das embalagens e, logo em seguida, devoramos tudo como se nossas vidas dependessem daquilo. Ninguém disse que passar o dia inteiro no colégio seria fácil.

Me deito no tapete com a cabeça apoiada na coxa de Lucas, que mexe despreocupadamente no meu cabelo após acabarmos com toda aquela comida. Ele está com o olhar distante e o observo por alguns instantes. Ele é tão lindo que me pergunto sobre os motivos dele para encontrar algo de especial em mim. Às vezes me pego em questionamentos, como: "será que realmente combinamos como um casal?".

— Vamos começar? — Quebro o silêncio.

— Han?

— A prova de amanhã... Vamos estudar.

— Ah sim, vamos lá.

Me sento para que Lucas se levante, ele volta com sua mochila em mãos e espalha alguns livros e apostilas ao nosso redor. Nos dedicamos à interpretação de textos por um longo tempo, dando bastante ênfase ao vocabulário. Faço algumas questões gramaticais no caderno enquanto Lucas se concentra numa leitura e depois ele as responde, acertando a maioria. Resolvo dar-lhe um beijinho de parabéns, mas aí nossa aula acaba.

Me sento no seu colo e minhas mãos passeiam por seu cabelo enquanto o beijo. Seu toque sobe e desce por minhas costas e sinto como se fosse possível permanecer daquela forma para sempre. Lucas, entretanto, pensa diferente e acha que deveríamos ir adiante. Sou tomada por uma onda de pânico, me afasto um pouco, o deixando com uma sobrancelha erguida.

— Está tudo bem? — Lucas pergunta segurando uma das minhas mãos.

— Sim, é só que... É só que eu não tenho certeza sobre...

— Ei, eu entendo. Não tem problema.

Meu coração começa a voltar ao seu ritmo normal quando Lucas me faz deitar novamente no tapete e deita ao meu lado, me oferecendo seu peito como travesseiro, e é claro que eu aceito.

— Como você imagina o nosso futuro? — A pergunta passa com tranquilidade por seus lábios, encontrando o silêncio da sala quase inteiramente branca.

Eu nunca havia parado para pensar num futuro distante com Lucas, estava tão empolgada com o que estávamos vivendo que o presente era tudo o que eu queria. Mas sua pergunta me faz ter sensações diferentes pulsando dentro de mim.

— Muito clichê se eu disser que nos vejo velhinhos e juntinhos andando de moto por aí?

A gargalhada de Lucas faz seu peito vibrar sob minha cabeça e me contagia. Sorrimos juntos e me viro para apoiar o queixo em seu peito e olhá-lo de perto.

— Eu gostei dessa ideia. Vamos ser um casal de velhinhos descolados. — Ele levanta e abaixa as sobrancelhas algumas vezes, me fazendo voltar a rir — Nossa, todo aquele refrigerante começou a fazer efeito.

Logo após uma careta engraçada, Lucas me dá um beijinho na testa e se levanta.

— Eu já volto, professora.

— Não demore.

— E quem disse que eu conseguiria ficar longe de você por muito tempo? — Ele pisca o olho e sai do cômodo, me deixando no meio de toda aquela brancura. Me apoio no sofá e deixo meus pensamentos viajarem atrás da pergunta de Lucas.

Como você imagina o nosso futuro?

Me lembro de todas vezes em que ele me enviou fotos fofinhas e engraçadas no meio do dia sem qualquer motivo especial e resolvo fazer o mesmo. A ideia era tirar uma *selfie* simples e editá-la com um texto que diria "imagino meu futuro ao seu lado". A foto ficaria na sua galeria e ele a encontraria num momento aleatório.

Desbloqueio a tela do aparelho e abro o aplicativo de fotos. Procuro um ângulo legal e me preparo para registrar meu sorriso tímido quando uma notificação de mensagem surge de repente, o que arruinou qualquer chance de uma *selfie* descontraída.

Eu nunca fiz o tipo ciumenta e enlouquecida, porém, num segundo, milhões de pensamentos preencheram minha mente. Lucas não tem tantos amigos no colégio, muito menos amigas. Na maior parte do tempo estamos juntos e ele nunca disse nada sobre outras amizades. Não me importaria se ele tivesse, mas alguém que envia uma mensagem que se inicia com "Foi muito bom e não consigo esquecer..." parece ser uma pessoa relevante a ponto de ser citada numa conversa.

Não sei o que me dá, é como se meus dedos não fizessem mais parte do meu corpo, já que eles passeiam rapidamente pela tela, abrindo o aplicativo de mensagens e revelando a conversa.

Eu tremo como nunca antes. Meu coração está acelerado, simples palavras brilhando numa tela nunca conseguiriam fazer com que eu me sentisse daquela forma até então.

Pelo visto a Bruna não conseguia esquecer aquela tarde. Aquela tarde. Me sinto incapaz de ver o histórico de mensagens, mas sou tentada a fazê-lo mesmo assim. Meu nervosismo me deixa confusa e me perco em alguns momentos. São piadinhas internas, códigos, palavras que fazem lágrimas se prenderem aos meus olhos, me impedindo de enxergar normalmente. É tudo um grande borrão de desespero. Meu desejo é fugir. Sair correndo daquele lugar. Não acredito, não pode ser verdade, ele não pode ter quebrado meu coração assim.

Ouço o som dos passos de Lucas descendo as escadas e bloqueio seu celular, jogando-o no tapete. Respiro fundo e enxugo as lágrimas o mais rápido que posso. Ele não pode notar. Olho para cima e me forço a estampar uma expressão indiferente no rosto. Pego o livro que estávamos estudando há pouco e começo a folheá-lo, mesmo que eu não consiga ver qualquer palavra impressa ali.

— Ei, sentiu minha falta? — Lucas se senta ao meu lado novamente e se inclina para beijar meu rosto. Me afasto, mais bruscamente do que desejava, com o livro aberto.

— Faça esse exercício aqui — digo e não reconheço minha própria voz. Estou rouca e áspera. A Clara de alguns segundos atrás não está mais na sala.

— Ai — Lucas reclama fraquinho quando a lombada do livro encontra seu peito —, mas nós nem chegamos nessa parte ainda...

Ele analisa o conteúdo enquanto me seguro para não explodir. Minha cabeça está a mil, me deixando tonta.

— Você saberia responder se prestasse atenção na aula, Lucas.

Ele não consegue esconder toda a sua surpresa ao me ouvir falar daquela forma. Se eu queria terminar logo com a encenação e ir de uma vez por todas para casa, eu precisaria me esforçar. Eu não imaginava que seria tão difícil.

— Clara? — Lucas grita como se eu não estivesse bem ali na sua frente — Clara? Está me ouvindo?

— Lucas, pare! Eu tô bem aqui! — digo e alcanço meu celular sem esconder minha frustração.

— Ah, desculpe... Eu só queria saber onde a minha namorada foi parar. Deixei ela aqui há alguns minutos e agora não encontro mais.

— Muito engraçado.

Comento enquanto olho fixamente para a telinha brilhante. Lembrar do que acabei de ler me faz respirar fundo.

— Clara — Lucas segura meu queixo e me faz olhar para ele — Dá para me dizer o que aconteceu? Tem chocolate aqui se for... Você sabe... TPM...

— Me leve para casa, Lucas. — O empurro com mais força do que eu pensava ter e me levanto num impulso. Analiso o rosto de Lucas, nunca o vi tão assustado. Ele se levanta devagar, ajeita a camisa e tenta se aproximar, mas me afasto, guardando, desajeitadamente, todos os meus pertences na bolsa.

As lágrimas insistem em voltar e embaçar minha visão, mas não quero que me veja chorando, então abro bem os olhos e tento me recompor.

— Eu preciso ir para casa.

— Eu vou te levar. Mas preciso saber o que aconteceu com você. Por que está agindo assim?

— E ainda tem a coragem de me perguntar... — Reviro os olhos e fico de costas para ele, indo em direção à porta de saída.

— Clara! — Sinto sua mão me puxar, com força, pelo braço. Sou obrigada a me virar e a olhar bem nos seus olhos. Cínico.

— Lucas, não!

— Você não vai sair enquanto não me disser que bicho te mordeu!

— Nenhum bicho me mordeu! — Tento segurar as palavras que enchem minha boca, mas é tarde demais — Mas devia perguntar à Bruna se ela gosta das mordidas!

Seu aperto em meu braço fica mais folgado e percebo, pelo formigamento no local, que terei uma marca vermelha em poucos segundos. Ele segura minha mão e algo me faz não reagir. Lucas me puxa para o sofá e me faz sentar. Talvez seja o desejo por uma explicação que me faz aceitar, mas não lhe dou o prazer de olhar em seus olhos. Pela visão periférica, consigo notar que ele está olhando ao redor enquanto, provavelmente, procura o celular. A prova do crime.

— Clara, você tem que me ouvir...

— Eu já li mais do que o suficiente.

— Calma, não é assim. Você não pode ler uma conversa fora de contexto e julgar saber de toda a história por trás.

Consigo finalmente olhar para ele com a sobrancelha erguida, demonstrando minha descrença.

— Eu espero que você não ache que vou ficar sentada aqui ouvindo você me contar detalhes. Isso é doentio. — Tento me levantar, mas sou impedida.

— Dá para me ouvir? — Lucas massageia as têmporas com os dedos enquanto fecha os olhos com força — Você entendeu tudo errado, Clara. Não prestou atenção nas datas. Eu falava com a Bruna antes de conhecer você.

— Eu já ouvi falar sobre pessoas que demoram em responder mensagens... Mas dois meses é bastante tempo.

— Mas... Não é isso, é que ela me chamou e eu acho que ela não sabia que eu namoro agora.

— E pelo visto você nem se preocupou em avisar, né? Relembrar o passado foi bem mais interessante.

Lucas engole em seco e um silêncio assustador recai sobre a sala. Ouço as batidas do meu coração retumbando como tambores nos meus ouvidos, fazendo todo o meu corpo tremer em resposta. Agora é Lucas quem não consegue fazer contato visual, ele olha para o chão, para o celular jogado sobre o tapete, só então é capaz de olhar para mim.

— Uma amiga dela me fez ficar com ela uma vez e ela acabou insistindo por um segundo encontro. Mas foi só isso, eu não quero mais nada com ela... Só não queria ser grosso e nem sequer responder.

Reviro os olhos e me mexo, impaciente, no sofá.

— Você precisa acreditar em mim, Clara. Por favor.

Não sei como responder. Conheço Lucas, o conheço muito bem e sei que ele realmente nunca faria algo desse tipo comigo. Respiro fundo e tento colocar meus pensamentos em ordem. Será mesmo que fiquei tão nervosa que não olhei a data das mensagens?

— Clara. Por favor, diz alguma coisa. — Lucas segura meus braços com força, me fazendo gemer baixinho e olhar para ele com um olhar perdido.

— Tudo bem...

— Promete que vai ficar tudo bem? — A sua voz recheada de uma súplica que não consigo ignorar parece ecoar por toda a sala num tom alto demais.

Preciso morder meus lábios para impedir que as lágrimas teimem em cair. Talvez seja um choro em decorrência da situação, talvez pelo fato das mãos de Lucas apertarem meu braço de forma que passe a formigar.

Ele parece ler meus pensamentos, pois me solta lentamente, passando as mãos por toda a extensão dos meus braços, me causando arrepios e, por fim, levando-as até meu rosto. Percebo-o se aproximando para beijar minha testa.

— Isso é complicado, amor. Percebe como a privacidade deixa tudo mais simples? Precisa confiar em mim, não tem porque ficar me esperando sair para mexer no meu celular. É sério.

Me sinto tão mal com sua acusação. Sinto como se eu estivesse vigiando-o, e não é o que está acontecendo, não foi algo premeditado. Apenas aconteceu, a primeira e única vez.

— Lucas, eu não...

— Não tem problema. Vai ficar tudo bem, vamos só esquecer de tudo isso... Certo?

A interrupção é bem-vinda, todas as minhas energias fugiram de mim e agora sou apenas um corpo vazio recebendo informações e implorando para que elas sejam absorvidas.

Vai ficar tudo bem.

Nós vamos apenas esquecer tudo isso.

Vai ficar tudo bem.

Quando Lucas se levanta, me oferece suas mãos e as seguro para que ele me ajude a me colocar de pé. Ele me abraça enquanto caminhamos para o lado de fora da casa. Subo na moto assim que o barulho do motor me alcança. Lucas pilota tão rápido quanto pode. Estou fora de mim, assistindo o sol se pondo, dando à cena um tom de laranja. Deixo a luz entrecortada pelas árvores tocar meu rosto. Deixo o vento envolver meus braços desprotegidos, causando arrepios inevitáveis. Deixo que a velocidade leve todos os pensamentos que tive nos últimos instantes e me sinto leve.

— Eu te amo tanto, garota de ouro... — Lucas diz, ainda sentado e com o capacete no colo, quando desço da moto.

— Eu também...

— Também o quê?

— Também amo você...

Minha voz é como um sussurro, não consigo fazer nada para mudar isso. Lucas balança a cabeça lentamente e coloca o capacete. Volta a segurar minha mão e me faz um carinho circular com seu polegar. Ele pisca para mim antes de ligar a moto e, numa manobra rápida, sai cantando pneus.

Não me importo em saber para onde ele vai. Preciso da calma do meu quarto. Preciso estar apenas em minha própria companhia e processar todos os acontecimentos daquela tarde.

Não sei o que aconteceu no caminho até o cômodo, apenas me lembro de procurar uma roupa qualquer no guarda-roupas e me trocar lentamente. Em direção à minha cama, consigo captar meu reflexo no grande espelho. Olho para meu próprio rosto, pareço alguém que não dorme há dias. Meus olhos vagam em direção ao reflexo dos meus braços e é aí que meu coração dispara.

As marcas numa mistura de vermelho e roxo parecem pulsar nos lugares exatos onde Lucas havia apertado enquanto me implorava para entendê-lo. É como se eu ainda sentisse suas mãos em mim. Mas ele não fez por mal, estava apenas tão perdido quanto eu, tão assustado quanto eu.

Minhas mãos vão de encontro ao meu rosto e eu me sento no chão. Meu primeiro e único pensamento é saber que pelo menos as marcas ficam num local em que as mangas das blusas conseguirão esconder. Nada de alças por um tempo. Mas isso não me preocupa no momento. Apenas me deito e junto meus joelhos ao peito, abraçando-os. Fecho os olhos e o silêncio me acalma aos poucos, até que seja possível me desligar e me entregar à escuridão completa da minha inconsciência.

10

E foi como câmera lenta
Parada lá com meu vestido de festa
E batom vermelho
Sem ninguém pra impressionar

THE MOMENT I KNEW / TAYLOR SWIFT

— **Eu prometi não dizer nada sobre isso,** Clara. Porque há uma linha tênue entre querer ficar para o seu aniversário e falar dane-se ao estado de saúde da minha vó. — Duda tenta me explicar e eu entendo completamente.

— Isso é muito chato, né? Não poder fazer algo que você quer e não poder reclamar disso porque seria completamente errado e malvado — JP comenta.

A avó de Duda está muito doente. Muito mesmo. E o pai dela não quer ficar longe da mãe num momento como esse. Então a família vai viajar. O motivo da nossa conversa é o fato da viagem acontecer exatamente no dia do meu aniversário. Planejamos a festa por muito tempo, mas é por uma boa causa e a preocupação de Duda era que eu ficasse chateada, eu já havia dito que estava tudo bem, então realmente está tudo bem.

— Pode ficar calma, Duds. Vou guardar todas as comidinhas para você e a gente pode tirar algumas fotos de um jeito que dê pra colocar você junto depois com o Photoshop. O que acha? — Dou as opções e vejo seus olhos brilhando, logo em seguida, explodimos em gargalhadas, imaginando as montagens.

— Eu não tinha pensado nisso. João Pedro, temos um gênio entre nós.

— Eu sempre soube disso, afinal eu sempre estive no grupo.

— Ei, se sua estrela não brilha, não venha apagar a minha, eu hein! — Empurro o ombro de JP de brincadeira.

— De onde você tirou isso?

—Muito provavelmente de algum lugar obscuro da internet. — JP move os dedos das mãos no ar, tentando dar um ar misterioso para o que acabou de dizer.

Estamos no fundo da minha casa, apreciando a decoração que fizemos. Decidi não ter um tema esse ano, apenas padronizei tudo com tons pastéis. Não sei, é a minha obsessão do momento.

Dou uma espiada no celular — pela milésima vez — apenas para perceber que nada mudou desde a última vez que chequei, nada de mensagens de Lucas. Me sinto tão mal com a situação, sinto que todo o encanto acabou. E graças a mim.

Desde nossa discussão no último final de semana, tudo esteve completamente estranho. Ele me implorou para que dissesse que estava tudo bem, mas agora parece completamente distante. A lembrança me faz tocar um dos braços e fico feliz em lembrar que as manchas já estão quase imperceptíveis.

— Então terminamos aqui, né? — Duda pergunta assim que se levanta e passa a mão na parte de trás do short.

— Terminamos. Ficou tudo lindo... Nós devíamos montar uma empresa de decoração de festas! — comento, também me levantando.

— Ah tá, vá sonhando. Para eu ter que ouvir a Maria Eduarda surtando: "Coloque esse potinho mais para a esquerda, João Pedro! Mais para a esquerda! A outra esquerda?". Não, tô fora.

Não aguento a expressão de Duda fuzilando o garoto com os olhos. Começo a rir mais uma vez e não percebo quando o garoto busca algo em sua mochila, e juntos, me entregam um grande embrulho.

— Ai meu Deus! — Pego o presente e abraço os dois, que começam a reclamar do excesso de carinho. Abro o pacote e me deparo com uma espécie de caderno, livro ou álbum de fotografias, não sei explicar muito bem.

Eles esperam, ansiosos, que eu descubra do que se trata o presente. E é o que eu faço. Começo a folhear as páginas e descubro que é um grande álbum de colagens. Encontro ali inúmeras fotos nossas, *screenshots* de algumas de nossas conversas, pequenos textos que eu escrevia para eles.

É um amontoado de nossas memórias. E não consigo evitar que meus olhos fiquem marejados.

— É tão maravilhoso — digo e eles começam a rir de como sou uma bobona.

Eu agradeço pelo presente e passamos um tempo vendo os detalhes do álbum até que Duda tenha que ir para casa, ela tem algum tempo até a hora de sair em viagem.

— Então vocês saem hoje à noite? — No nosso caminho para a porta da frente da casa, abraço Duda e caminhamos juntas.

— É, eu tenho que terminar de arrumar umas coisas. Meu pai estava surtando com o tamanho da minha mala. Mas são quatro dias, o que ele queria? Uma bolsa de mão? Eu sou uma mulher prevenida.

— Eu sei bem.

Ela se vira para me abraçar direito e me deseja um feliz aniversário de novo, dessa vez num sussurro durante o gesto de carinho.

JP lhe dá uma carona para casa e, no mesmo instante em que partem, já sinto vontade de que voltem. Essa vontade só não ultrapassa meu desejo por uma mensagem de Lucas, dizendo que quer me ver. Olho mais uma vez no celular. Nada. E é isso, me aprofundo em todas as paranoias que vêm me atormentando.

Eu sou a culpada.

Meus próprios pensamentos começam mais uma vez a me julgar e a criar uma ordem cronológica de todos os meus possíveis erros. Possíveis? Sou tão engraçada às vezes.

Subo às pressas para o meu quarto e me sento na cama com as mãos tremendo. Desbloqueio o celular e volto, mais uma vez, à nossa última conversa e com dificuldade consigo digitar algumas poucas palavras.

> Te vejo mais tarde? Ficou tudo muito lindo. Vai ser bem legal.
> CLARA – 16h40min

Eu envio a mensagem. Eu espero. Eu espero por bastante tempo até que uma resposta surge. Um emoji sorri para mim, tão impessoal quanto se possa ser e eu não consigo mais segurar as lágrimas que embaçam minha visão, elas rolam por meu rosto e soluço baixinho. Sinto o medo de perdê-lo me alcançando e tomando conta de mim, posso afirmar que é a pior sensação que já senti em toda a minha vida.

O tempo simplesmente voa, pois me distraio com alguns aplicativos e algumas olhadas para o teto bem longas, quando me dou conta o quarto já não está tão claro assim e o dia dá lugar à noite. A porta do meu quarto se abre.

— Mas, Clara! Eu achei que você já estava se arrumando! O pessoal chega daqui a pouco, filha... — Minha mãe me puxa pelas mãos, me fazendo sentar na beirada da cama.

— Se não fossem todos os convites que a gente enviou, eu podia cancelar tudo, sabia? — comento, jogando a cabeça para trás. Minha mãe se afasta e acende a luz do quarto, percebo que estou uma bagunça pelo seu olhar.

— O que aconteceu? Como assim, cancelar?

— Não aconteceu nada, eu só estou muito cansada.

— Clara... — Ela se senta ao meu lado e apoio a cabeça em seu ombro — Você andou chorando?

— Não, né, mãe. — Disfarço, mas sei que é uma batalha perdida, só preciso tentar dar um motivo diferente para as minhas lágrimas. Não que a minha mãe seja do tipo que não dá para compartilhar tudo, mas não é um bom momento.

— Você mente tão mal... Seus olhos vermelhos e inchados já me disseram tudo.

Fecho os olhos, sinto sua mão tocar, suavemente, o meu rosto e demorar-se ali, me oferecendo um carinho que não recuso, porque é tudo pelo que eu poderia pedir.

— Ai, mãe, é só a emoção da idade chegando. Só isso. Mas me diz: está muito horrível? — Me afasto um pouco para que ela olhe novamente para o meu rosto.

— Meu Deus, bastante! Vamos precisar de muita maquiagem.

— Mãe!

Rimos juntas como não fazemos há um certo tempo. Ela esteve tão longe por causa do trabalho que fica complicado termos esse tipo de conversa. Mas sempre que ela se senta do meu lado e me pergunta se tudo está bem, eu sinto que não importa quão bagunçada a minha vida esteja, naquele momento está tudo mais do que perfeito.

— Agora a senhorita vai direto para o banho e eu volto daqui a pouco para te ajudar com a maquiagem e o cabelo. Pode ser?

— Sim, senhora! — Faço uma continência exagerada e ela sorri.

— Pegou pesado com o "senhora", mas tudo bem.

Ela sai do quarto ainda sorrindo e me sinto mais leve para ir até o banheiro e deixar as gotas de água quente caírem sobre o meu corpo. Sinto que vai ser uma noite incrível.

Quando volto para o quarto, eu realmente me sinto melhor. Havia escolhido minha roupa com antecedência para aproveitar a ajuda de Duda. O conjunto está pendurado atrás da porta num cabide. Visto a saia levemente rodada de um azul claro e a blusinha com listras de tom parecido. A brisa fria que entra pela janela me faz perceber que talvez a jaquetinha cinza seja uma boa ideia.

Ainda estou me olhando no espelho quando minha mãe entra no quarto, como havia prometido.

Eu me sento em frente à penteadeira e nós aproveitamos o momento mãe e filha. Testamos alguns penteados até decidirmos que aquele com duas tranças laterais que se encontram na parte de trás da minha cabeça é o melhor. Ela não precisa se esforçar muito, nem mesmo leva muito tempo e, quando abro os olhos, vejo que estou com uma maquiagem perfeita. Suave e bonita. Abraço minha mãe e ela beija o topo da minha cabeça.

— Você devia descer e tirar algumas fotos antes que todos cheguem.

— Verdade, tomara que a Milena chegue logo para me ajudar.

Calço as sandálias e desço as escadas fascinada pelo cheirinho bom das guloseimas que já estão nas mesas. Agora com as luzes acesas, o trabalho que fizemos parece realmente profissional, a vontade de montar um negócio de decoração de festas não era uma bobagem total no final das contas. Tiro fotos dos detalhes enquanto espero a noite começar de verdade.

— Ei, aniversariante! — Ouço a voz me chamar enquanto pego um dos docinhos da mesa e tento disfarçar. Tarde demais — Roubando doce antes da hora, Clara? Que vergonha!

— Não conto se você não contar... — Entrego um dos docinhos para JP e ele aceita enquanto pisca o olho confirmando guardar o segredo.

— Feliz aniversário, outra vez. Você sabe que eu te amo muito, né?

— Eu sei sim, e eu também te amo! — Abraço o garoto, muito mais alto do que eu, e ele me envolve em seus braços, me dando um beijinho na bochecha.

— Trouxe isso para você. — Quando ele se afasta, tem uma caixinha em forma de cubo em sua mão que eu não havia notado antes.

— Ei! Mas vocês já me deram um presente. Muito maravilhoso por sinal! — Tento reclamar, mas ele já está colocando a caixa em minha mão.

— Tá, mas aquele foi coordenado com a Maria Eduarda, esse é mais pessoal, apesar de também envolver aquela peste. Peste da qual já estou sentindo falta. — Ele faz um beicinho, ao lembrar da ausência de Duda.

— Ela faz falta mesmo... Deixe eu ver o que você aprontou dessa vez, João Pedro — Ele come o docinho roubado enquanto abro a caixinha, pesada, com cuidado. Por essa eu não esperava. Em minha mão consigo analisar os detalhes de um dos presentes mais fofos que já ganhei. É uma espécie de globo de neve, só que no lugar da cidadezinha preparada para o Natal, há uma foto nossa. É uma foto antiga em que estou nas costas de JP e Duda está explodindo em risadas ao nosso lado.

— Meu Deus, não vá chorar! — JP empurra meu ombro de leve.

— Eu não vou, chato. Mas eu nem sei o que dizer... Você é tão incrível. Vocês dois são. E minha vida seria um completo desastre sem vocês comigo. Muito, muito, muito obrigada. Eu amei demais!

JP me abraça mais uma vez e, assim que nos afastamos, ouço vozes passando pelo interior da casa, vindo em direção ao espaço da festa. As pessoas chegam e eu dou início ao plano "Clara: A Super Anfitriã". Tudo bem, eu não conheço tanta gente assim, mas em poucos instantes o lugar já está lotado.

Com uma olhada rápida, dá para reconhecer o pessoal do jornal, alguns participantes do grupo de audiovisual de JP que conheci com o tempo, alguns conhecidos da vizinhança e familiares. Mas falta algo, falta alguém. Minha mão vai precipitadamente na direção do meu pescoço e aperto o pingente de libélula com força. Como se o simples gesto me desse a possibilidade de fazer três desejos. E olha que eu só precisava de um para ter tudo que eu queria naquele momento.

Lucas.

Alguém se aproxima e toca meu ombro levemente. Meu coração para por um segundo e me viro rapidamente com a esperança explodindo no peito.

— Feliz aniversário! — Milena sorri para mim, e meu cérebro, felizmente, trabalha rápido o suficiente para me fazer sorrir em resposta. Não é que esteja decepcionada em vê-la, só estou vivendo numa bolha de expectativas de que Lucas possa chegar a qualquer momento, com aquele sorriso perfeito que diz "Ei, desculpe a demora".

— Obrigada! — Abraço a garota que logo em seguida me entrega uma caixa quadrada.

— Eu fiquei sem ideias para o seu presente, até que uma luz perfeita surgiu na hora do intervalo e eu consegui capturar. Espero que você goste.

Ergo uma sobrancelha sem entender muito bem o que ela quer dizer e decido abrir o pacote no mesmo momento, ao invés de colocá-lo junto com os outros. Desfaço o laço lilás e Milena segura a fita enquanto abro a caixa. Minha cara de surpresa deve ter sido suficiente para ela, pois a garota sorri como quem acabou de cumprir uma missão.

— Milena! Ai meu Deus! Isso está perfeito!

Sou eu, no quadro de tamanho mediano em minhas mãos. Não sei quando aconteceu, só sei que eu estava sentada na grama no pátio do colégio, os braços para trás servindo de apoio e a cabeça de lado provavelmente para aproveitar o calor do sol. Milena tem razão sobre a luz perfeita. Os raios do sol incidem sobre mim de forma abstrata e tudo fica com uma ótica natural e, ao mesmo tempo, mágica.

— Sério, ficou perfeita. Você merece um prêmio! — Abraço minha amiga mais uma vez e fico feliz em ver que ela compartilha desse mesmo sentimento.

Milena logo pega suas ferramentas de trabalho, como gosto de chamar, e começa a fotografar tudo. Eu disse que não era necessário que ela tirasse fotos no dia do meu aniversário, mas ela ficou tão empolgada com a ideia que eu tive que concordar e dizer "se é o que você quer...".

O tempo passa e tento me distrair com conversas rápidas com os convidados. Passo pela mesa do ponche e dos salgados. Me aproximo de algumas mesas para que Milena tire fotos minhas com o pessoal e, sempre que observo o relógio, o tempo parece correr.

A noite vai se estendendo. Eu não estou mais concentrada nas pessoas ao meu redor há muito tempo, já que minha atenção está toda voltada para a porta que nunca se abre.

— Clara, acho que a gente já pode cantar os parabéns. O que acha? — Minha mãe se aproxima do grupinho que se formou. JP, Milena e outras pessoas do colégio estão falando sobre algum seriado.

— Tudo bem...

E lá vamos nós para o ato final da minha tragédia pessoal. JP me olha de canto e percebo que ele sabe o que está acontecendo. Milena também já notou que não estou no meu melhor momento, então eu decido que preciso me esforçar em fingir ou o caos será ainda maior.

Sorrir nunca foi tão difícil, e eu o faço com tanto empenho que parece estar funcionando. As luzes diminuem e eu acendo as velinhas que começam a explodir como fogos de artifício. As pessoas estão todas em câmera lenta, cantando ao meu redor e eu pareço prestes a explodir com tantas sensações tentando me sufocar. Quando percebo que é hora de apagar as velas e fazer um pedido, eu não penso duas vezes. Fecho meus olhos com força e apenas um desejo me vem à mente.

Eu o quero aqui.

Não sei quanto tempo durou, mas assim que a pequena multidão ao meu redor se dissipa, eu sinto que não dá mais para aguentar e preciso escapar de uma vez por todas.

Me afasto disfarçadamente até me encontrar em frente ao primeiro degrau da escada que subo correndo. Me tranco no quarto e desabo na cadeira em frente à penteadeira. As lágrimas já não são mais proibidas, elas correm sem pena por todo o meu rosto, tornando tudo ainda mais real, fazendo o medo que tentei esconder durante toda a noite se tornar um fato do qual não posso escapar.

De todas as escolhas que Lucas podia fazer, ele escolheu aquela que mais poderia me magoar. Ele decidiu não aparecer. E eu tento me fazer acreditar que estou sendo muito dramática, tento me fazer aceitar que é só uma festa boba... A pior festa da minha vida.

Procuro me entreter, organizando os itens de maquiagem em seus devidos lugares. Tiro as sandálias e coloco os pés sobre o assento da cadeira, trazendo os joelhos para perto do peito e fico ali assistindo os vídeos e fotos das pessoas que estão lá embaixo. É uma sorte que alguém esteja se divertindo essa noite. Um tempo depois, uma batida na porta me faz colocar os pés no chão e esperar quem seria a visita surpresa. Talvez minha mãe com uma bronca sobre bons modos.

— Podemos entrar? — A voz conhecida pergunta quando a porta se abre, mas JP ainda está do lado de fora.

— Entre — respondo, me levantando logo em seguida.

— A gente queria saber como você estava... — Milena entra logo atrás do garoto e traz nas mãos pratinhos com guloseimas da festa.

— Eu tô bem...

— Clara, desculpe, mas eu tenho que fazer o papel da Duda e a gente sabe que não está tudo bem.

JP se senta no tapete e eu faço o mesmo, ele segura minha mão.

— Ele não veio.

— Mas talvez ele tenha um bom motivo, Clara. Imprevistos acontecem... — Milena empurra um dos pratinhos em minha direção e pego um brigadeiro.

— É, eu não acredito que ele ia simplesmente escolher não vir à sua festa de aniversário. E se ele fizesse isso ou qualquer coisa que pudesse te magoar, eu acabava com ele. Sem pensar duas vezes.

— O herói da noite — digo e começo a rir acompanhada dos meus amigos.

Nós continuamos conversando ali naquele mundinho especial por muito tempo. Acabamos rapidinho com o conteúdo dos pratos que Milena trouxe e, por alguns instantes, eu me esqueço de tudo que aconteceu e apenas sinto que meu aniversário está começando a melhorar.

De repente, meu celular começa a vibrar ao meu lado e penso que talvez sejam notícias de Duda. Mas a noite estava apenas começando.

> Me perdoe.
> LUCAS – 21h13min

É tudo que a mensagem diz. Nada de explicações, nada além das duas palavras e eu não sei o que fazer. JP e Milena me observam atentamente, pois sabem do que se trata.

Eu penso em como doeu ter que fingir na frente de tantas pessoas, eu penso em como a pessoa mais importante para mim foi quem não apareceu e não se explicou. Eu penso muito, mas meu coração não aceita as informações enviadas por meu cérebro e me faz digitar de uma vez por todas.

Eu senti sua falta.
CLARA - 21h14min

É dessa forma que deixo para trás todos os acontecimentos dessa noite, porque acredito que assim eu o terei de volta e sinto que estou certa, pois ouço um som familiar entrar por minha janela. Corro na certeza do que vou encontrar e ele está lá, esperando por mim.

Olho para meus amigos, que já estão se levantando, não consigo disfarçar o sorriso em meu rosto. Calço as sandálias o mais rápido que posso e desço às pressas, não me importo com nada que não seja abrir a porta e correr até Lucas, que está sentado na moto com um capacete extra nas mãos. Abraçá-lo nunca foi tão bom quanto nesse momento. Sentir que ele está ali, me guardando em seus braços, é uma sensação única, como se estivéssemos próximos depois de tantos anos.

— Lucas... — tento dizer alguma coisa.

— A gente não tem muito tempo ou seus pais me matam, precisamos nos apressar.

Não demoro em colocar o capacete e me sentar na moto. Lucas liga o motor e deixamos tudo para trás. Sei que estamos indo para o nosso lugar especial.

O caminho já conhecido me parece muito mais curto e, quando chegamos, está tudo do mesmo jeito. Mas quando piso no chão, Lucas se aproxima com um sorriso nos lábios.

— Confia em mim?

Apenas balanço a cabeça em confirmação ainda sem parar de sorrir, Lucas caminha, se colocando atrás de mim, e pousa suas mãos sobre os meus olhos, a escuridão me deixa apreensiva. Mas eu realmente confio nele.

Ouço as folhas sendo amassadas sob nossos pés enquanto nos aproximamos da casa. Eu subo os degraus sem problemas, eles já são conhecidos.

Atravessamos a casa e consigo visualizar mentalmente cada pequeno detalhe. Quando a porta dos fundos é aberta, nós paramos, sinto que finalmente chegamos onde Lucas queria que estivéssemos.

— Eu sinto muito. Eu sou um completo idiota por não ter aparecido desse jeito e não ter nem ao menos avisado foi ainda pior — ele sussurra, os lábios próximos ao meu ouvido —, eu juro que nunca vou me perdoar por tudo que você deve ter sentido, mas eu espero que isso possa compensar.

Quando suas mãos libertam meus olhos e escorregam para minha cintura, sinto um arrepio correr por meus braços e não sei se é o seu toque ou a visão. Tudo está tão diferente. A piscina está com as luzes artificiais ligadas. O teto do beiral está coberto por luminárias que dão ao espaço um clima aconchegante. E há buquês de flores variadas por todo o lugar, eu mordo os lábios de tanta empolgação.

— Venha. — Ele me guia até o sofá em frente à mesinha baixa com tampo de vidro, que também tem um buquê de flores decorando-a — Só me dê um minutinho. — Ele diz, com o dedo indicador levantado, e se afasta enquanto eu observo tudo ao meu redor. Ele fez tudo isso para mim.

Quando Lucas retorna, traz consigo uma bandeja com *cupcakes* decorados e canta para mim.

— Muitas felicidades... Muitos anos de vida... Feliz aniversário, minha garota de ouro! Eu te amo. — Lucas se inclina para colocar a bandeja sobre a mesa e, logo em seguida, se aproxima de mim e me beija, é um beijo diferente, intenso, do tipo que me faz implorar para que não tenha fim e, pelo visto, Lucas sente o mesmo, pois me envolve em seus braços num abraço apertado.

O nosso momento se prolonga entre beijos, carinhos e olhares. Não quero que a noite acabe.

— Está tudo tão perfeito — digo quando ele deita com a cabeça em meu colo e mexo no seu cabelo.

— É tudo para você!

— Eu não quero te perder, Lucas. — As palavras apenas escapam da minha boca, como se o medo não coubesse mais em mim.

— E você não vai.

— É que...

— Você é minha! E eu sou seu! — Ele diz e se levanta para olhar bem nos meus olhos.

Eu apenas o abraço como resposta.

— Vamos comer o bolo, senhorita aniversariante! — Lucas beija o topo da minha cabeça e eu me afasto para pegar um dos bolinhos, ele faz o mesmo e nós aproveitamos cada mordida. Conversamos por um longo tempo até que uma mensagem chega no meu celular. E é impossível não ver, já que ele está bem ali ao lado.

— A minha mãe é hilária. — digo enquanto envio um emoji piscando para ela.

— Hora de ir...

— Ela disse que sabe onde estou, mas que já está ficando tarde.

— E é melhor não forçar, né? Eu te levo.

— Queria tanto ficar... — Fico na ponta dos pés para lhe dar um beijinho — Mas você já fez meu aniversário ficar perfeito.

Lucas me entrega o buquê que estava sobre a mesa e beija minha testa.

— Está meio difícil levar todos eles agora, mas eu posso fazer uma entrega especial amanhã.

Sorrimos enquanto atravessamos a casa e sinto o perfume das flores em minhas mãos.

Ele me leva de volta, cada segundo do seu lado é perfeito e, quando Lucas me deixa em casa e subo as escadas para o meu quarto, já não sei mais o que me fez tão mal algumas horas antes. Já não sei porque meu coração estava tão assustado. Eu me jogo na cama e observo o buquê de flores num jarro em cima da penteadeira enquanto seguro a pequena libélula presa no colar. Vou aos poucos pegando no sono até que esteja sonhando com luzes e flores e Lucas esperando por mim. Ele sempre vai estar lá esperando por mim e essa sensação me faz sorrir e correr ao seu encontro.

11

Garoto malvado
Você me faz tomar decisões ruins

BAD DECISIONS / ARIANA GRANDE

— **A Duda faz uma falta danada...** — comento com JP enquanto estamos voltando para casa depois da aula.

— Verdade. A gente só não pode deixar ela saber disso!

— Nossa! Se ela fica sabendo passaria a vida inteira falando sobre isso.

O garoto estaciona na porta da minha casa e resolve não entrar. Alguma coisa relacionada ao tal do *lolzinho* que não sei do que se trata e decido não perguntar. Nunca vou ser uma garota interessada em jogos.

Fico jogada no sofá assistindo mais um episódio do meu *reality show* de casamentos favorito. O dia está chegando ao fim quando crio coragem para subir para o meu quarto. Estou arrumando o meu guarda-roupa quando ouço o celular tocando. Me deito na cama e descubro que se trata de uma chamada de vídeo de Lucas.

— Oi, gatinho!

— Tudo bom, garota de ouro? Não pude ficar contigo no colégio hoje... — Lucas está deitado, sem camisa, no sofá. Por um segundo, me esqueço de respondê-lo. Fico hipnotizada...Por seus olhos. Apenas por isso.

— Foi mesmo, nos desencontramos o dia inteiro. Eu comecei a arrumar o guarda-roupa e já estou arrependida. Mas agora é tarde para desistir.

— Só você mesmo, viu. — Acabo sorrindo com ele — Quer fazer alguma coisa mais tarde?

— Eu topo! — Concordo sem pensar duas vezes.

— Como foi o seu dia? — Ele me pergunta.

— Foi legal, tive que fazer uma entrevista com o pessoal da coordenação hoje. E você, o que fez?

— A Talita me colocou para fazer mil coisas, andei o colégio inteiro. Cansei. Preciso de uma massagem, sabia?

— Sou ótima com massagens, eu te ajudo quando te encontrar. — Pisco um olho e ele concorda.

Ele me deixa voltar para minha luta com as roupas e me promete chegar às sete. Ainda tenho algumas horas.

Ouço a porta se abrir no andar de baixo e meus pais conversando.

— Clara? Já chegou? — Meu pai me chama.

— Tô aqui, pai! — Corro até a porta do quarto e aviso.

Eles continuam conversando, volto para o meu trabalho.

Consigo organizar tudo e me sento um pouco para observar, como uma recompensa. Quando pego o celular, noto que Lucas já está quase chegando, então apenas respondo a mensagem de Duda que avisa que chega pela manhã e corro para o banho. Não demoro muito e logo estou pronta.

Resolvo descer e avisar que vou sair, me arrependo imediatamente.

— Mãe, o Lucas vem me buscar daqui a pouco, tá?

— Mas, Clara, a gente quase não se vê mais. — Ela diz e larga a faca com que cortava alguns legumes.

— Como assim?

— Agora todo o seu tempo é do Lucas. Você não passa mais nem um tempinho com a gente.

— Mãe, pare de drama. — Brinco, mas sua expressão não parece nada divertida.

— Ele está aí na porta? — Minha mãe pergunta.

— Não, deve chegar daqui a pouco. — Olho para o relógio pendurado na parede antes de responder

— Então fala com ele que vamos ter uma noite em família.

Devo dizer que nunca vi minha mãe tão decidida com algo trivial. Eu ainda não sei se ela está falando sério, então resolvo tirar a dúvida.

— Está brincando, né?

— O que está acontecendo? — Meu pai entra na cozinha e muito provavelmente sente o clima que começa a se formar.

— Ela quer sair de novo e eu já falei que não.

— Ela não quer me deixar ver o meu namorado.

Falamos ao mesmo tempo.

— Ei, ei, ei. Não entendi nada. Uma de cada vez — ele aponta para minha mãe primeiro.

— A Clara quer sair com o Lucas, de novo. O que custa ficar com a gente pelo menos por essa noite?

Assim que ela finaliza a sua fala, o meu pai aponta para mim.

— A mãe está fazendo o maior drama só porque eu quero sair com o Lucas. Qual o problema? Eu não sou mais a garotinha que passa a noite vendo musicais com os pais. — Tento explicar minha situação.

— Clarinha... Eu sinto muito, mas a sua mãe está certa. — E é essa a decisão.

Não posso responder, enquanto busco pelas palavras certas, o ronco alto do motor do lado de fora invade a cozinha, fazendo com que o clima que estava se formando se torne algo quase palpável.

— É cárcere privado ou posso pelo menos falar com ele e explicar que o grande bebezão vai ficar em casa? — Tento fazer graça, mas recebo olhares nada divertidos.

— Você tem cinco minutos, o jantar está quase pronto. — Minha mãe decreta e, como se nada tivesse acontecido, volta ao que quer que estivesse fazendo. Meu pai tem aquele olhar de "não fique brava, por favor", mas é tarde demais. Bufo e saio de casa. O garoto me espera e, tão logo me aproximo, ele me oferece um sorriso lindo e o capacete.

— O que foi? — Lucas pergunta, assim que recuso o objeto em suas mãos.

— Eu não vou poder sair... Desculpe não avisar antes e fazer você ter que vir até aqui.

— Mas por que não? Aconteceu alguma coisa? — Ele parece preocupado.

— Aconteceu sim. Uma mãe com acesso de carência. Meus pais acabaram de fazer um complô contra mim e estou sendo obrigada a ficar em casa e jantar em família.

Lucas não responde com palavras, e ele não conseguiria, as gargalhadas explodem de sua boca e fico olhando para ele com cara de poucos amigos. Não é nada legal ficar rindo assim de mim. O garoto vai parando aos poucos e me entrega o capacete mais uma vez.

— O quê? Eu não posso ir...

— Clara, você tem dezoito anos, não estou dizendo que pode sair por aí desrespeitando os seus pais como se não fosse grande coisa. Mas acho que é mais do que justo fazer o que você quer quando convém. — O capacete continua estendido em minha direção.

Olho para trás, não vai demorar para que minha mãe apareça na porta para dizer que o meu tempo acabou. Preciso me apressar.

Algo dentro de mim diz que eu devo me despedir de Lucas e voltar para dentro. Mas algo fora de mim — com um sorriso encantador e um perfume maravilhoso — me diz exatamente o contrário. Será que eu preciso mesmo ficar e aceitar o que meus pais disseram? Não é como se eu estivesse prestes a roubar um banco ou coisa do tipo. É apenas um passeio com o meu namorado. Que mal pode haver nisso?

— Me tire daqui. — Tomo o capacete de suas mãos e o coloco na cabeça. Subo na moto e meu coração está a mil. Vejo a porta se abrindo, mas é tarde demais, Lucas dá partida e, no instante seguinte, estamos em movimento, deixando minha casa no horizonte. Decido não olhar para trás.

Lucas faz um caminho diferente e não me importo em perguntar para onde estamos indo, confio nele.

Entramos na avenida mais movimentada da cidade, as luzes e as vitrines bem decoradas sempre me enchem os olhos. Lucas para em frente a um local que, à primeira vista, imagino estar fechado. O garoto segura minha mão e me leva para dentro. É um lugar pequeno, algumas mesas dispostas com velas servindo de decoração, a luz do ambiente é um pouco azulada. Parece haver música ao vivo, mas se trata apenas do grande monitor ao fundo, que exibe cenas de um show com músicas mais antigas. Me sinto em um aquário.

Escolhemos uma das mesas e damos uma olhada no cardápio. O garçom se aproxima, anota nosso pedido e aproveita para nos trazer algumas bebidas enquanto aguardamos.

— Não é como se meus pais fossem os piores pais do mundo... Mas, às vezes, eles perdem um pouco da noção de que eu cresci. — Digo, enquanto brinco com o suporte da pequena vela.

— Eu imagino. Mas eu entendo o que eles estão fazendo, também não deixaria você sair de casa se pudesse.

— Engraçadinho... — Ergo a cabeça para observá-lo e seus olhos estão faiscando com o brilho das luzes bruxuleantes ao nosso redor.

— Mas, relaxa, tá? — Ele desliza com a mão pela mesa e espera a minha, que não demora em se juntar à sua — O mundo não vai acabar só porque você saiu comigo hoje, certo? Vai ficar tudo bem.

E eu não tenho dúvidas.

Ou talvez tenha, mas consigo guardá-las apenas para mim.

Nossas batatas recheadas chegam e não consigo segurar os grunhidos de aprovação à cada garfada. Lucas sorri satisfeito por ter me trazido até aqui. Continuamos conversando e eu amo como nossas conversas são assim, livres. Falamos sobre nossos signos, músicas, filmes, política e uma possível viagem, nem nos damos conta de que somos umas das últimas pessoas no lugar.

Resolvo dar uma olhada na hora, já que nos livramos dos celulares durante todo aquele tempo juntos, e me surpreendo.

— Lucas! Está muito tarde, eu vou levar uma bela bronca... — Uso o polegar e o indicador para apertar o espaço entre os olhos.

— Espere aqui e já te levo... — O garoto deposita um beijinho em minha testa e se dirige até o balcão, observo e penso que tenho sorte em tê-lo. Ele entende essas minhas maluquices que muitos outros achariam ser um fardo grande demais para carregar — Vamos?

Mais uma vez, Lucas segura minha mão e me guia para o lado de fora.

O caminho de volta parece diminuir e não quero ter que deixá-lo ir. O abraço como se pudéssemos nos tornar apenas um. Quando a moto para em frente à minha casa, parece que saímos a poucos minutos, a diferença é que tudo está apagado lá dentro e agradeço silenciosamente por não ter que lidar com sermões a essa hora.

— Obrigada por me entender... — digo e não espero que o garoto responda. Apenas me inclino em sua direção e o beijo intensamente. Ele retribui da mesma forma. Quando se afasta de mim, Lucas possui um sorriso no rosto e não estou muito diferente. Ele vai embora e eu respiro fundo antes de entrar.

Está tudo muito escuro e tento fazer o mínimo possível de barulho enquanto subo as escadas nas pontas dos pés.

— Eu estou decepcionada, Clara. — Ouço a voz que irrompe da escuridão quando já estou no meio do caminho. Meu coração bate acelerado.

— Me assustou, mãe... — Ela acende a luz do pequeno abajur ao lado do sofá e tudo que posso ver é sua silhueta sentada com as pernas cruzadas.

— Seu pai e eu sempre te demos muita liberdade e confiança. Eu só pedi uma coisa e você ignorou. — Consigo ouvir a seriedade em sua voz envolvendo cada uma de suas palavras.

— Mãe, você está exagerando! — Começo a descer as escadas, ela se levanta e vem em minha direção.

— Acha mesmo? Então é melhor que eu aproveite e faça o serviço completo. — Ela sobe os poucos degraus que nos separam e estende a mão.

— O que foi agora? — Pergunto já cansada dessa nossa brincadeira.

— Eu preciso do seu celular durante o final de semana... — Ela diz, o tom sério permanece presente na conversa.

— Você não pode fazer isso! — Tento mudar o rumo da situação.

— Posso e estou fazendo. O celular, Ana Clara. — Nada de Clara, Clarinha ou afins. Ana Clara. Estou encrencada.

— Mas é você que vive brigando comigo quando saio sem o celular.

— É exatamente por isso que estou fazendo isso. Você não vai precisar do celular se vai passar o final de semana inteiro aqui dentro. — Assim mesmo, rápida e objetiva. Ela nem titubeia enquanto dá o seu veredito. Minha mãe às vezes esquece que não estamos no tribunal.

— Mãe...

— Eu preciso dormir, se você não se importar.

Solto o ar com força e puxo o celular do bolso. Entrego para ela.

— Muito obrigada. Boa noite, filha. — A mulher pega o aparelho e sobe as escadas em silêncio, me deixando sozinha no escuro. Então é isso, estou presa.

Subo para o quarto e me jogo na cama. Ergo o braço e tateio a penteadeira em busca do meu *notebook*, talvez assim eu consiga falar com Lucas. É uma pena que minha mãe esteja um passo à frente e já tenha levado o aparelho. Sou obrigada a trocar a roupa e me deitar. Olho para o teto fixamente por muito tempo, não sei dizer quando peguei no sono.

— Ei, meliante! — Acordo ao ouvir alguém me chamar baixinho. Descubro a cabeça para encontrar Duda deitada ao meu lado.

— Ai meu Deus, senti tanta falta de você! — Dou-lhe um abraço apertado — Como está a sua avó?

— Eu também senti falta de vocês... Ela já voltou para casa e agora meus tios estão cuidando dela. Parece bem melhor. Mas me conta direito essa história do seu castigo.

— Ainda bem... — Suspiro antes de continuar — Alguém lá embaixo já encheu sua cabeça com a versão dramática da história?

— Eu perguntei por você e seu pai me disse que você estava de castigo. Eu cometi a gafe de rir e ele ficou com uma cara engraçada. Quando perguntei o motivo, ele só disse: Lucas. O que aconteceu, garota? Não posso te deixar por uns poucos dias que você já faz a louca!

— Ai, Duda. Tudo isso é muito exagerado — conto-lhe minha versão dos fatos e ela ri quando digo como subi na moto e não me importei com o que minha mãe havia dito.

— Eu preciso dizer, acho até legal que você tenha feito algo errado pelo menos uma vez na vida...

— Ei! Eu faço coisas erradas o tempo inteiro! — Tento argumentar.

— Clara, levar anotações escondidas para as provas e ainda assim nem mesmo usá-las não conta como "fazer coisas erradas".

— Mas já é meio caminho andado. É suficiente.

Rimos juntas de como pareço ridícula com minha vida toda certinha.

— Mas falando sério, — Duda se ajeita na cama — pelo que você me disse, estava certa de que devia voltar para casa e seguir o que sua mãe pediu, mas o Lucas simplesmente ignorou isso e continuou insistindo em fazer de você uma rebelde sem causa...

— Ah, Duda, assim até parece que ele é o culpado da história toda. Eu fui porque quis. — Defendo Lucas.

— Eu sei, eu sei... Mas talvez fosse legal da parte dele entender a situação e te deixar passar uma noite com seus pais. Ele até podia se arriscar a entrar e fazer parte do momento. Não sei se ele fez uma boa escolha.

O que Duda disse me fez pensar. Seguindo sua linha de raciocínio, nesse momento, eu não estaria presa na torre do castelo, desconectada do restante do mundo e meus pais não estariam com essa má impressão de Lucas. Mas não é culpa dele, Lucas apenas me deu coragem para fazer algo que eu mesma já estava prestes a decidir.

— O que vou fazer presa aqui até segunda? — pergunto, tentando escapar do assunto — Liga para o JP, vamos fazer alguma coisa aqui na minha cela. A garota começa a rir do meu drama.

— Sinto muito, mas não vai rolar.

— E por que não vai rolar? — questiono.

— Eu só subi porque acabei de chegar de viagem e não estava sabendo de nada. Tinha poucos minutos para dar notícias sobre minha avó, então já tenho que ir...

— MAS ISSO NÃO É JUSTO! — Estou de pé num pulo.

Duda ergue os ombros como se para dizer que sente muito, mas que está de mãos atadas. Levo a garota até o andar de baixo e, relutante, me despeço dela.

— A gente se vê na segunda. Vai passar rápido... — Ela diz durante o abraço.

— Eu espero mesmo que sim.

Quando Duda sai, meus pais estão na sala e me observam. Minha mãe até abre a boca para dizer alguma coisa, mas apenas ofereço uma cara de poucos amigos e subo as escadas de dois em dois degraus. Me tranco no quarto e torço para ser o mais rápido final de semana de toda a história.

Pelo visto vai acontecer exatamente o contrário.

Não sei se estou pronta.

Aperto um travesseiro contra meu próprio rosto e grito o mais alto que posso.

12

Ninguém disse que era fácil
É uma pena nós nos separarmos

THE SCIENTIST / COLDPLAY

Às vezes, você abre os olhos pela manhã e sente uma forte sensação de que algo complicado vai acontecer naquele dia. Literalmente qualquer coisa que te tire de sua zona de conforto. E foi o que aconteceu essa manhã. Eu abri os olhos e algo me disse que eu devia permanecer no conforto da minha cama, talvez até inventar uma dorzinha qualquer para não ter que me levantar e enfrentar um dia inteiro com uma sensação terrível nas minhas costas.

Mas eu decidi fingir que era só uma impressão. As horas se passaram de forma arrastada durante toda a manhã e fico mais distraída a cada aula. Eu juro que em determinado momento me flagrei observando a poeira dançando num raio de luz que passava pela janela. Tati, a professora de biologia, também percebeu.

— Além desse tipo de bactéria, nós também temos outro tipo de ser vivo, esse, pelo contrário, é bastante inativo e se perde no meio da aula, assistindo algo bem mais interessante acontecer no horizonte. E temos alguns colegas que conhecem muito bem esse tipo de comportamento, não é mesmo, Clara?

Me viro assim que ouço meu nome, pronta para receber a bronca, que por incrível que pareça, não vem.

— Está tudo bem, Clara? — Tati pergunta enquanto caminha para o meio da sala e se senta em cima da mesa.

— Desculpa, está tudo certo. Eu só me distraí um pouquinho... Mas pode continuar.

— Um jeito delicado de dizer que a aula é chata, não é, dona moça?

— Ai, Tati. Não fale assim! — digo de jeito manhoso, entrando na brincadeira do pessoal que já está rindo de nós. Ou de mim. Nunca saberei.

— Tô de olho na senhora. Mas continuamos semana que vem e estudem o capitulo treze, pelo amor de Deus!

Todos começam a guardar os cadernos e livros nas mochilas, Duda e JP se aproximam da minha mesa enquanto me preparo para sair da sala.

— Você olhou para o limite da distração e riu da cara dele, né? Tentei te fazer acordar a aula inteira e você lá viajando... — Duda diz enquanto me ajuda a juntar as canetas espalhadas sobre a mesa.

— Planeta Lucas, provavelmente... — JP supõe.

— Até que não. Juro que não sei o que me deu hoje, mas acordei estranha.

Vamos para o pátio e Lucas passa só para um beijinho rápido, já que precisa sair mais cedo para ajudar o pai com alguma coisa na qual não entrou em detalhes quando me deu a informação. Vê-lo caminhar tão rapidamente em direção ao estacionamento da escola me deixa aflita, pensando que terei que sobreviver a mais algumas horas no colégio sem saber que ele está por perto. Não vejo a hora de voltar para casa e garantir que a sensação foi um alarme falso.

— Ei — Duda fala enquanto caminhamos pelo corredor —, a gente podia dar uma passadinha no *Station* depois da aula.

— Concordo muito!

— Eu convivo com duas onças mutantes que possuem buracos negros nos lugares dos estômagos, não tem outra explicação.

— Muito engraçado, senhor "sobrevivo com uma uva por dia" — digo e tiro seu boné para colocar na minha própria cabeça.

— Eu tenho que correr para o ensaio. Primeira prova de figurino hoje, a gente se encontra lá na fonte na hora da saída. Beijos de luz e não chorem por minha causa, eu amo vocês — Duda sai correndo em direção ao auditório sem esperar nossas respostas.

JP e eu vamos para a biblioteca no nosso tempo vago e aproveitamos para colocar a matéria em dia. O resultado é uma quantidade considerável de livros abertos sobre a mesa em páginas aleatórias e nós dois vendo vídeos de gatinhos no celular. A diversão acaba quando não consigo mais segurar as risadas e o bibliotecário solta um "psiu" que me dá arrepios. Guardamos os livros de volta nas prateleiras e vamos para o pátio matar o tempo que falta para a saída. Milena aparece bem quando estou tirando lentamente as pétalas de uma florzinha e me culpando por estar fazendo isso.

— Ai meu Deus, sem querer sem insensível, mas já sendo... Você está com cheiro de alho. O que aconteceu? — comento assim que a garota se senta, me sinto mal por ter falado isso, mas dá para perceber que ela não liga muito.

— Nem me fale. A Talita é uma louca. Inventou uma matéria com as tias da merenda e é claro que eu tive que ir lá fazer a foto. Agora estou aqui com esse cheiro horrível. Sorte ser quase hora de ir para casa. Nunca quis tanto um banho.

— Nossa, eu lembro quando ajudei meu tio lá no quiosque nas férias. Lembra, Clara? Eu vivia com cheiro de fritura.

— Eca, às vezes, eu fugia quando você estava se aproximando, preciso admitir.

— Estou pessoalmente ofendido, mas é uma ofensa justificável.

Dá para notar que Milena está exausta quando ela se deita na grama com as pernas desengonçadas para o lado.

— Se a minha mãe estivesse aqui, ela ia me dar uma bronca. Sente como moça, Milena! Mas eu tô acabada.

Num piscar de olhos, uma ideia genial me vem e não posso perdê-la.

— Gente, ninguém entra em pânico. Todo mundo em silêncio! — digo, já pegando o notebook na mochila feito uma louca que passou dias no deserto e acabou de achar Coca-Cola gelada.

— Mas o que... — JP tenta entender, mas meu dedo indicador levantado faz com que ele perceba que é uma das emergências de escrita, como eles nomearam esses meus surtos.

Meus dedos praticamente deslizam sobre as teclas de tão rápido que digito as palavras que vêm como berros na minha cabeça. É meio que um desabafo que sempre quis fazer, mas nunca tive a oportunidade. É o momento perfeito e não posso perdê-lo.

Eu geralmente levo algumas horas, se me empenhar bastante, para escrever uma matéria para o jornal. Às vezes finalizo no dia seguinte quando estou com preguiça. Mas, dessa vez, a ideia estava pronta na minha mente, então é fácil colocá-la para fora em exatos doze minutos. Claro que ainda farei alguns ajustes, mas lá está ela, a matéria perfeita, prontinha para competir no concurso do jornal.

Milena e JP estão conversando baixinho para não me atrapalhar, entrego o computador para os dois e me deito na grama com as mãos no rosto, tentando recuperar minhas energias depois do surto criativo.

Alguns instantes depois, ouço os dois aplaudindo e me sento com um sorriso triunfante no rosto.

— O que acharam? — pergunto.

— A vitória vem, sem dúvidas! — JP me responde enquanto me devolve a máquina.

— E eu já imaginei a foto perfeita, precisamos fazer esse ensaio com urgência! — Milena diz com um sorriso de orelha à orelha.

Salvo o arquivo e coloco o notebook de volta na mochila.

— Espero que entendam essa nossa revolta e não digam que garotas se fazem de vítimas. — digo e é bem o tempo de ver Duda se aproximando com uma cara de poucos amigos.

— Olha, aquela menina só pode estar de brincadeira com a minha cara. Se ela acha que vou usar aquele saco que ela chama de vestido, está redondamente enganada. Eu devia ter entrado no clube de corte e costura, já que eles ficam lá olhando para o teto e costurando feito cegos que perderam o tato.

A garota está soltando fogo pelas ventas.

— Problemas com o figurino? – pergunto, assim que fico de pé.

— Problema é apelido. Aquilo é uma tragédia grega que ultrapassa a que a gente vai representar no espetáculo.

— Comida resolve? – JP pergunta.

— Não resolve, mas ameniza.

— Então próxima parada: *Station*. Você vai também, né, moça do alho. — falo com Milena que fica vermelha.

— Sinto que vou ser a piada de agora em diante.

— Que nada, Mileninha, você é o tempero de nossas vidas! — Começamos todos a rir da piadinha horrível.

— Sua sem graça. Eu não vou, não. Eu preciso mesmo tomar banho. A gente se vê amanhã! Comam batatas fritas por mim.

— Com essas duas aqui nem precisa fazer esse pedido, Milena. – JP aponta para mim e para Duda.

— E se reclamar vamos comer por três!

Entramos no carro, ligamos o som que toca *Problem* da Ariana Grande e partimos para um dos pontos mais importantes da nossa amizade. O santuário das batatas fritas crocantes, hambúrgueres rechonchudos de nomes engraçados e refrigerantes tão gelados que doem os dentes. Amém, *Station*.

Demora um pouco para conseguirmos uma vaga, e assim que a conseguimos, precisamos andar um pouco até chegarmos, de fato, ao *Station*. Quando coloco um pé dentro da lanchonete, Duda me puxa pela mão.

— João Pedro, você pega uma mesa? Eu precisava falar rapidinho com a Clara.

— As amiguinhas cheias de segredos – JP revira os olhos e vai para dentro.

Ergo uma sobrancelha assim que olho para Duda, que me puxa para o canto e apoia as costas na parede. Pelo seu olhar, parece que vamos falar sobre coisa séria.

— O que foi que aconteceu, Duds? Pode ficar tranquila que a gente vai resolver o problema do vestido e vai ficar tudo bem...

— Clara, não é isso. É que aconteceu uma coisa bem estranha no colégio antes da confusão com o vestido – ela respira fundo como se fosse difícil dizer o que tem para contar —uma garota novata me encontrou no corredor e me perguntou se eu era sua amiga e que precisava me contar uma coisa... O assunto era sobre você e, para falar a verdade, foi meio estranho.

— Sobre mim? O que essa menina foi falar? — pergunto, já ultrapassando o limite da curiosidade.

—Ela disse ter visto você com o Lucas no colégio, mas ficou com vergonha e resolveu passar o recado para mim. A menina disse que tem uma amiga que mora numa cidade próxima daqui que namorou com o Lucas há um tempo...

— Duda, onde essa história vai dar? — Não sei em que momento comecei a roer as unhas, mas é exatamente isso que estou fazendo.

— Olha, isso pode ser só uma bobagem e ela pode até estar enganada, sabe?

— Fala de uma vez, por favor.

— Tá, tá! A garota disse que quando Lucas e a amiga dela estavam juntos, a menina não falava de outra coisa e o Lucas era um príncipe encantado...

— Talvez porque ele seja... — Tento deixar bem claro.

— Certo, eu não tô tirando esse mérito dele. É só que a história continua e depois tudo começou a ficar meio estranho no relacionamento deles, a garota passou a deixar os amigos de lado e a família também porque ele pedia.

— Vai começar com esse papo de novo, Duds? Eu já disse que não tem nada de errado entre minha família e eu.

— Eu sei que não, Clara. Mas não para por aí. Algum tempo depois, pelo que entendi, a garota saiu de casa para morar com umas amigas porque os pais dela não aceitavam mais o namoro deles. A menina teve que ir para a aula do último horário e não pôde me dar mais detalhes, sabe? Mas ela deixou no ar que...

— Deixou no ar que... — Movo minhas mãos como se pedisse para que Duda prosseguisse.

— Que o Lucas forçou a menina à... Você sabe que eu não tenho problemas em falar sobre essas coisas, mas você me entendeu.

— Ai, Duda, me poupe! – Solto o ar com força e passo a mão pelo cabelo, colocando-o para cima e deixando-o cair novamente de forma lenta.

— Me escuta, eu sei que parece só mais um caso de alguém que não superou muito bem o fim do namoro, mas será que não é bom ficar de olho?

— Você está se escutando, Maria Eduarda? — Olho para minha amiga com uma expressão incrédula, ela parece arrependida do que disse, não por ter sido errado, mas pela minha reação. Ela nunca poderia esperar uma reação diferente depois de dizer tantas bobagens juntas dessa forma. As batidas do meu coração até ficam aceleradas quando a simples ideia de um Lucas diferente passa por minha cabeça.

— Clara, só pensa nisso, tá?

Eu me afasto quando ela tenta me tocar e marcho, indignada, para dentro do *Station*, esperando encontrar em JP um pouco de conforto. Duda me segue.

— Ei, não faça isso, Clara. Volte aqui! – A menina vem sussurrando atrás de mim, tentando não chamar atenção das pessoas ao nosso redor.

— Não faça isso você, Maria Eduarda! Amigos deviam gostar de ver a felicidade dos outros, diferente do que você está fazendo agora, que é simplesmente tentar encher minha cabeça de idiotices que uma estranha te contou no corredor. — Minha voz, um pouco mais alterada, já faz com que algumas pessoas olhem para nós, inclusive JP, que nos observa sem entender muito bem o que está acontecendo.

— Para de ser teimosa, Clara. Se eu te falei tudo isso foi simplesmente para proteger você e...

— Proteger? Quer dizer que agora eu namoro um indivíduo perigoso para a sociedade e você é a heroína da história? Se toca.

— Você está invertendo os papéis e fazendo de vilão a pessoa errada. — Ela tenta segurar minha mão. Mas saio de perto dela e quase corro para a mesa, mesmo que minha vontade seja ir diretamente para minha casa. Pelo visto, a sensação de que algo ruim poderia acontecer não era, de tudo, um alarme falso. Eu só não imaginei que a explosão pudesse vir de tão perto.

— O que está acontecendo? – JP pergunta assim que me jogo na cadeira com a cara emburrada.

— Nada. – respondo seca.

— Clara, você não pode fazer isso comigo. Eu só quero te ver bem. — Duda finalmente chega e fala baixinho comigo assim que se senta.

— Quer me ver bem? Eu acho que não. Eu estou muito bem nesse momento e você quer que eu perca tudo, ou seja, acho que temos um caso de inveja aqui. Será que ninguém mais pode ser feliz, se você não compartilhar do sentimento?

— Nossa, essa magoou – Duda fala, se afastando da mesa e deixando o peso do seu corpo recair sobre o apoio da cadeira.

— Alguém pode me explicar o que tá rolando? — JP já está impaciente.

— Ana Clara está sendo infantil. — Duda fala sem olhar para nenhum de nós.

— Maria Eduarda está acreditando no que qualquer pessoa diz sobre minha vida e usando isso para alimentar a inveja dela e acabar com a minha felicidade.

— Meu Deus, será que dá para ser racional pelo menos um pouquinho? Não é sobre acreditar no que dizem sobre você e sua vida. É sobre pensar no que dizem sobre a vida de um garoto que chegou do nada, fez você mudar completamente o seu jeito de ver o mundo, te fazendo se afastar consideravelmente dos seus amigos e, mais do que isso, te fazendo brigar com a sua família, mesmo que tenha sido uma discussão boba. Não é sobre sua vida, mas também não deixa de ser, porque se tudo que eu ouvi for verdade, estamos falando da sua segurança.

— Para mim já chega! — Bato na mesa e me levanto. O meu rosto ardia, não sei se por causa da raiva ou se pelos olhares curiosos que nos observavam disfarçadamente.

— Clara, senta e a gente vai se acalmar e conversar direitinho. — JP segura minha mão, mas a puxo com tanta força que ele me olha com surpresa. Tenho uma vontade inexplicável de me desculpar, mas sinto, com a mesma intensidade, muita vontade de sair dali e me esconder sob meu cobertor.

— Então é isso, Ana Clara? Vai trocar seus amigos por um garoto? — Duda me pergunta e seu olhar é tão penetrante que sinto algo se partir dentro de mim. É uma mistura de ódio e tristeza e percebo que depois de meia vida juntas pareço estar perdendo a amiga que se tornou minha irmã.

— Eu não vou trocar meus amigos, vou trocar pessoas que só pensam em si mesmas e não querem ver a felicidade dos outros por um garoto que me ama, me quer bem e que não se importa com o que dizem sobre mim, porque ele me conhece e me entende. — As palavras parecem estimular hormônios que produzem lágrimas, pois minha visão começa a ficar turva — Eu queria que fosse diferente. Mas assim é complicado ficar perto de você... Acabou ficando tóxico e eu não consigo respirar.

— Clara. — Duda me chama mais uma vez, e é como se me pedisse para esquecer os últimos minutos, fazendo tudo voltar a ser como sempre foi.

Mas não consigo. O estrago foi feito e ela decidiu em quem preferia acreditar. Só há uma pessoa com quem eu quero estar no momento. E, infelizmente, essa pessoa não está na lanchonete. Coloco a mochila no ombro e saio sem dizer mais nada, antes que as lágrimas rolem por meu rosto, deixando clara toda minha fraqueza.

— Clara, volte aqui! — Ouço JP me chamar, mas eu não consigo olhar para trás, correr vai me fazer sair dali mais rápido, então corro como se desse simples ato dependesse a minha sobrevivência e, assim que respiro o ar fresco do lado de fora, é como se meu coração se partisse de uma vez e não houvesse mais motivo para me segurar. Deixo que as lágrimas caiam sem qualquer empecilho e, enquanto limpo o rosto, caminho pelas ruas tão familiares que, nesse momento, estão completamente estranhas, tentando chegar no meu refúgio. Tentando chegar em casa.

Quando posso, finalmente, jogar a mochila no chão, tirar os sapatos e me afundar no colchão, imagino que uma sensação de tranquilidade vá me atingir, só que acontece exatamente o contrário. Meu coração bate tão forte que parece me sacudir na cama e frases soltas voltam à minha memória. A voz de Duda parece um fantasma que insiste em me assustar, mesmo que eu não queira mais pensar nela. O simples ato de pensar em esquecê-la me deixa apavorada, mas é necessário, porque eu não posso conviver com alguém que persista em dizer que Lucas pode me fazer algum mal.

Lucas. Tateio a cama ao meu redor e encontro o celular. Não preciso de muito tempo para encontrar seu contato e enviar uma mensagem pedindo para me encontrar o mais rápido possível. Tão rápido quanto recebe a mensagem, Lucas me responde e garante chegar logo, só então sinto meu coração se acalmar.

Eu pego no sono até despertar com um beijinho na testa.

— Você tem visita, dorminhoca. — Minha mãe diz baixinho, voltamos a nos acertar e me sinto muito mais tranquila sabendo que isso não é algo com que eu precise me preocupar. As pessoas se desentendem às vezes, mas quando o amor fala mais alto, os problemas ficam para trás — Termine de acordar e desça.

Ela sai do quarto e, ainda zonza, consigo me levantar e descer as escadas, tentando ajeitar o cabelo que insiste em me desobedecer.

— Oi, minha garota de ouro. — Lucas está sentado no sofá e se levanta assim que me vê chegando.

—Acho que alcançamos um nível bem alto de intimidade para que eu não me importe de que me veja com essa cara amassada — nos sentamos e coloco os pés sobre o sofá. Lucas me abraça e afundo meu rosto em seu peito. Começo a me lembrar de algumas coisas e percebo que minha tarde conturbada não foi um pesadelo, me agarro em Lucas, já que seu cheiro tem esse poder de me fazer esquecer o mundo ao meu redor.

—Eu amo essa cara amassada, mas, por falar nisso, quem me olhou com uma cara nada boa foi a sua mãe, inclusive achei que eu fosse ter que esperar lá fora.

— Lembra que eu briguei com ela, saí sem permissão e voltei baita tarde há alguns dias, mocinho? — O faço lembrar.

— E agora ela me odeia.

— Ela não te odeia. Mas provavelmente ela percebe que você me deixa assim meio...

— Rebelde?

— Eu ia dizer apaixonada, mas é quase a mesma coisa. — Levanto o rosto para beijar seu queixo.

— Eu não sei se é pior que ela me odeie ou que ache que sou uma má influência. — Lucas comenta e joga a cabeça para trás olhando para o teto.

— Ela não acha nada disso. Esquece. — digo e repouso a cabeça sobre seu peito conseguindo até mesmo ouvir as batidas calmas do seu coração.

— Achei que você fosse sair com seus amigos. — Sua voz parece séria quando diz.

— E na verdade eu saí com eles, mas só aconteceu um problema e precisei vir para casa.

Tento fugir do assunto fingindo casualidade porque sei que assim que eu disser que discuti com Duda, ele vai querer saber do motivo e, consequentemente, terei que contar as barbaridades que tive de ouvir, tenho certeza de que ele não vai ficar nada feliz com a história.

— O que aconteceu? Ficou com sono e teve que vir e tirar um cochilo? — Ele brinca e beija o topo da minha cabeça. Eu me afasto para sentar de frente para ele com as pernas cruzadas sobre o sofá.

— Eu briguei com a Duda.

As palavras apenas saem da minha boca, dizer em voz alta apenas concretiza a situação.

— Como assim? Por quê? — Sua sobrancelha erguida me questiona e insiste para que eu conte tudo de uma só vez.

— Você tem que me prometer que não vai ficar chateado...

— Se for algo que te deixa chateada, eu não prometo nada, mas posso me esforçar para tentar entender.

O beijo sem qualquer motivo, só mesmo por vê-lo assim, tão disposto a lutar contra qualquer coisa que possa ir de encontro à minha felicidade. Era isso que eu esperava de Duda, mas ela resolveu seguir por um caminho completamente diferente. Quando me afasto, ele me observa, esperando que eu comece a falar.

— Uma garota disse umas coisas sobre você. E a Duda acreditou e queria me fazer aceitar toda a baboseira.

— Sobre mim? O que ela disse? Quem é essa garota? — Lucas se ajeita no sofá à medida que lança os questionamentos em minha direção.

— Pelo que eu entendi, era a amiga de uma garota que você namorou e ela disse umas coisas bem ridículas sobre como você fez a garota se afastar dos amigos e da família e como ela teve que sair de casa e você... Lucas, era pura bobagem, esqueça isso porque eu também não quero lembrar.

— Mas, Clara, quem inventou isso? — Lucas parece nervoso e não tiro sua razão. Não dá para ficar tranquilo quando se sabe que andam inventando histórias sobre você por aí.

— Eu não conheço a garota, mas vamos ignorar essa história. É como quando te colocam apelidos e só pega mesmo se você se importar.

— Essa Duda nunca gostou muito de mim e agora deve querer me ver bem longe de você. — Lucas diz com uma expressão tão grande de angústia que minha única vontade é abraçá-lo o mais forte possível. E é o que eu faço.

— Mas não importa o que ela diga. Sou eu quem decide o que quero e eu quero você assim, bem pertinho de mim.

Lucas não diz mais nada. E eu aceito o silêncio e aproveito para ficar ali envolvida em seus braços, ouvindo nada além de sua respiração. Quando ele vai embora, eu ainda sinto seu cheiro em minha roupa e torço para que seu perfume permaneça ali por bastante tempo. Após um banho demorado, me sento na penteadeira para arrumar o cabelo e dar mais uma olhada na matéria do jornal. Enquanto espero que o arquivo se projete na tela, meus olhos passeiam para a bancada em que o globinho de neve ganhado no meu aniversário com a foto de meus amigos está. Seguro e observo o objeto por um instante. Sinto um desejo enorme de pegar o telefone, ligar para minha amiga, pedir desculpas e dizer que precisamos esquecer o que aconteceu, mas, fazendo isso, eu apenas abro espaço para que Duda continue tentando encher minha cabeça com suas teorias que tentam fazer de Lucas alguém ruim.

Abro a gaveta e jogo o globinho no fundo, para que eu não sabote a mim mesma. Respiro fundo e tento imaginar minha vida sem Duda. É praticamente impossível e percebo que dias difíceis virão até que eu me acostume com a sua ausência.

13

Mas eu não posso parar a tensão
E eu não posso desistir de você
Não, eu sei que você não é bom pra mim
Você não é bom pra mim

I FELL IN LOVE WITH THE DEVIL / AVRIL LAVIGNE

— **Milena! Corre aqui! — grito no meio** do brechó e vejo o topo da cabeça de minha amiga passando pelas araras até me encontrar.

— Bem quando eu achei que a gente ia levar a tarde inteira, o vestido perfeito aparece do nada! Eu amei! — Milena pega o cabide em minhas mãos e o gira, fazendo a saia volumosa voar para todos os lados.

— É exatamente o que a gente pensou e eu acho que nem vamos precisar fazer ajustes. Venha, eu vou provar!

Puxo Milena para o provador e entro na pequena cabine enquanto ela me espera, ansiosa, do lado de fora. Assim como o previsto, o vestido me cai como luva. Dou uma olhada no espelho e percebo que nosso objetivo vai ser alcançado facilmente.

— Pronta? — pergunto com a cortina ainda fechada.

— Mais do que pronta!

Abro a cortina e Milena dá pulinhos de animação. Sem pensar duas vezes, a acompanho na comemoração.

Desde que eu escrevera a matéria para o concurso, há uma semana, Milena e eu começamos a discutir sobre a imagem que deveria acompanhar o texto. A garota com a câmera já tinha quase tudo planejado, dei algumas ideias e pronto, a imagem estava criada em nossas mentes. Nós só precisávamos de uma modelo, do figurino e da permissão para fotografar no colégio fora do horário de aula, já que nossa intenção era manter segredo.

Eu resisti bastante e tentei fazer Milena mudar de ideia, mas ela insistiu que eu devia ser a modelo da foto, então lá estávamos nós duas, pagando uma pechincha pelo vestido perfeito.

Depois da minha discussão com Duda, toda a minha rotina mudou. Eu não a via há uma semana, o que implicava em abrir mão das caronas matinais de JP. Meus pais sempre apoiaram muito a nossa amizade, então eu tentei fazer com que eles não soubessem do que estava acontecendo, pelo menos por enquanto. Lucas ficou feliz por finalmente conseguir me levar de moto para o colégio, ele sempre pediu para ser assim, mas era como uma tradição e eu não queria acabar com aquele momento com meus amigos, infelizmente aconteceu.

— Ei, amanhã eu vou ter que pedir uma carona para o meu pai. — comento com Lucas quando ele me encontra depois da minha tarde de compras com Milena.

— Cansou das aventuras sobre duas rodas? — Ele pergunta, sua voz sai abafada, já que beija meu pescoço durante o questionamento.

— Não, eu só preciso levar muita coisa amanhã por causa do ensaio para a foto do concurso.

— E eu vou poder assistir esse ensaio? — Ele pergunta ainda explorando, com beijos, meus ombros.

— Claro que não, esqueceu que a gente está competindo? Inclusive, como anda sua matéria? — Venho lutando contra minha vontade de compartilhar pelo menos o tema da nossa matéria, até merecia um prêmio por toda a minha bravura nessa missão quase impossível.

— Você está me deixando muito curioso e isso não se faz, hein? — Lucas finalmente para e olha para mim com um sorriso perfeito enfeitando seu rosto — Eu queria dizer que está tudo bem, mas meu parceiro de trabalho é um lerdo e sinto que o texto e a imagem não vão se encaixar.

Beijo sua testa em consolo e ele me deixa em casa no fim da tarde.

No dia seguinte, meu pai me leva até o colégio, onde Milena me espera para pegar todas as sacolas e mochilas cheias de acessórios que tive que trazer. Talita nos ajudou a pedir autorização para fotografar no colégio assim que as aulas acabassem. A partir daí a parte mais difícil foi segurar toda a ansiedade. Assim que o último horário tocou, Milena e eu trocamos olhares e nos preparamos para arrumar tudo tão logo o pessoal saísse do colégio.

Enquanto a garota montava seus aparelhos de fotografia, eu decidi beber um pouco de água antes de começar toda a parte de cabelo e maquiagem. Eu preciso admitir, Duda realmente faz falta.

— Ei, você! — Uma voz masculina me assusta enquanto estou no bebedouro, entre tossidas e falta de ar, me viro para encontrar JP tentando me fazer voltar ao normal — Caramba, desculpa! Achei que tinha me visto chegar.

— Eu estava distraída — digo, rindo, quando finalmente me recupero —, como você está? — Não conversamos pessoalmente desde toda a confusão. Ele não havia feito nada e eu sentia sua falta, mas Duda estava sempre por perto, me fazendo recuar quando o via nos intervalos e nas aulas.

— Eu tô sentindo falta de você... — JP diz, como se ouvisse meus pensamentos.

— Eu também sinto falta de você e da...

— Ela sente falta de você também, Clara. Mas eu sei que nenhuma das duas vai admitir isso. — Rimos juntos porque sabemos que é verdade — Ei, quer tomar um sorvete ou qualquer coisa do tipo? Só mesmo para a gente conversar, só nós dois.

— Então, agora eu tenho um compromisso com a Milena. A gente vai tirar a foto para o concurso, mas eu posso te encontrar depois. O que acha? — pergunto enquanto caminhamos juntos pelo pátio, apesar de termos de ir para direções diferentes, provavelmente sinal da saudade que estamos sentindo um do outro.

— Ah, pode sim. Me manda mensagem quando tiver pronta e eu te encontro?

— Pode deixar.

JP me abraça e eu retribuo o gesto, ficamos assim por alguns instantes até que ele se afasta com um sorriso e sai do colégio com os últimos alunos.

Encontro Milena na sala que já parece um estúdio e vamos para o banheiro onde ela me ajuda com a maquiagem. Uso cores mais escuras e deixo meus olhos bem marcados, logo em seguida, nos concentramos em meu cabelo. Nós aproveitamos o ondulado natural e só o deixamos mais volumoso.

— Pronto, conseguimos fazer com que eu pareça a Avril! — comento enquanto faço uns últimos retoques antes de me vestir.

— Salve a princesa do rock. — Milena comenta com a mão no peito e depois começa a rir.

Não demora para que eu me vista e caminhe pelo colégio me sentindo a própria princesa da Disney, não fossem as botas de combate. Quando as luzes fortes que Milena montou são ligadas e o ventilador começa a girar, todas as folhas de papel flutuam ao meu redor, então coloco a coroa dourada e me posiciono, sendo atingida por uma torrente de flashes e comandos de Milena, que me direciona durante o ensaio.

— Acho que já temos! — Milena me avisa alguns instantes depois, enquanto desliga o ventilador. Eu desço da mesa e me aproximo dela para dar uma olhada rápida nas fotos. Ficamos entre algumas favoritas, mas deixo com Milena a decisão. Ajudo a garota a desmontar toda a parafernália e depois levo alguns minutos para tirar a roupa e guardar tudo.

Milena vai para casa cuidar das imagens e meu pai passa no colégio para pegar os meus pertences e eu fico livre para enviar uma mensagem para JP e dizer que está na hora do nosso encontro na nossa sorveteria favorita.

Eu caminho despreocupada pela cidade até chegar ao local. Pego uma mesa para nós e mexo no celular enquanto o espero, olhando as fotos que tirei antes de trocar a roupa do ensaio. Olhar para as imagens me faz ficar ainda mais animada para o resultado do concurso. Envio uma mensagem para Lucas dizendo que vou passar um tempo com JP na sorveteria e volto a me concentrar no aplicativo de edição.

Fico tão distante com o aparelho que não percebo a chegada de JP. Apenas noto quando ele se senta na cadeira do outro lado da mesa.

— E aí? Como ficaram as fotos? — Ele pergunta assim que ergo a cabeça.

— Nossa, ficaram incríveis! Você precisa ver, eu tirei essas aqui com o celular mesmo, dá para ver como eu estava! — Entrego o celular, ele olha para a entrada da sorveteria e volta a olhar para o aparelho em sua mão.

— Você estava linda, Clara! — JP me elogia, coloca a aba do boné para trás e volta a olhar para a porta.

— Valeu. E a Milena arrasa, você precisava ver a nossa sala, virou um estúdio de fotografia!

Não demora para que eu entenda o motivo da inquietação de JP. Duda aparece na porta e observa o interior. Ela dá um passo em frente, assim que encontra JP, mas, ao perceber que estou ali, ela dá dois passos para trás e faz menção de sair. O garoto se levanta rápido e atravessa o salão como um raio, voltando para a mesa logo em seguida, puxando Duda pelo braço visivelmente contrariada.

— Sim, eu planejei isso antes que vocês digam qualquer coisa. Vocês podem deixar parecer que estão muito bem com essa situação, mas eu sei que não estão. Vocês são orgulhosas demais para admitir. Só que além do orgulho, vocês estão sendo egoístas, porque não percebem que isso me afeta bastante. A gente tá nessa há uma semana e não dá mais para mim.

Todas as suas palavras me deixam envergonhada e olho para Duda, que observa JP. Assim que ela olha para mim, eu desvio o olhar para minhas mãos sobre a mesa.

— Eu tenho que ir para casa — Duda diz e tenta se levantar, JP olha para ela com um aviso no rosto que a faz se sentar outra vez.

— Gente, o tempo da nossa amizade é maior do que o tempo que vivemos antes de nos conhecermos. Eu sinto falta de nós. — JP segura minha mão e a de Duda.

—Eu também sinto falta de... De tudo, mas é complicado JP. Você sabe que é.

— É tudo muito simples, Clara. É você quem está complicando as coisas. — Duda começa assim que me calo — Eu não tentei acabar com sua felicidade, muito menos te fazer mudar de ideia sobre o Lucas... Eu só quis ser sua amiga e te proteger.

— Mas eu não preciso de proteção, Duda. — Tento me controlar para não soar ingrata.

— Eu sei que não, mas você não espera alguém se pendurar num penhasco para dizer que é perigoso. Você alerta antes, e foi o que eu fiz ou o que eu pelo menos tentei fazer.

— Mas você fez o Lucas parecer um monstro e ele não é assim, Duda. — Tento me defender, ou defender Lucas, não sei muito bem.

— E para tentar deixar isso claro, você me chamou de invejosa e ridícula... Você não sabe o quanto doeu te ouvir falar daquele jeito, Clara. — Eu sinto pela sua voz como Duda está se sentindo mal e me sinto extremamente culpada. Meus músculos se movimentam involuntariamente e eu seguro sua mão sobre a mesa. Ela olha para mim e percebo que seus olhos estão cheios d'água, assim como os meus.

— Desculpe — digo, sem qualquer obstáculo.

Duda balança a cabeça positivamente e levanta o canto dos lábios numa tentativa de sorriso.

— Eu amo vocês, suas chatas! — JP coloca a mão sobre as nossas e sorrimos juntos. É como se um peso estivesse sendo retirado de meus ombros, tudo está voltando, aos poucos, ao seu devido lugar.

Duda aceita ficar e tomar um sorvete, JP vai ao balcão com nossos pedidos já decorados e volta logo mais com três taças em mãos.

Não é como se tudo estivesse simplesmente esquecido, percebo que Duda ainda está um pouco fechada, mas ver que ela está se esforçando para ficar comigo e dizer que vai deixar o que aconteceu para trás já é muito importante para mim. Eu observo JP por um instante e faço uma nota mental de que preciso agradecê-lo mais tarde por ser o melhor amigo que alguém poderia querer. Prometo a mim mesma me esforçar ao máximo para nunca mais ter que viver a sensação de perder qualquer um dos dois.

Já está escurecendo quando saímos da sorveteria e caminhamos lentamente em direção ao carro de JP, que vai nos levar em casa como nos velhos tempos, de repente, uma voz familiar me chama.

— Clara! — Antes de me virar já sei quem é, mas demoro a encontrar quem procuro. Lucas sai das sombras e caminha em nossa direção com as mãos cruzadas nas costas.

— Gente, só um minutinho! — falo com Duda e JP e caminho até Lucas — Ei, o que está fazendo aqui? — O abraço e dou um beijinho em sua bochecha.

— Achei que fosse querer uma carona. — Sua voz parece tão séria que me assusta, assim que me afasto, percebo que ele está olhando para o outro lado, para meus amigos.

— O JP ia me deixar em casa...

— Agora você anda com eles de novo? — Lucas fala e eu não o entendo, é como se estivesse simplesmente soltando as palavras sem pensar muito bem antes de dizê-las.

— A gente conversou, na verdade foi bem engraçado porque o JP marcou com a gente sem sabermos e acabou que deu tudo certo... — Eu ainda estou explicando e rindo quando Lucas me olha com uma expressão crítica no rosto.

— Então quer dizer que você deixa as pessoas acabarem com você e depois volta atrás, Clara? — Lucas me repreende completamente autoritário e irritado.

— Mas Lucas, foi um mal-entendido e a gente se conhece há tanto tempo que não faz sentido brigar por qualquer coisa assim — explico, segurando suas mãos, mas ele empurra as minhas para baixo se afastando do meu toque.

— Você é ingênua demais, Clara. Isso sim! — Sua voz sobe uns dois tons e eu estremeço da cabeça aos pés.

— Clara, está tudo bem aí? — Ouço JP se aproximar, mas não tenho tempo para responder. Lucas se coloca na minha frente.

— Está tudo bem, sim! — Lucas o responde grosseiramente.

— Cara, eu tô falando com ela. Clara...

— Ôh, seu otário, será que dá para ficar fora disso? — Lucas empurra JP quando o garoto tenta se aproximar de mim e a essa altura já estou tremendo com uma mistura de nervosismo e medo. Não sei o que deu em Lucas, só sei que preciso fazê-lo parar, no entanto, minhas pernas decidem pelo contrário e me deixam imóvel.

— A gente fica fora até você tratar a Clara desse jeito, Lucas! — Duda diz e aponta para Lucas, que dá uma risada alta.

— Ah, então agora é a Clara. Mas há alguns dias você estava tentando encher a cabeça dela com suas idiotices, né?

— Eu estava sim e espero que com isso ela perceba que tudo que eu disse não era tão idiota assim.

Lucas dá um passo na direção de Duda e JP intervém. JP é mais alto, mas Lucas é mais forte e meu coração dispara ao observá-los tão próximos com expressões bravas escapando de seus olhos vidrados.

— Eu só vou dizer uma vez. Fiquem. Longe. Da. Clara. Vocês fazem mal para ela! — Lucas solta as palavras entredentes, como se vociferasse e, apesar da pouca luz, percebo que JP nem mesmo se move com a ameaça, permanece ali, encarando a versão assustadora de Lucas.

— Você quer mesmo discutir quem faz mal para quem aqui? — JP comenta, ainda mantendo o tom de voz normal, mas sinto toda a ironia que preenche a frase.

Lucas bufa como se tivesse chegado ao seu limite e, com um só movimento, usa as duas mãos para lançar JP para longe, o garoto cai de costas no chão e solta um gemido grave com o impacto.

— LUCAS! — Grito, mas é tarde demais. É como se eu estivesse assistindo um dos filmes de ação que meu pai tanto gosta. Num piscar de olhos, Lucas está sobre o corpo caído de JP, que recebe socos por todo o rosto e não tem sequer a possibilidade de se defender, pois foi atacado brutalmente e de surpresa.

Eu começo a perder o ar ao ver a cena, Duda e eu corremos numa tentativa frustrada de separar os garotos. Eu nunca imaginei que Lucas pudesse ter tanta força, ele não se esforça muito para nos afastar com um dos braços e voltar sua atenção novamente para JP.

Duda grita e implora para que ele pare, mas ele está distante demais para sequer lembrar de nossa presença ali. Lucas se levanta e puxa JP pela gola da camisa. O garoto fica de pé com dificuldade e olha para mim por cima do ombro de Lucas. Engulo em seco, seu rosto está completamente desfigurado, há sangue por toda parte e ele mal consegue ficar de olhos abertos.

Puxo a camisa de Lucas, tentando tirá-lo dali, mas ele não parece se incomodar. Apenas solta JP, que cai no chão, e então começa a atacar o garoto, que se contorce a cada chute. A essa altura, as pessoas da sorveteria e de outros estabelecimentos vizinhos já estão observando a cena à distância, mas ninguém se prontifica a fazer com que aquilo acabe.

— Lucas! Pare com isso, por favor! Pare! — grito como se pudesse fazê-lo voltar a si e, por um instante, parece funcionar. O garoto interrompe seus golpes e se vira para mim. Ao fazer isso, Lucas nota pela primeira vez a pequena plateia e sua expressão passa de irritada para completamente assustado.

— Clara, vem comigo. — Ele sussurra e tenta me puxar pelo braço, mas me solto de seu toque e me abaixo ao lado de JP, que emite ruídos de dor. Duda faz o mesmo e tentamos fazer com que ele não se mexa muito. Não percebo que Lucas já se afastou e se encontra ao lado de sua moto do outro lado da rua.

— Eu vou pedir ajuda. Aguente aí, João Pedro! — Duda está nervosa como nunca a vi e treme enlouquecidamente como eu. Com dificuldade, a garota pega o celular e começa a tentar discar algum número.

— JP, vai ficar tudo bem... Calma... — Tento conversar com meu amigo que se encolhe ao meu redor.

— Ele vai ficar bem, mas e você? Até quando vai ficar de olhos fechados? — Duda grita para mim ainda olhando o celular. Suas palavras parecem flechas direcionadas para o meu coração. Eu me levanto completamente desesperada.

Eu sou a culpada.

— Clara! Anda logo! — Lucas grita mais uma vez, chamando minha atenção, enquanto sacode um capacete em minha direção.

Meus pensamentos estão completamente fora de ordem e tudo parece girar. Eu não sei o que fazer, eu não sei o que falar e sinto que qualquer coisa que eu faça ou fale pode piorar tudo. Se é que as coisas podem ficar pior. Dou um passo para trás.

— Você ainda vai acreditar nele, né? — Duda olha para mim completamente incrédula.

— Desculpe... — digo no intervalo de um soluço e olho para JP, ele talvez nem esteja me vendo, muito menos me ouvindo, mas digo mesmo assim — Desculpe. Eu sinto muito. Desculpe.

Eu corro na direção de Lucas e pego o capacete de sua mão. Tão logo estou sentada, Luca arranca com a moto, cantando pneus numa velocidade absurda. O vento gelado bate em meu rosto, como pedacinhos de vidro, e as lágrimas que caem dos meus olhos escorrem até meu queixo.

O que foi que eu fiz?

Meus amigos provavelmente nunca mais irão olhar para mim, eu causei a situação e ainda fugi como se fosse a melhor escolha. Eu prometi a mim mesma nunca mais viver a sensação de perdê-los e agora tudo que sei é que os perdi para sempre. Não sei para onde Lucas está nos levando até que ele pare a moto, percebo que ele está ofegante.

— Lucas, por que você fez isso? — digo ainda sentada atrás dele. Toco suas costas que sobem e descem com a respiração rápida. Tudo que recebo em resposta é silêncio.

Piso no chão e entrego-lhe o capacete. Ele permanece olhando para a frente, me ignorando completamente. Eu posso ver que ele também se sente culpado, pelo menos é o que imagino.

— Eu preciso ficar sozinho agora. — É tudo o que ele me diz. Com um ronco alto, a moto é ligada novamente e não tenho tempo para dizer nada, pois no instante seguinte Lucas já está longe.

Levo as mãos ao rosto e tento processar o que aconteceu, entro em casa correndo e finalmente pareço voltar a mim. Eu não podia deixar JP daquela forma. Eu não podia deixar meus amigos daquela forma. Me sento no primeiro degrau da escada e alcanço o celular no bolso. Eu perco as contas de quantas vezes ligo para Duda, eu envio mensagens e ela parece não querer falar comigo. Eu não sei se ela já falou com os pais de JP, então tento fazer algo útil. Dois toques depois, a voz feminina atende.

— Alô — pela forma como fala, percebo que ela já sabe o que houve.

— Oi, tia Rita. É a Clara!

— Clarinha, você soube o que aconteceu com o Pedro? — Ela está nervosa e parece caminhar rapidamente, imagino que esteja saindo de casa.

— Eu sei... Onde ele está agora?

Ela me passa as informações de onde estão levando o JP, pelo pouco que pude ver, ele estava muito machucado, um simples curativo caseiro realmente não ajudaria tanto. Subo as escadas até meu quarto e troco a roupa. Lavo meu rosto e me demoro um pouco, olhando para o meu reflexo no espelho. Eu não me reconheço assim tão assustada. Meu coração ainda não se acalmou.

Uso um aplicativo para conseguir um carro que me leve até o hospital, cada minuto que passo esperando me faz pensar ainda mais sobre tudo que vem acontecendo e me sinto impotente. Penso em Lucas e em onde ele pode estar, mas preciso me organizar. Saber notícias de JP, no momento, é a minha prioridade. Saio correndo assim que o carro estaciona em minha porta.

Dou o endereço para o motorista e lhe peço pressa. Eu sei que é tarde para consertar a situação, mas eu preciso mostrar que sinto muito, eu preciso recolher os cacos de algo que, ainda que involuntariamente, eu mesma fiz questão de quebrar.

14

Podemos ligar a chaleira
Falar de como ele não é o cara certo
Eu te disse
Mas eu nunca vou dizer eu te avisei

TOLD YOU SO / LITTLE MIX

Eu nunca fui muito fã de hospitais. Eu até gosto daquele cheirinho de álcool, mas é algo no ambiente. Ver as pessoas apreensivas na sala de espera, os médicos e enfermeiros andando apressados de um lado para o outro, os ruídos de dor e pessoas machucadas, é muito mais fácil nas séries de TV do que na vida real.

— Oi, boa noite. Eu sou amiga de João Pedro Rebouças e sei que ele está aqui, mas não sei exatamente onde. Eu queria encontrar os pais dele, será que você pode me ajudar? — pergunto para um rapaz na recepção. Supreendentemente, ele não revira os olhos ou faz corpo mole. Ele sorri e digita alguma coisa no computador.

— Você vai encontrá-los na sala de espera do segundo andar. O elevador é aqui no corredor do lado direito. — O moço aponta a direção que devo seguir, tudo isso com um grande sorriso.

— Muito obrigada! — digo com um sorriso e procuro o tal elevador. Espero que as portas se abram e aperto o botão de número dois. Eu achei que me sentiria mais calma chegando aqui, mas a cada movimento da grande caixa de metal meu coração tropeça por um segundo.

E se o caso de meu amigo for muito grave? E se acontecer alguma coisa com seus olhos? Eu nunca me perdoaria se tirasse dele o sonho de cursar cinema.

Estou tão perdida em meus pensamentos que não vejo que já estou no segundo andar e quase volto para o andar de baixo. Consigo sair rapidamente do elevador antes que as portas se fechem e olho ao redor, procurando a sala de espera. Percebo uma movimentação no fim do corredor e sigo para lá.

Consigo reconhecer a mãe de JP de costas, olhando pela janela.

— Tia Rita? — A chamo devagar e toco seu ombro. A mulher se vira tão rápido quanto pode e percebo pelos seus olhos vermelhos que esteve chorando há pouco tempo. Ela me abraça de repente e apenas retribuo o gesto, tentando consolá-la. Ela começa a soluçar em meu ombro e me sinto tão mal que busco em minha memória qualquer coisa que possa ser dita, mas as palavras me fogem e acho que talvez seja bom apostar no velho "sinto muito".

Antes que eu abra a minha boca, ouço tia Rita falar baixinho. Sua voz abafada em meus cabelos.

— Quem fez isso com meu menino, Clara? Por que fizeram isso? Clara, se ele está metido em alguma encrenca você precisa me dizer. Eu já perguntei e a Duda não quer me contar nada.

Então é isso? Ela não sabe a verdade sobre o que aconteceu? Me sinto encurralada. Por que Duda decidiu não dizer nada?

— Calma, o JP nunca se envolveria com nada assim. Talvez tenha sido um engano. Talvez tenham confundido ele. — digo mais para mim do que para ela. Vendo dessa perspectiva, eu tento me fazer acreditar que Lucas não estava pensando direito quando atacou meu amigo daquela forma.

Enquanto tento acalmar a mulher que ainda me abraça, percebo que Duda entra na sala e olha para mim como nunca olhou, está tão séria que parece estar em um dos espetáculos do colégio. Ela faz um movimento de cabeça, me chamando, e sai novamente da sala. Entendo que queira que eu a acompanhe, então afasto a mãe de JP que ainda soluça.

— Eu vou falar com a Duda rapidinho e já volto, certo? Você quer alguma coisa? Um café? Está com fome? — pergunto enquanto caminho ao seu lado e a faço se sentar em uma das poltronas.

— Não, Clarinha... Está tudo certo. Obrigada.

Eu lhe ofereço um sorriso em resposta e saio para encontrar Duda. Assim que me vê me aproximando, a garota entra no banheiro feminino e a acompanho.

Encontro Duda lavando o rosto, apoio o ombro na parede ao lado da pia e espero que ela termine. Ela não diz uma só palavra. Fecha a torneira, se inclina para puxar algumas folhas de papel e seca o rosto, se olhando no espelho. Sem pressa, Duda amarra todos os cachos num coque e finalmente olha para mim.

— Será que foi suficiente para você? — Ela diz e dá um passo em minha direção.

— Duda...

— Clara. Será que foi suficiente para você? Você consegue enxergar agora?

Eu respiro fundo e tento encontrar algo para dizer. Não consigo olhar para Duda e encaro meus próprios pés, numa tentativa frustrada de fugir da conversa. Se eu pudesse voltar no tempo, se eu nunca tivesse encontrado JP na sorveteria, se eu não ficasse para conversar com Duda, se...

— Eu não quero que me diga nada, Clara. Mas eu preciso que você pense um pouco e perceba que o nosso amigo está lá dentro e pode até ser que não tenha sido nada demais, mas ele também pode ter se machucado feio. Ele estava sangrando tanto, ele não conseguia falar e eu não conseguia fazê-lo ficar de pé, e...

Duda explode em lágrimas e caminha de costas até encontrar a parede atrás dela. Ela coloca as mãos sobre o rosto e deixa tudo escapar de uma vez. Precisou ser muito forte para a mãe de JP, que estava sozinha, já que seu marido estava viajando a trabalho e, a essa altura, estava na estrada, morrendo de preocupação com o filho.

Eu me aproximo de Duda e tento tocar seus ombros, mas ela caminha para o outro lado do banheiro.

— Duda, calma... — Eu odeio meu cérebro por selecionar apenas frases idiotas para dizer em situações como essa. Eu queria ter algo para falar, algo que pudesse realmente acalmar Duda e não dizer "calma", porque eu sei que é a última coisa que se quer ouvir quando se está nervoso.

— Olha, eu tenho certeza que o JP vai ficar bem, porque aquele garoto tem uma cabeça dura... — Ouvir Duda chamá-lo por seu apelido me faz perceber que ela pode fingir o quanto quiser e, ainda assim, não vai conseguir esconder o quanto está preocupada com ele — O que me preocupa é você, Clara... Você pode dizer que está tudo bem, mas será que está tudo bem mesmo? — Duda vai aos poucos conseguindo recuperar o fôlego e falar com mais clareza.

— Eu te juro que ele não é assim. Eu vou falar com ele, aposto que ele não vai se importar em vir aqui e se desculpar.

— Não é questão de se desculpar... Eu vou dizer algumas coisas e você para e analisa a situação. Se ainda assim você achar que eu estou errada, juro que te deixo livre para seguir com o que quer que esteja fazendo da sua vida. O Lucas surge do nada e, de repente, ele se torna o centro da sua vida. — Duda levanta o dedo indicador quando faço menção à uma interrupção e continua falando — Depois ele nunca está confortável quando fica perto de seus amigos e, além disso, te faz desmarcar compromissos com eles só porque acha que você não tempo suficiente com ele. Ele te faz brigar com seus pais quando eles dizem que talvez fosse melhor ficar em casa. O garoto guarda segredos, vive uma vida dupla e não te conta nada e, não bastasse tudo isso, ele ainda coloca uma cereja em cima do bolo, atacando o seu amigo feito um ogro maluco.

Da forma como ela fala, Lucas parece um monstro que vem se infiltrando em minha vida de forma dissimulada, mas não é bem assim que tudo aconteceu. Eu sempre fiquei muito dividida, como se de um lado estivessem Duda e JP e do outro, Lucas. Tudo que eu mais queria era que ficássemos todos juntos e nos divertíssemos, mas eu nunca consegui fazer com que os três se dessem bem. Eu não sei o que dizer.

— Se esse não é o histórico de uma situação que não vai acabar bem, eu não sei o que é. Você pode tentar me dizer que ele não fez nada demais, mas eu perdi qualquer esperança quando ele ficou violento daquele jeito, e eu preciso te dizer, quem mostra ser impulsivo assim, perde a cabeça por qualquer coisa e parte para violência como ele fez, é capaz de repetir a dose a qualquer momento. — Duda respira fundo, olhando bem nos meus olhos — E pior do que isso, ele pode repetir a dose com qualquer pessoa. É aquela história do lugar errado na hora errada. Eu queria que você enxergasse o quanto eu me preocupo com você.

Duda provavelmente percebe que estou me esforçando ao máximo para não chorar mais, ela se aproxima e me abraça e eu gostaria de poder dizer que tenho a sensação de que todas as minhas peças soltas estão se encaixando, mas não é bem assim que me sinto.

— Duda, eu prometo que vou falar com o Lucas e resolver isso. Você não o conhece como eu, ele nunca me machucaria. Nunca. Ele só perdeu a cabeça e a gente não pode julgar que ele vá fazer isso outra vez, porque todo mundo se perde um pouco às vezes.

— Você sabe mais do que ninguém que eu sou a rainha quando o assunto é se irritar com as pessoas e perder a cabeça. Mas perder a cabeça e perder a razão são coisas completamente diferentes. Eu não bato em ninguém por aí. — Duda se afasta de mim e volta a se olhar no espelho, soltando o coque e ajeitando os cachos.

E mais uma vez eu não sei o que dizer. Puxo todo o ar que posso e vou soltando-o aos poucos, olhando para o chão, tentando me distrair, tentando não entrar num colapso nervoso. O que aconteceu com a minha vida chata e tranquila?

— Não se preocupe, eu não vou falar para ninguém o que aconteceu, por mais que eu saiba que isso é errado. Mas assim que o JP estiver bem, eu não vou tentar fazer ele mudar de ideia, se ele quiser dizer para os pais o que houve e quem fez isso com ele. É uma decisão que ele tem total liberdade para tomar e não somos nós que vamos impedir.

Duda caminha em direção à saída do banheiro sem olhar para mim, sem tentar descobrir se vou segui-la.

— Você pode fazer um favor? — peço e ela para e olha para mim, esperando que eu continue — Quando conseguir falar com ele, pode dizer que eu sinto muito?

— Esse é o problema Clara, a culpa não é sua... Mas eu digo sim. — Duda abre a porta e volta a olhar para mim, dessa vez com uma expressão de curiosidade — Espere, você não vai ficar?

— Eu não sei se eu devo... — Passo as mãos por meu cabelo, pelo pescoço e ombros, tentando me livrar do peso que sinto.

— Você quem sabe... — E estou sozinha no banheiro. Eu olho para o espelho e, ao me ver ali refletida, pareço alguém que não dorme há dias. Respiro fundo e caminho até o corredor. Duda está na sala de espera e olha para mim.

— Desculpe — digo mais uma vez, só que agora apenas movo os lábios, sem emitir qualquer som, e é o suficiente para que ela me entenda.

A garota desvia o olhar, olha para os próprios pés e balança a cabeça negativamente. E eu quase posso ver um muro se formar entre nós duas. Atrás de alguma dessas portas, JP está sendo examinado nesse exato momento e Duda pode dizer que não, mas sei que, não fosse por mim, nada disso estaria acontecendo.

Eu saio do hospital transtornada, não sei como cheguei ao jardim na entrada, não sei se falei com o atendente gentil, eu apenas sigo meus instintos, se estou me sentindo mal, tenho certeza que Lucas está ainda pior. Ele deve ter finalmente se acalmado e começado a pensar em tudo que fez, eu preciso ficar com ele nesse momento. Eu preciso encontrá-lo. Sei que ele precisa de mim tanto quanto eu preciso dele.

15

E seu coração está partido pois eu fui embora
Me mostre suas cicatrizes e eu não irei embora

SANDCASTLES / BEYONCÉ

Observo tudo ficando para trás pela janela do carro. Meu desejo era que a terrível sensação de culpa fosse embora com a paisagem, mas não é assim que as coisas funcionam no mundo real. Eu fecho os olhos por um instante, até que o balanço do carro fique mais brusco, indicando que estamos próximos do destino final.

Dou informações para o motorista que disse nunca ter feito aquele trajeto e, quando finalmente chegamos, respiro aliviada por encontrar uma forma de chegar até ali. Agradeço ao moço que logo manobra o carro e me deixa observando a casa com uma única luz acesa em seu interior. Estou completamente envolvida pela escuridão e ando rapidamente até a porta.

Eu não liguei para Lucas, mas eu sabia que ele estaria no seu refúgio, longe de tudo e de todos. Eu bato e espero, mas não há resposta. Eu bato outra vez, e mais uma. Meu coração começa a bater um pouco mais rápido com a ideia de ficar sozinha no escuro, esperando, quando a porta finalmente se abre e a luz toma conta de toda a entrada, Lucas parece brilhar com o reflexo em suas costas. É como um anjo, e não penso duas vezes antes de me jogar sobre ele e me permitir sentir seus braços me passando a sensação de segurança que eu tanto queria.

— Ei, o que foi? Como você chegou aqui? — Lucas pergunta enquanto acaricia meus cabelos.

— Eu vim de carro, mas não importa. Eu só queria ficar com você, eu estava preocupada. — Não quero me soltar do seu abraço, então ele me pega no colo e fecha a porta com o pé. Apenas abro os olhos quando Lucas me faz deitar e percebo que estamos no grande sofá da sala de TV. Ele se deita ao meu lado e ficamos assim, olhando um para o outro, sem dizer nada, e eu poderia dizer que todo aquele silêncio é desconfortável, mas pelo contrário, é o melhor momento do dia.

Talvez seja apenas a minha percepção de tempo, mas sinto como se tivéssemos trocado olhares e sorrisos por horas até que meus olhos comecem a se render a todo o cansaço que me cerca. Ouço a risada grave de Lucas quando eu finalmente os fecho e estou prestes a pegar no sono.

— Desculpe, meu amor. — Ele diz, assim que volto a observá-lo.

— Está tudo bem, se você não me acordasse, eu podia dormir até amanhã... — Sorrio e me sento, tentando espantar o sono — Eu tô exausta.

— Eu posso te levar em casa ou você pode tomar um banho e a gente pede alguma coisa e fica por aqui mais um pouco. O que você prefere?

Olho para Lucas e ele entende pelo meu olhar que não precisava perguntar. Subimos juntos e ele me diz onde encontrar toalhas. Lucas me empresta uma camisa sua que provavelmente ficará grande demais, e eu irei amar e nunca devolver para sentir seu perfume em casos de emergência, e promete estar me esperando no andar de baixo.

Eu nunca me acostumo com as dimensões gigantescas dos cômodos dessa casa. Caminho pelo grande banheiro e ligo o chuveiro, ajustando-o para que fique quente, talvez até um pouco quente demais. Tiro minha roupa e, quando a água cobre meu corpo, sinto um pouco de alívio tomar conta de mim. Estranho como às vezes é preciso mergulhar o mais fundo possível para finalmente conseguir respirar.

Assim como esperado, a camisa fica enorme, mas eu gosto. Visto meu short e desço para encontrar Lucas. Sinto um cheirinho bom que sobe pelas escadas para me chamar e quando chego na cozinha, encontro várias caixinhas e pacotes com toda aquela comida que chegou magicamente enquanto eu tomava banho.

— Já te falei como fica linda assim de cabelo molhado e com uma camisa minha? É sério, a menina mais linda desse mundo — ele se aproxima e me abraça, dando, logo em seguida, um beijo em minha bochecha.

— Até parece, em casa eu dou um jeito nele. E essa camisa? Pode dar adeus para ela, tá bom?

Começamos a rir e Lucas segura minha mão, me guiando até uma das cadeiras, na qual me sento. Ele se senta do lado oposto, ficando logo de frente para mim e sorri. É aquele sorriso que eu amo, aquele que me faz esquecer de tudo e me deixa com aquela sensação de bem-estar e segurança. Só que algo está acontecendo essa noite. Eu posso estar tão cansada que cheguei ao ponto de imaginar coisas, mas num piscar de olhos, o sorriso perfeito de Lucas se torna um sorriso daqueles que assusta. Digno de um psicótico. Eu posso ver sangue em seu rosto e em suas mãos, ele se levanta e caminha em minha direção, então fecho meus olhos com força e respiro rápido, tentando conseguir o máximo de ar que meus pulmões possam armazenar.

— Clara? O que foi? Está tudo bem? — O toque de Lucas me faz estremecer e permaneço com os olhos fechados — Clara, fale comigo. O que está acontecendo?

Meu rosto começa a doer com todo o esforço para manter os olhos fechados, então os abro, mas tento olhar apenas para a mesa.

O que está acontecendo comigo?

— Você está se sentindo bem, meu amor? — O garoto já está ajoelhado ao meu lado, massageando o dorso de minha mão. Respiro fundo e pareço voltar de uma viagem estranha em meu próprio cérebro. Desse jeito eu apenas conseguiria assustar Lucas ainda mais, então tomo coragem e sei que tudo que vi alguns instantes antes foram apenas lembranças conturbadas da minha mente.

Lucas não é assim.

— Desculpe... — digo e, aos poucos, me obrigo a olhar para ele, o garoto continua lindo e incrível como sempre foi, a pontinha de alívio que aparece em seu olhar ao me ouvir falar torna-o mais uma vez quase angelical.

— Mas desculpar por quê? Não tem motivo para se desculpar, Clara.

Lucas sorri, um sorriso pequeno, quase imperceptível e dá um leve puxão em meu pulso, eu entendo o que ele está me pedindo para fazer e o faço.

Desço da cadeira e, assim que ele se ajeita no chão, me sento no seu colo e me encolho tanto quanto posso.

— O que aconteceu hoje? Eu tô tão confusa, Lucas... — As palavras saem em sussurros e não tenho certeza de que ele as tenha ouvido. Nem mesmo eu tenho certeza de que não passaram de pensamentos. Ficamos em silêncio e eu começo a acreditar mesmo que ele não me ouviu.

— Eu impedi que você fosse enganada, Clara. Foi isso que aconteceu... — Ele diz baixinho, é como nosso mundinho particular em que as falas são ditas em sussurros para que apenas nós dois possamos ouvir.

Mas eu não entendo. Eu não estava sendo enganada, ou pelo menos não acho que estivesse. Eu só estava conversando com meus amigos e...

— Clara, você precisa entender que o mundo é muito mais rígido do que ele parece ser. Quando você escreve seus textinhos lá no seu quarto, falando sobre como as pessoas deviam ou não agir, você acredita que é tudo assim mesmo, muito lindo. Mas não é. Pessoas ruins existem. E elas se disfarçam, meu amor. Elas se disfarçam de melhores amigos e você não consegue enxergar um palmo à sua frente.

Ele faz uma pausa, provavelmente imaginando que eu queira dizer alguma coisa, mas estou absorta, tentando digerir tudo que ele disse. O que ele queria dizer era que Duda e JP eram pessoas ruins? Eu nunca poderia deixá-lo falar daquela forma, eles só queriam manter nossa amizade em consideração a todo o tempo que passamos juntos.

— Meu amor, o que tentaram fazer com você hoje foi algo muito sério. Você tem suas próprias opiniões, você tem voz e eles estavam tentando te calar. Olha, se você prestar atenção e me ouvir, vai perceber que a tal da Duda basicamente te disse que eu sou a pior pessoa do mundo, deixou a poeira baixar e voltou vestida em pele de cordeiro para dizer que ela estava realmente certa. E você quase caiu. Mas ainda bem que eu cheguei, não é?

Como se eu visse por um vidro embaçado, Lucas, com poucas palavras, veio como água e sabão e limpou de vez toda a sujeira que me impedia de ver o que realmente estava acontecendo. Eu não estava vendo como Duda e JP estavam usando todas as alternativas possíveis para me fazer abandoná-lo. Quando perceberam que inventar uma história elaborada não daria certo, ambos usaram a estratégia que me permitia acreditar que está tudo bem se eu quiser permanecer ao lado de Lucas, desde que eu saiba que eles estariam sempre de olho nele, como se fosse um monstro prestes a sair do seu disfarce de bom moço.

Instantaneamente, me lembro como Lucas bateu em JP de forma exagerada, ele quis me defender e me livrar das armadilhas deles. Mas será que tudo aquilo era realmente necessário?

— Lucas, eu fico tão feliz em saber que você me protege e me faz sentir toda essa segurança... Mas eu fiquei tão assustada quando o vi batendo no JP daquele jeito.

— Mas foi necessário, meu amor. E de qualquer forma, era ele ou eu. O que você queria? Que eu deixasse ele me bater só mesmo para ser gentil? Assim não dá, eu ainda tenho meu orgulho, certo?

— É só que... Precisava de tanto?

— O que eu fiz foi para que ele entendesse que precisa ficar longe de você, Clara. Era aquilo ou uma vida de idas e voltas, eu vi nos olhos deles que nunca iriam parar de tentar nos separar se eu não fizesse alguma coisa... Alguma coisa bem séria. E fica tranquila que vaso ruim não quebra, o moleque só precisa de um *band aid* e um analgésico que vai ficar bem.

Eu não quero rir da piada, nunca chamaria JP de vaso ruim, mas algo dentro de mim me faz sorrir e Lucas aperta um pouco mais o abraço, eu inclino a cabeça e beijo seu pescoço.

— Não é tão simples assim, ele está no hospital...

— Ah, é puro drama. Gay demais para o meu gosto. — As palavras saem da boca de Lucas com tanto rancor que volto a olhar para baixo e me encolho um pouco mais.

— Lucas, não fale...

— E como que você sabe que ele está no hospital? A chata da Maria Eduarda já voltou a te perturbar? Ela te ligou? É isso?

— Eu falei com a mãe do JP, e eu fui lá, mas eu não pude vê-lo. Daí eu vim para cá.

Lucas fica em silêncio e sinto o abraço se soltar. Ele move as pernas de forma que caio sentada no chão e ele se levanta abruptamente, caminhando para o outro lado da cozinha.

— Poxa, valeu, Clara. Eu aqui preocupado com você, me esforçando para te fazer ficar mais tranquila e você só joga na minha cara que se tem que escolher entre mim e o pateta, ele é a sua primeira opção?

Não! Não é o que eu quis dizer! Lucas entendeu tudo errado!

— Calma, Lucas. Não é nada disso. Me escuta. A mãe dele estava tão nervosa, eu precisava ajudar.

— Eu não sei como aguento tudo isso, Clara... É muito drama para mim. Muita confusão. Você tem muita sorte que eu seja tão paciente, porque se fosse outro, já tinha dado o fora.

Me apresso em me aproximar do garoto que parece muito magoado. Por que eu sempre digo as coisas erradas nas horas erradas? Por que eu sempre estrago tudo? Estávamos em nosso mundinho particular e agora eu acabei de ativar uma bomba nuclear, fazendo tudo desmoronar bem do meu lado.

— Por favor, me perdoe. Eu só precisava ver se a mãe dele precisava de alguma coisa! E nem por um segundo eu deixei de pensar em você. Eu fiz tudo rapidinho — deixo a discussão com Duda de lado — e vim para cá assim que eu pude. Tinha certeza que você estaria aqui e vim correndo porque eu precisava de você e imaginei que pudesse me querer por perto.

— Eu queria que você me colocasse em primeiro lugar como você é a primeira para mim, Clara. Pelo menos uma vez. — Quando olha para mim, meu coração dispara. Lucas é a minha prioridade, não importa o que aconteça. O que acontece comigo, que consigo explicar o mundo num artigo, mas não sei como juntar palavras e explicar meu amor por esse garoto?

Talvez palavras não sejam capazes de fazer isso por mim. Então me aproximo e o abraço, quebrando todas as barreiras que pudessem ter sido criadas. O abraço forte, pela cintura, e ele, após um longo instante, resolve retribuir o gesto. Com toda a sua altura, Lucas apoia o queixo em minha cabeça e solta o ar devagar.

— Eu te amo tanto, garota de ouro.

— Lucas, eu também te amo. Muito! Mais do que qualquer coisa nesse mundo.

— Eu me entrego inteiro para você.

Nada no mundo me faria esquecer de Lucas. Não existe nada e nem ninguém que possa me fazer mudar de ideia, eu o amo tanto que meu peito dói a ponto de me deixar sem ar. Eu sei que o amor não machuca e não faz doer, mas talvez seja um tipo de amor tão especial que causa sensações além do que é possível explicar.

Se Duda e JP são os obstáculos entre Lucas e eu, sinto muito, mas terei que aceitar o que Lucas disse. Terei que me afastar deles.

— Eu também, Lucas. Sou sua.

É preciso soltar tudo que te aterroriza para que suas mãos estejam livres para segurar aquilo que realmente importa.

16

Mas você não precisava me cortar
Fingir como se nunca tivesse acontecido
E que não éramos nada

SOMEBODY THAT I USED TO KNOW / GOTYE FT. KIMBRA

Quem prestar o mínimo de atenção consegue perceber o alvoroço em alguns grupinhos espalhados pelo colégio. Há um ritual, todas as manhãs de segunda-feira, os alunos aguardam até que Talita e alguns ajudantes do jornal caminhem solenemente até o pátio com as cópias do Mercúrio daquela semana e as depositem sobre mesinhas reservadas. Aos poucos, os alunos garantem seus exemplares e, ao fim do dia, as mesinhas estão vazias.

Nessa manhã de segunda-feira, o ritual se repetiria como de costume. Só que um simples detalhe iria mudar tudo. Era esse o motivo de todo o alvoroço.

— Eu tô muito nervosa. E se acharam que a qualidade da foto não ficou muito boa? Será que eu escolhi a imagem certa? Clara, você devia ter escolhido comigo.

Finalmente o resultado do concurso do jornal seria revelado.

Nada de listas ou placares. Bastaria pegar seu exemplar e olhar a primeira página. O par de nomes assinando a matéria indicaria os vencedores e Milena não conseguia parar de falar, o nervosismo estampado em seu rosto.

— Calma, Milena — digo rindo e a abraço.

— Como você consegue ficar aí toda tranquila? E se eu estraguei tudo com a foto errada? Eu acho que vou enfartar.

Começo a rir do desespero da garota.

— Milly, eu também tô nervosa. Mas eu tenho essa técnica de respirar fundo, prender o ar e ir soltando aos poucos e mentalizar que, se é um problema que eu possa resolver no momento, eu posso me permitir ficar nervosa. Mas se é alguma algo fora do meu alcance, eu só me sento aqui e espero o que vai acontecer. Pense comigo. Nossa matéria ficou legal, nossa foto ficou perfeita e, se não ganharmos, temos que entender que um tema mais necessário vai ser a capa. Se vencermos, imagina a quantidade de garotas que vai ler aquele texto e se sentir compreendida.

— Pensando por esse lado você tem razão... Mas eu ainda tô nervosa.

— Boba, é só uma capa de um jornal de escola. Nada demais. Nem tem um prêmio de verdade, eu acho até que foi muito esforço para pouco prestígio. Mas o que vale é a intenção, né?

— É...

Permanecemos ali sentadas nos banquinhos do pátio, esperando Talita resolver aparecer. Tento fazer com que Milena tire um pouco do nervosismo da cabeça e pense em outras coisas, começamos a falar sobre um livro que comecei a ler e acho que ela devia fazer o mesmo.

Os alunos não são completamente fanáticos no nosso jornal, eles só pegam mesmo para saber se vai acontecer algum evento, para ler alguma coisa específica e é isso, nada demais.

Mas não hoje. Hoje o colégio inteiro está esperando, pelo que eu ouvi, algumas pessoas até mesmo estavam apostando nos amigos e é muito engraçado ver toda essa movimentação. Eu estou um pouco ansiosa, mas não quero deixar tão aparente, então finjo estar tudo bem. Me sinto mais tranquila quando vejo Lucas atravessando o pátio com Caio logo atrás dele.

— Ansiosas, garotas? — Lucas pergunta, assim que se senta ao meu lado. Caio se senta do lado de Milena e percebo que a garota começa a apertar as mãos, agora o resultado do concurso não é o motivo do nervoso.

— Um pouquinho e vocês? — pergunto, repousando a cabeça em seu ombro.

— Estamos confiantes, eu precisei ajudar alguém responsável pela fotografia, mas deu tudo certo no final.

— Ah, você vai falar disso para o resto da vida, né? Eu nem pedi ajuda, Lucas. — Caio trata logo de se defender, antes que pareça a pessoa que não conseguiu lidar com a sua obrigação.

— Não pediu ajuda, mas se eu não ajudasse, não íamos ter uma imagem para competir.

E é assim que os garotos ficam até que o silêncio se instala em todo o colégio. Talita caminha devagar, tudo que quer é um pouco de suspense. Olho para os lados. Lucas parece um leão pronto para alcançar sua presa, Milena é uma mistura de entusiasmo e medo e eu não sei o que dizer sobre Caio, que está se ocupando em observar a copa da árvore acima de nós quatro.

Tudo parece acontecer de forma calculada. Talita se aproxima da mesa, deposita os exemplares dos jornais e olha ao redor, com um sorriso quase maligno em seu rosto. É como se dissesse: "que comecem os jogos". Assim que a garota dá um passo para trás, tudo acontece muito rápido. No instante seguinte, o silêncio mortal dá espaço para um pandemônio. Todos correm na busca por um exemplar e é uma bagunça, decidimos esperar sãos e salvos enquanto estão todos tão... exaltados.

— Pronta? — pergunto para Milena quando, finalmente, parece seguro se aproximar.

— Não sei se tô pronta, mas eu quero ver logo de uma vez... — Ela responde e nos levantamos confiantes. Não importa o resultado, nós sabemos que demos o nosso melhor. Lucas e Caio nos acompanham e vamos aos poucos atravessando a pequena multidão, desviando olhares para não termos *spoilers* da matéria campeã.

Quando finalmente chegamos à pilha de exemplares que já está quase no fim, o meu coração para por um segundo.

Sou eu. Estou na capa do jornal do colégio.

Talvez pessoas que só me viram vez ou outra pelos corredores não me reconhecessem, estou tão diferente e, ao mesmo tempo, tão eu. Milena escolheu a foto em que eu pareço esbravejar com alguém. A bota de combate chamando atenção em cima da mesa, aparecendo por baixo de todas as camadas de tecido do vestido. A coroa em minha mão, como se não fosse um acessório tão necessário. Eu pego uma cópia, Milena faz o mesmo e começamos uma troca de olhares. Olhamos uma para a outra, depois para a matéria e, logo em seguida, uma para a outra novamente.

— A gente ganhou! — Milena grita.

Nos abraçamos e pulamos super empolgadas, quando nos afastamos, eu volto a olhar para as palavras impressas e posso afirmar que pouquíssimas vezes me senti tão feliz assim.

— Milena, a gente arrasou demais! Olha para isso, tem o nosso nome aqui! — Aponto para seu nome embaixo da foto e não conseguimos parar de sorrir.

As pessoas começam a nos parabenizar, alguns colegas do jornal até mesmo dizem que nós realmente merecemos vencer, já que nosso tema foi realmente o melhor. Muitas pessoas começam a falar com Milena sobre o seu trabalho com a foto e eu percebo que ela está vermelha, mas é pura felicidade, ela deixou o nervosismo e a timidez para trás e nunca estive tão orgulhosa da minha amiga.

Me viro rapidamente em busca de Lucas, eu quero abraçá-lo para comemorarmos juntos, mas me surpreendo quando não o encontro no lugar onde achei que ele estivesse, não está mais ali do meu lado. Olho ao meu redor, mas ele simplesmente desapareceu. Talvez tenha precisado fazer alguma coisa, eu falo com ele depois. Tudo que eu preciso agora é olhar para a matéria mais uma vez.

Não está tudo bem coisa nenhuma!
Por: Ana Clara Goulart de Almeida

Princesas, delicadas... mulherzinhas! Sério? O histórico é longo e não dá para voltar atrás. Ficou decretado: os homens têm toda a liberdade para expressar sensações e demonstrar que não estão felizes em determinada situação. Gritar num momento de raiva? Tudo perfeitamente normal. Mas e quando se trata das mulheres? *Sente-se direito! Não fale de boca cheia! Fale baixo! Não demonstre o que está sentindo* (principalmente se forem "sentimentos ruins"). Deus me livre perguntar porque ele pode e ela não. A resposta vai ser no mínimo um: menino é assim mesmo, mas meninas precisam ser doces... Se ninguém contar que esse pensamento não faz o menor sentido, conto eu mesma. Antes de qualquer coisa, nós precisamos voltar naquele conceito de que mulheres são histéricas e instáveis. Nada de mulheres no poder, elas podem surtar a qualquer momento e cair no choro. Você já parou para pensar que é impossível não surtar se você não aprendeu a lidar com seus próprios sentimentos? Seja feliz, demonstre gentileza, eles dizem. Mas e quando seu coração pede por aquela cara emburrada que diz muita coisa ou por palavras mais ásperas? Quer dizer que o certo a se fazer é condescender, baixar a cabeça e, com um sorriso meigo, dizer que tudo bem? Mas não está tudo bem coisa nenhuma! Muitas pessoas acreditam na instrução que diz que garotas que vão à luta e berram, resmungam e reclamam e que não levam desaforo pra casa acabam ficando sozinhas, pois os garotos não gostam de garotas assim, agressivas demais. Eis a opinião das garotas que se impõem: quem se importa? E daí que não vão gostar do que dizemos? Diremos e pronto. É hora de perceber que o príncipe encantado não vai aparecer para nos salvar, é hora de salvarmos a nós mesmas, nada de esconder os tais "sentimentos ruins" no porão do castelo. Vamos abrir os portões e mostrar que eles existem e, quando aparecem, precisam ser sentidos. O histórico é longo e não dá para voltar atrás, mas a gente pode mudar o que vem por aí.

Quando o sinal toca e a pequena multidão começa a se dispersar em direção às suas obrigações, Milena sobe comigo até a sala do jornal e somos surpreendidas. A sala pequena está lotada com todo o pessoal da equipe e algumas pessoas da coordenação e direção do colégio. Não entendemos nada até que todos comecem a aplaudir.

Olho para Milena, que começa a rir comigo, e resolvemos apenas aproveitar aquele momento. Eu mando beijos para o pessoal, como se fosse uma super celebridade num super evento, e todos começam a rir.

— Meninas, eu realmente estou muito orgulhosa de vocês duas. — A diretora atravessa a sala para nos encontrar — Eu acompanho o jornal e vejo o trabalho das duas, mas juntas vocês simplesmente foram perfeitas. Todos estão de parabéns, mas vocês foram um pouquinho além. Meus parabéns.

— Nós ficamos muito agradecidas por isso, e foi tão legal trabalhar com a Milly que pareceu mais diversão do que obrigação.

— Eu digo o mesmo, a gente se divertiu muito pensando em tudo. — Milena complementa e me abraça.

— Se vocês acharam que a capa era tudo, vocês estão enganadas! — Talita grita de algum lugar da sala que não posso identificar, até que se levanta de debaixo da mesa com duas caixas compridas em mãos. Olho para a diretora, tentando decifrar o que está acontecendo, mas ela retribui o olhar com um sorriso de "não vou dizer nada".

Quando Talita nos entrega as caixas, Milena e eu as abrimos rapidamente, movidas pela curiosidade. E lá está o nosso prêmio. Cada uma recebeu uma estátua de cerca de trinta centímetros de Mercúrio, o Mensageiro, inspiração para o nome do nosso jornal, com suas asinhas nos pés e tudo mais. A estátua de um dourado escuro reflete as luzes da sala e é impossível não sorrir.

Durante todo o restante do horário, permanecemos nesse clima de final de copa do mundo. Conversamos sobre os outros temas que concorreram, sobre como tivemos nossas ideias e o tempo passa sem percebermos, até que a hora da saída chega e tenho um tempinho para falar com Lucas a sós.

— Oi, meu anjinho! — Beijo sua bochecha e em resposta ele me oferece um sorriso forçado.

Não dá para entender muito bem o que isso quer dizer, então me sento ao seu lado e o observo esperando alguma explicação. Ele decide permanecer em silêncio.

— O que foi? — pergunto quando a situação começa a ficar ligeiramente estranha e Lucas finalmente olha para mim.

— Clara, eu sinto muito, mas deixando de lado nosso namoro e levando em conta só o nosso trabalho aqui no jornal... Garotas irritadas? Sério? — Eu levo um instante para entender que estamos falando sobre o meu texto e, pelo visto, nada nele agradou a Lucas.

— Como assim?

— Eu me mato numa porcaria de pesquisa sobre a reciclagem, tenho que aturar o inútil do Caio e aí eles resolvem que garotas irritadas merecem ganhar esse concurso besta?

As palavras me fogem. Eu posso ouvir, mas não acreditar que Lucas está mesmo dizendo que tudo que eu escrevi não passou de uma bobagem que não merecia o prestígio recebido. Todos falaram tão bem do nosso trabalho, por que logo o meu namorado não conseguia ver o lado bom de tudo isso?

— Mas, Lucas, a maioria dos temas era importante e esse não era o único ponto avaliado, eles levaram em conta o texto e a imagem e...

— Como se não bastasse, ainda vai dizer que eu escrevo mal, essa é boa. — Lucas resmunga e se levanta da cadeira, pega sua mochila e começa a se dirigir para a porta de saída, o acompanho.

— Eu já entendi tudo, senhor competição! Você não sabe perder — digo em tom de brincadeira e espero que ele admita de uma vez e volte ao normal. Lucas para por um instante e se vira para olhar para mim.

— Eu sei perder sim, Clara. — Não consigo descobrir se ele entrou na brincadeira, então opto por acreditar que sim.

— Então se você sabe mesmo perder, vai comigo hoje à noite na *Dancing Queen* para comemorar! — Não consigo disfarçar o desafio em minha própria voz, Lucas, no entanto, fica parado, olhando para mim sem qualquer expressão no rosto — Vai dizer alguma coisa?

— É obrigatório comparecer? — Continuo com meu jogo secreto de decifrar o que ele está sentindo e chego à conclusão de que entrou na brincadeira, mas apenas para não deixar claro que realmente ficou chateado com o resultado do concurso. Concurso esse que ele mesmo disse ser uma bobagem, é só um jornal de colégio impresso na sala da coordenação.

— Deixe para lá, você não quer ir — digo, tentando parecer séria e me viro para me afastar dele, pois sei exatamente qual será o seu próximo movimento e ele atende às minhas expectativas. Assim que consigo dar um passo para longe, o garoto me puxa pelo braço, me fazendo girar em meus próprios calcanhares, voltando à posição anterior e me beija ali mesmo, ele nem se importa com o fato de que parte dos nossos colegas ainda não saiu da sala.

Fico nas pontas dos pés e retribuo seu beijo com as minhas mãos em seu peito. É um beijo rápido e, tão logo quanto foi iniciado, ele me permite voltar a colocar os pés no chão. Me afasto com um sorriso.

— Vou tomar isso como um super animado "sim, meu amor, eu vou comemorar com você!", certo?

Lucas dá um risinho como se dissesse que eu o venci e sai da sala. Fico instantaneamente vermelha ao perceber que todos os olhares estão voltados para mim graças à nossa pequena cena de novela mexicana. Corro até Milena que começa a aplaudir assim que me aproximo.

— Quem precisa de Edward e Bella quando se tem Clara e Lucas? — Ela brinca.

— Muito comediante você, hein? — comento e pego a mochila em minha cadeira — Olha, a gente vai comemorar na *Dancing Queen* hoje. Sei que é segunda-feira, mas não aceito um não como resposta. Você vai e pronto.

— Não à ditadura! — Milena fala como se estivesse num protesto.

Reviro os olhos para a garota e começamos a sorrir no mesmo instante.

— Vocês tiraram o dia para me fazer de alvo de piadinhas, podem parar. Te encontro lá, certo?

— Certo, Clara. Ou devo te chamar de ganhadora do concurso do jornal? — Milena mexe as sobrancelhas para cima e para baixo.

— Você pode me chamar assim de agora em diante, outra ganhadora do concurso do jornal.

Saio sorrindo da sala e desço as escadas devagar. Uma vez no térreo, caminho de cabeça baixa, apostando comigo mesma uma panela de brigadeiro caso eu consiga evitar os quadrinhos azuis e só pisar nos quadrinhos brancos do chão. Me perco em pensamentos, estou feliz por ter meu texto na capa do jornal, mas lembrar do rostinho triste de Lucas me faz ficar de coração partido. Esbarro em alguém devido à minha distração.

— Desculpe! — digo enquanto me endireito.

— Estava tendo uma ideia para outro texto campeão? — Duda está sorrindo na minha frente e sinto meu peito subir e descer com as batidas rápidas do meu coração. Não nos falamos desde a briga de Lucas e JP. Demorou para que o garoto voltasse para o colégio, quando ele voltou, não tive coragem de me aproximar e perguntar como ele estava, sabia que provavelmente não gostaria de ver a garota que se dizia sua amiga, mas que não se importou em aparecer para uma visita.

Se ele soubesse que eu não conseguia me aproximar por causa de todo o sentimento de culpa e vergonha que me perseguia, talvez ele pudesse me perdoar um dia.

— Oi, Duda... Desculpe, eu estava distraída tentando pisar só nos quadrinhos brancos, você sabe que eu vivo fazendo essas apostas comigo mesma.

— Bem sei, o que estava em jogo? Um pote de sorvete?

— Uma panela de brigadeiro, na verdade.

— Boa escolha...

Não fosse por toda a distância emocional, qualquer um que nos ouvisse podia dizer que estávamos voltando a ser o que sempre fomos. Melhores amigas.

— Você não está com cara de quem escreveu um texto incrível daqueles e que está na capa do jornal com aquele vestido maravilhoso... Aconteceu alguma coisa? — Duda sempre conseguia deixar o mundo de lado quando sentia que algum de nós não estava bem. A culpa volta a sussurrar em meu ouvido, dizendo que da última vez que ela tentou fazer isso, eu acabei magoando-a e me afastando. Respiro fundo para não sair correndo.

— Não, não foi nada...

— Eu sei que alguma coisa aconteceu, mas tudo bem se não quiser falar.

O famoso "tudo bem se não quiser falar" de Duda que sempre me fez contar tudo para ela sem sequer perceber.

— Ah, é bobagem. — Penso duas vezes se devo continuar falando, já que falar sobre Lucas com Duda sempre me leva para um campo minado — É só que o Lucas é muito competitivo e a carinha triste dele por não ter ganhado foi tão fofa que eu fiquei com o coração apertado.

— Sei... Olhe, eu li o que você escreveu e estava perfeito. Sério, Clara, você arrasou, como sempre. E ficou linda na foto também. Fizeram por onde para merecer a capa, tá? Parabéns! — Duda segura meu ombro assim que termina de falar.

— Obrigada, Duda... — digo com um sorriso no rosto, resultado da felicidade por estar falando com ela e ouvir todos esses elogios, senti um pouquinho da nossa amizade outra vez.

— Eu preciso ir, o JP está me esperando lá fora, não quero demorar...

Dou uma risada ao ouvi-la chamar nosso amigo pelo apelido.

— Tudo bem... Fale que eu mandei um oi, tá? — peço e ergo os ombros, ela entende que eu gostaria de fazer isso por mim mesma, mas ainda não estou pronta.

— Eu falo, sim. Tchau, se cuida.

A garota se afasta de mim e a observo caminhar por um momento, respiro fundo e volto à minha aposta, dessa vez pisando nos quadrinhos azuis. Não consigo ir muito longe, entretanto.

— Clara! — Duda me chama e me viro rapidamente — Eu quase esqueci, você vai na estreia da peça esse fim de semana, né? — Ela pergunta.

— Eu não poderia perder! Vou chegar cedo e sentar na frente, prometo! — Pisco o olho e ela sorri.

— Ainda bem... Só mais uma coisa — concordo com a cabeça para que ela continue falando —, lembra que o mundo já é um lugar cheio de confusão e situações tristes... Seu relacionamento deveria ser seu porto seguro.

Duda se vira e vai embora de uma vez por todas e fico ali parada no meio do corredor, tentando absorver as palavras que ainda estão ecoando ao meu redor. Engulo em seco e puxo o ar devagar, enchendo os pulmões o máximo possível. Passo alguns instantes olhando para meus próprios pés até conseguir voltar a andar. Dessa vez não me preocupo com quadrinhos azuis e brancos, meus pensamentos estão em outro lugar.

17

Você pega a minha mão e diz que mudou
Mas garoto, você sabe que suplicar não me engana
Porque para você é só um jogo

TOO LITTLE, TOO LATE / JOJO

Naquela mesma tarde, eu consegui finalizar um artigo para a próxima semana do jornal. Meus pensamentos sempre voltavam para o que Duda tinha me dito no corredor, mas apesar de concordar com ela, eu tinha certeza que só estivemos em uma fase ruim, todos os casais passam por esse tipo de coisa. A partir de hoje começaríamos a viver uma nova fase, de coisas boas.

Pelo menos é o que eu espero.

Solto o cabelo em frente ao espelho e ajeito os bolsos do short. Estou pronta. Lucas ficou de me pegar assim que estivesse livre, então desço e assisto um pouco de TV enquanto o espero.

Quando o som da campainha ecoa pela casa, dou adeus ao programa de confeiteiros amadores fazendo bolos ruins e abro a porta para encontrá-lo. Não sei se é o vento que sopra num *timing* perfeito, fazendo seu cabelo voar, ou se a luz que reflete em seus olhos esverdeados. Talvez seja só sua jaqueta preta de couro, ou seu sorriso, não importa o motivo, é automático, eu o vejo e suspiro como quem acabou de entrar no paraíso.

— Pronta? — Ele me pergunta e, com um passo, se aproxima de mim, me permitindo sentir sua respiração em meu rosto.

— Pronta. — respondo com confiança e não espero sua próxima reação, nos beijamos entrelaçando meus dedos na parte de trás do seu cabelo, puxando-o ainda mais para perto de mim, mesmo que a sensação seja a de que não há mais espaço a ser preenchido.

Aviso aos meus pais que estou saindo e que volto logo e subimos na moto de Lucas que nos leva diretamente para a *Dancing Queen*. Milena está nos esperando logo na porta e respira aliviada ao me enxergar. Aceno de volta e espero até que Lucas estacione a moto, segure minha mão e me acompanhe.

— Que bom que você veio! — digo enquanto abraço Milena.

— E eu tinha opção? — A garota fala assim que nos separamos e dou um tapinha em seu braço, com uma cara brava de brincadeira.

— Foi exatamente o que eu disse — Lucas comenta do outro lado e ambos se olham com expressões forçadas de "você me entende!".

— Quando foi que o time Lucas e Milena contra Clara se formou, hein?

Começamos a rir e entramos de uma vez por todas no lugar. Não está cheio como nos finais de semana, mas, surpreendentemente, não está vazio. Fico feliz em ver que não vamos ser os únicos por ali numa noite de segunda-feira.

Milena e eu pedimos bebidas iguais, copos compridos com três cores diferentes se misturando no líquido em seu interior. Lucas decide por uma bebida de cor sem graça num copo sem graça — e com álcool — que me faz pensar que dois daqueles e eu teria de faltar no colégio na manhã seguinte.

— Vocês acham que os artigos que não venceram o concurso vão ser publicados nas próximas edições? Porque deu bastante trabalho para ser dispensado assim — Lucas questiona e toma um gole do seu copo.

— Eu ouvi a Talita falando sobre essa possibilidade, acho que vai ser publicado um por edição, mais justo. — Milena solta a informação e depois olha para mim, provavelmente se questionando se podia mesmo contar aquilo. Sorrio tentando dizer que tudo bem e ela me entende e volta a olhar para Lucas.

— Capa? — O garoto pergunta mais uma vez.

— Isso eu já não sei... Talvez, a depender do tema.

Me perco um pouco em um pensamento bobo, mas que faz todo sentido. Era exatamente isso que eu queria. Que os meus amigos e o meu namorado conseguissem passar algumas horas juntos conversando sobre qualquer coisa. Deixo meu olhar passear pelo lugar e odeio como a vida é uma gigantesca fábrica de coincidências. Do lado oposto do salão, consigo enxergar JP e Duda conversando e sorrindo, como se estivessem se divertindo muito com alguma piada interna.

Percebo que se eu me aproximasse naquele momento, provavelmente não entenderia nada, estou fora há tanto tempo que com certeza não seria tão fácil voltar. Sinto tanta vontade de atravessar toda essa distância que meu coração chegar a queimar dentro do meu peito, mas olho para o meu lado e Lucas parece tão bem em estar ali comigo e com Milena que decido por ficar e esperar mais tempo para tentar me desculpar com JP.

Pedimos uma porção de mini salgados e passamos um tempo discutindo sobre como as músicas antigas são, em sua grande maioria, mais legais. As músicas de hoje não são tão originais e interessantes, sei as letras de poucas.

— Pode ir ao banheiro comigo? — Milena me pergunta enquanto se levanta.

— Claro... — respondo e me viro para dar um beijinho na bochecha de Lucas, que está olhando para a tela do próprio celular.

Caminhamos sem muita dificuldade até o banheiro, onde aproveito para retocar o batom. Milena lava as mãos e olha para mim pelo espelho.

— Você viu que o pessoal está aqui? — Ela pergunta mesmo que saiba que eu já tinha visto, e essa é uma das qualidades que mais admiro nela, esse cuidado nas falas, nos gestos, nas ações.

— É... Eu vi. Acho que eles não viram a gente, né? — digo e jogo o cabelo para o lado.

— Na verdade, o JP me viu, mas não tive tempo nem de sorrir para ele. Assim que ele viu o...

— Entendo. — Respiro fundo e me apoio na pia, olhando para o reflexo de Milena que me observa de volta — Eu queria não sentir esse peso de que fui eu quem destruiu tudo que nós tínhamos, sabe?

— Mas a culpa não é sua, Clara...

— Eu posso não ter batido no JP, mas eu fiz muito pior, Milly. Eu o abandonei quando ele precisava de mim. Antes eu discuti com a Duda e isso era o tipo de coisa que dava para resolver, a gente até estava tentando deixar tudo para trás, só que agora eu acho que eu ultrapassei uma linha que não me permite voltar. Eu fechei a porta que ainda me dava acesso a eles...

— Sempre tem uma janela aberta. Lembre-se disso. — Sei que Milena só quer me ajudar, mas não acredito nisso. Sinto que o momento que tive com Duda mais cedo foi uma prévia do que estou prestes a viver pelo resto do nosso último ano no ensino médio. Encontros ocasionais nos corredores do colégio, sorrisos amarelos nos intervalos e "ois" murmurados na sala de aula.

Respondo Milena com um sorriso que diz ainda ter esperanças, apesar de não acreditar muito nisso, e saímos do banheiro conversando sobre uma série que Milena quer que eu acompanhe.

Enquanto atravessamos o lugar em direção à nossa mesa, passamos pelo bar, onde uns rapazes mais velhos, provavelmente universitários, nos encaram assim que nos enxergam. Fico um pouco desconfortável com todos aqueles pares de olhos nos encarando e seguro a mão de Milena, que parece ter notado também.

— Nesse frio, se a gripe não te pegar, eu pego, gatinha! — Ouço um dos rapazes dizer e me encolho um pouco, apressando o passo. Não quero olhar para trás para ter certeza de que está falando com a gente porque sei que está.

Meu olhar encontra o de Lucas, que nem mesmo pisca os olhos, ele está vidrado em mim e nos garotos que resolveram fazer gracinhas. Sei que ele não ouviu o que eles disseram, mas não duvido que tenha entendido, está muito atento.

Quando finalmente chegamos à mesa, Lucas não espera que Milena termine de falar sobre uma cena da tal série que, segundo ela, tem uma fotografia incrível. O garoto está com as mãos apertadas em punho de maneira tão forte que posso ver que os nós dos seus dedos ficaram esbranquiçados.

— O que foi que aqueles idiotas estavam falando? — O garoto pergunta, apertando ainda mais os punhos. Tenho medo que acabe se machucando com as próprias unhas e toco suas mãos, que de maneira contrariada, relaxam um pouco. Seus ombros ainda estão tensos, no entanto.

— Quem? — Milena parece não ter ouvido a péssima cantada e olha para os lados sem entender muito bem o que está acontecendo. Lucas não diz nada, apenas indica o bar com a cabeça e olhamos na mesma direção. Os rapazes olham para nós quando percebem que estamos encarando, com um sorriso, erguem os copos e voltam a fazer o que quer que estivessem fazendo, sem lembrar de nossa presença.

Evito me preocupar com isso, mas assim que me ajeito no banco, Lucas segura minha mão por baixo da mesa. Sinto todo o clima de tensão voltar e engulo em seco. Só houve uma vez em que o vi dessa forma, e não acabou muito bem.

Milena acena do nada e, quando olho para o lado, percebo que está falando com Duda e JP, o garoto desvia o olhar assim que percebe que o estou observando.

— Gente, eu já volto, tá? — Milena se levanta sem dar muitas explicações, provavelmente não quer dizer para onde vai por causa de toda a situação entre Lucas e JP, eu sei para onde ela vai, então concordo balançando a cabeça e a observo caminhar por um instante.

Sinto uma pressão começar a se formar ao redor do meu pulso.

Olho para minha mão e vejo que é Lucas quem proporciona a dor que me faz mover os dedos em espasmos involuntários.

— Lucas! Meu pulso. Você está me machucando! — Tento me desvencilhar dele, mas é praticamente impossível, ele me segura com muita força.

— Não mente para mim, Clarinha... O que foi que eles disseram? Me diz! — Meu coração parece querer sair pela boca. Respiro fundo tentando manter a calma e, com a mão livre, acaricio seu rosto, mas Lucas se afasta e só então olha para mim. Sua sobrancelha erguida indica que meu tempo para responder está se estendendo mais do que o necessário.

— Foi só uma piadinha boba, não tem importância... — digo e minha voz sai num sussurro que espero que tenha sido suficiente para que ele tenha ouvido.

— Não tem importância, meu amor? Se não tem importância é porque você gostou, né? Menina direita não gosta desse tipo de coisa, Clara... Quem gosta disso é vagabunda! Inclusive elas usam esses tipos de short também.

Por um instante, meu pulso já não é a parte mais dolorida. Meu coração parece estar sendo rasgado ao meio ao ouvir aquelas palavras. Talvez ele não queira me chamar por um termo tão ofensivo, mas foi o que ele fez e não consigo evitar que lágrimas comecem a escorrer por meu rosto. Com minha mão livre, seco o rosto, sua expressão não parece arrependida, os músculos de sua mão me apertando não parecem relaxar e eu sinto um arrepio correr por todo o meu corpo.

Pela primeira vez em todo esse tempo, eu sinto medo de Lucas.

— Lucas, pare, por favor... — Olho para minha mão branca feita uma folha de papel, minha voz está embargada.

— Você não pode fazer esse tipo de coisa... Você não me ama mais? É isso?

— Do que você está falando, Lucas? — Já não sinto mais a minha mão.

— Pare de mentir para mim! — O garoto esbraveja e finalmente solta minha mão. A sensação de ter o sangue correndo de volta pelas veias é inebriante, sinto-a formigar.

— Eu não estou mentindo para você. Eu nem mesmo sei do que você está falando! — falo, com a voz trêmula, enquanto massageio meu pulso que começa a latejar e já expõe as marcas dos dedos de Lucas.

— Eu estou falando sobre você gostar de ouvir os garotos te elogiando... Eu não sou mais suficiente para você? Precisa de quantos para se sentir satisfeita? Pelo visto você me trouxe aqui só mesmo para receber elogios de outros homens e se encontrar com seu amiguinho, não é?

Me lembro de JP e suspiro com a ideia que Lucas teve a partir dessa coincidência.

— Eu nem sabia que eles estariam aqui hoje.

— Clara, vamos embora. — Ele não se importa com o que digo, apenas se levanta e sai de perto da mesa, batendo com as pernas em meus joelhos de forma nada gentil.

Eu precisava avisar Milena da nossa saída e, por sorte, seu olhar encontra o meu. A garota parece um pouco confusa com o que está acontecendo e aceno para que entenda que preciso ir, quando ela confirma com a cabeça, faço um sinal com a mão que diz que ligarei mais tarde e volto a me concentrar em seguir Lucas.

Mas não seria tão fácil sair da *Dancing Queen* hoje. Apesar de todo o espaço disponível, Lucas esbarra em um dos rapazes no bar. Os mesmos que falaram comigo e com Milena.

— Porra! Você está cego? — O rapaz levanta ligeiramente irritado, com a camisa colada ao corpo devido à bebida derramada com o empurrão de

Lucas. Eu queria acreditar que ele não fez isso de propósito, mas sei que é exatamente o que aconteceu.

— Na verdade, eu tô com os olhos bem abertos, abertos o suficiente para ver você mexendo com a minha namorada.

O rapaz olha para os lados como se buscasse a namorada sobre a qual Lucas estava falando, até que seu olhar repousa sobre mim. Me encolho um pouco e me aproximo mais de Lucas, ficando praticamente atrás dele.

— Cara, relaxa... Eu nem sabia que ela estava com alguém. — O rapaz abre os braços e logo em seguida se concentra em sua camisa molhada que deixa os gominhos do abdômen aparentes.

— Não me mande relaxar! — Lucas avisa — É bom você pedir desculpas para ela agora.

— Poxa, gatinha... Uma perda de tempo namorar um babaca desses, você não acha?

Lucas não precisa de mais nada, eu posso até sentir a fúria subindo por todo o seu corpo. Eu pisco os olhos e, no instante seguinte, tudo que posso ver é Lucas levar a mão fechada em punho em direção ao rosto do rapaz, que se desequilibra e cai sobre o balcão atrás de si.

Me assusto e seguro a parte de trás da camisa de Lucas que me puxa pela mão em direção à saída. Mas assim como eu disse, não seria tão fácil sair dali. Tão logo quanto se recupera do golpe, o rapaz nos acompanha e puxa Lucas pelos ombros, fazendo-o cair no chão.

Lucas se levanta muito rápido e tento fazê-lo se afastar. Mas é tarde. O rapaz segura a gola da camisa de Lucas e o empurra contra a parede, Lucas ri ironicamente e empurra o rapaz, conseguindo se livrar e irrompe contra seu adversário com golpes que atingem seu tórax.

Tento puxar Lucas para longe de tudo aquilo, mas é tarde. O grupo de amigos do rapaz envolvido na briga se aproxima. Um deles, com o dobro do meu tamanho e extremamente forte, me segura e os outros seguram Lucas, que tenta se soltar, mas com essa desvantagem é impossível.

— Larga ele! Pare! Por favor! — Eu grito, tentando fazer com que eles me ouçam, mal consigo me movimentar — Me largue!

Ouço a risada malvada do homem que me segura. Lucas está sendo atingido por todos os lados, são três contra um. Começo a me debater e gritar, todos estão começando a se aproximar para assistir toda aquela confusão. Em todos os anos que frequento a *Dancing Queen*, eu nunca presenciei uma briga sequer. E na primeira que acontece... Surpresa! Estou envolvida.

Finalmente consigo me livrar das mãos gigantescas que me seguram e corro para ajudar Lucas, mas sou impedida por um dos rapazes que me empurra sem perceber. Caio no chão e cada vez que Lucas recebe um golpe é como se estivessem batendo em mim. As lágrimas escorrem por meu rosto sem qualquer obstáculo.

Depois do que parece ser uma eternidade, um homem mais velho se aproxima, separando a briga. Lucas está caído quando os outros se afastam e corro para ajudá-lo. Apoio sua cabeça em minhas pernas e acaricio seu rosto. Ele se movimenta com dificuldade e consegue ficar de pé. Noto os olhares sendo trocados e as respirações ofegantes.

— Ou vocês saem daqui agora ou eu chamo a polícia — o homem grita num tom autoritário. As pessoas começam a se dispersar e seguro na mão de Lucas para puxá-lo para fora. Me viro para trás antes de sairmos e percebo que meus amigos estavam na plateia, eles viram tudo e agora assistiam a mim com olhares que, inicialmente, pensei se tratarem de ódio, mas percebi que, bem diferente disso, eles me olhavam com pena. Desvio o olhar e saímos da *Dancing Queen*.

Caminhamos em silêncio até a moto de Lucas e ele demora um pouco para pegar os capacetes. Ele me entrega um, mas eu o recuso.

— O que foi? — Ele pergunta entredentes.

— Eu acho que você precisa ficar um pouco sozinho. — digo e começo a me afastar dele, caminhando de costas.

— Clara, por favor...

— É sério, eu também preciso pensar um pouco... — Quando Lucas se aproxima, coloco minhas duas mãos espalmadas em seu peito para mantê-lo distante. Ele pega minhas mãos e as beija, é quando percebe as marcas em meu pulso.

— Fui eu que...

Não preciso responder que sim, foi ele quem me deixou assim. O garoto engole em seco e as luzes fracas dos postes ao nosso redor fazem seus ferimentos refletirem. Vejo o sangue no canto de sua boca, perto de seus olhos, em sua bochecha e me afasto olhando para baixo.

Não volto a olhar para Lucas, pois sei que estou sujeita a abraçá-lo e acompanhá-lo até sua casa para garantir que fique bem. Vivo nessa bolha que me faz flutuar de um lado para o outro. Eu devia colocar ao menos um dos pés no chão. Fico ouvindo nossas respirações sendo levadas para longe. Ouço seus passos se afastando de mim, ouço o motor da moto roncar num som alto, ouço os pneus cantando e só então consigo olhar para cima.

Ele se foi.

Respiro fundo e espero que as lágrimas venham. Mas é engraçado porque elas simplesmente não aparecem. Observo o céu por um instante, a lua está enorme e brilhante. Ouço a porta da *Dancing Queen* se abrir e começo a caminhar sem olhar para trás.

— Clara! Clara, espere aí! — A voz que me faz tanta falta me chama. Meu coração parece parar por um segundo, olho para trás rapidamente e JP vem correndo em minha direção, acompanhado de Milena e Duda.

— Tá tudo bem com você? — Duda pergunta e segura meus ombros.

— Eu tô bem. Fique calma.

— Cadê o Lucas? — JP pergunta e não consigo identificar um traço sequer de remorso. Ele não se importa com o que aconteceu, ele se importa comigo e eu não consigo segurar um sorriso grato.

— Ele foi embora... — digo e dou de ombros.

Duda me abraça e Milena faz o mesmo, no instante seguinte estamos num grande abraço coletivo.

Eu nunca saberia agradecer por isso, aquele abraço tão longo e apertado juntou todas as peças que estavam soltas, me fez sentir segura e feliz como não me sentia há algum tempo.

— Venha, vamos para casa. — JP diz assim que nos afastamos do abraço.

— Para falar a verdade, eu queria caminhar um pouco... Preciso ficar sozinha por um tempo, colocar os pensamentos em ordem.

— Clara... — Milena inclina um pouco a cabeça e me observa com um olhar de reprovação.

— Está tarde, venha com a gente — Duda tenta me convencer e segura minha mão.

Pego meu celular no bolso do short e checo a hora.

— Não são nem dez ainda. Podem ficar tranquilos, não tem problema. — Bagunço o cabelo de JP, que sorri, devolvo o sorriso. Um vento forte sopra, fazendo nossos cabelos e roupas balançarem, eu sinto como se o universo estivesse levando para longe de mim tudo que eu vinha sentindo, todo o sentimento de culpa e vergonha.

— Você tem vinte minutos para chegar na sua casa, é tempo suficiente. Se você não me mandar uma mensagem dizendo que já chegou nesse prazo, eu volto para te procurar. Temos um acordo? — JP estende a mão e me observa com uma sobrancelha erguida.

— Combinado, então. — Aceito sua proposta.

Abraço, individualmente, cada um dos três e as garotas me pedem para tomar cuidado, eu prometo me manter salva e sorrio.

— Eu amo vocês. — digo e tudo que sinto naquele momento é isso. Amor.

— A gente te ama também — Duda responde com um sorriso de orelha à orelha.

— Muito! — Milena complementa e assim eu me despeço e me afasto, caminhando sozinha pelas ruas quase paradas da minha cidade.

Inúmeros pensamentos giram ao redor da minha mente, como se uma guerra estivesse sendo travada no meu cérebro. Não vi os lugares pelos quais passei, na verdade eu não sei como cheguei em casa. Tudo que sei é que tomo um banho rápido, envio uma mensagem para JP e me deito.

Depois de tanto tempo, essa noite eu durmo em paz.

18

Se quiser ser meu amante
Tem que se dar bem com meus amigos
Faça durar para sempre, a amizade nunca termina

WANNABE / SPICE GIRLS

Meu pai adora as músicas da ***Soda Stereo***, é o que estamos ouvindo no som do carro essa noite. Tanto ele quanto minha mãe se recusaram a faltar na estreia de Antígona e prestigiar Duda. Desde a conturbada noite na *Dancing Queen*, não tínhamos tido tempo para conversar muito bem. Ela esteve ocupada com todos os ensaios finais e provas de figurino e JP estava trabalhando no clube de audiovisual para deixar pronta a tempo toda a aparelhagem para filmagem do espetáculo e captação de áudio. Ou seja, mesmo depois de sentirmos que estava tudo se encaixando outra vez, não conseguimos ficar juntos por muito tempo.

Quando meu pai estaciona o carro, mal consigo reconhecer o colégio. Há luzes coloridas dando um ar diferente à entrada do prédio, além disso, se quando os portões se abrem pela manhã há uma grande quantidade de alunos que se encaminha para o interior, o número de pessoas que entra agora é muito maior.

Estão todos com roupas muito formais. Quando desço do carro, passo a mão pela saia um pouco rodada do vestido vinho que decidi usar. Checo o celular uma última vez, abaixo o volume das notificações e o guardo na pequena bolsinha em minha mão.

Assim que chegamos à porta do auditório, um grande banner de pelo menos três metros nos recepciona com uma foto de Duda vestida numa toga branca com detalhes dourados. Seus cabelos presos num coque despojado estão enfeitados com raminhos verdes e seu olhar demonstra todo o seu poder — tanto no personagem quanto fora dele.

Recebemos programas da peça e entramos para procurar bons lugares. Conseguimos acentos bem no meio para ver tudo e não perder nenhum detalhe. Tento encontrar JP, mas com tanta gente fica difícil encontrar qualquer um. Me arrependo de não ter marcado para encontrá-lo na entrada. Nos veríamos na saída.

Não demora muito para que as luzes sejam apagadas completamente. As vozes vão se calando aos poucos até que o auditório cai em profundo silêncio. Um único holofote se acende no palco, revelando um dos atores em posição de poder com alguns outros o cercando, como servos.

Com tom autoritário, o ator grita do meio do palco e sua voz ecoa por todo o lugar.

— Eis como penso! A Etéocles, que bravamente lutou até a morte em defesa de sua cidade, sejam prestadas todas as cerimônias fúnebres e por minha ordem seja sepultado como deve ser. Contudo, a Polinice, que optou por voltar do exílio com desejo de destruir com fogo seu país natal, derramar o sangue dos seus e levá-los à escravidão determino proibidas quaisquer tipos de cerimônias ou sepultamento. Deverá perecer insepulto, para que seja devorado pelas aves e cães, se é que os mesmos haverão de querer se alimentar de sua carne. — Um silêncio crucial volta a nos atingir para logo em seguida ser quebrado — Esse é o meu decreto concernente aos filhos de Édipo. Júpiter, que tudo vê, saiba que não me calarei vindo à ruína contra nosso povo.

Mais uma vez as luzes se apagam dramaticamente e até sinto um arrepio. O pessoal do clube do teatro realmente se esforçou bastante e valeu a pena todo o empenho.

Não demora muito para que luzes se acendam no palco e as pessoas comecem a caminhar pelo cenário de cidade. Consigo identificar Duda, que se encaminha para o centro, acompanhada de uma outra atriz. Dou uma olhada no programa e logo entendo que a outra menina interpreta Ismênia, irmã de Antígona, papel de Duda.

Ambas irmãs de Etéocles e Polinice, começam a discutir sobre o decreto do rei e sobre como terão de deixar um de seus irmãos perecer sem as cerimônias tão importantes para sua cultura. Eu não conhecia a história, mas logo fica claro que Ismênia não quer ir de encontro com as regras impostas pelo rei. Mas Antígona insiste que não serão as regras humanas que a farão quebrar as leis divinas.

As irmãs entram em conflito, é tão fácil se identificar com Ismênia, que só quer ficar longe de qualquer problema, se privando do que sabe que deveria fazer. É confortável dizer que ela está certa. É esse o nosso problema, na maioria das vezes, nos permitimos entrar em zonas de conforto e estagnar. Situações dolorosas são confortáveis e familiares, daí a dificuldade em se livrar delas.

— Então o que pretendes fazer? — A garota que interpreta Ismênia questiona.

— Ajuda-me a transportar o cadáver... — Ouço Duda dizer. Sua atuação é impecável.

— És realmente isso que vais fazer, mesmo que à toda cidade tenha sido este ato vetado?

— Embora se recuses a fazer o que te peço, Polinice era teu irmão assim como meu. Não posso ser acusada de traição, se é esse o meu dever!

Quando Duda tenta sair do palco, é impedida pela garota que a segura pelo braço, fazendo-a voltar.

— Pensa na morte terrível que teremos ao contrariar o decreto! — Quando comenta isso, Ismênia faz com que Antígona pondere apenas por um instante para perceber logo em seguida que está certa do que deve fazer. — Convém não esquecer ainda que somos mulheres, e, como tais, não podemos lutar contra homens; e, também, que estamos submetidas a outros, mais poderosos, e que nos é forçoso obedecer a suas ordens, por muito dolorosas que nos sejam. É loucura tentar aquilo que ultrapassa nossas forças!

— Sei que cumpro a vontade daqueles a quem devo agradar. Não insistirei outra vez, e ainda que mais tarde queiras ajudar-me, não me dará prazer algum. — Duda para por um instante e olha para a plateia, criando uma certa tensão. Sinto como se ela encontrasse o meu olhar no meio de todas aquelas pessoas. A garota respira fundo. — Não temas por minha vida... Trata de salvar a tua.

Logo em seguida, Duda corre para fora do palco e as luzes voltam a se apagar. Enquanto a peça segue, permaneço imersa em meus próprios pensamentos, sinto como se não se tratasse mais de uma história tão antiga, sinto como se tudo aquilo se tratasse sobre mim.

Venho vivendo situações conturbadas a todo instante, como se minha vida fosse uma grande montanha russa cheia de descidas e meu estômago começa a se revirar. Tento me lembrar dos últimos momentos em que me impus e percebo que minha memória começa a falhar. As palavras que eu mesma escrevi no artigo do jornal me vêm à mente e percebo que, na verdade, foram palavras de uma outra Clara, uma garota que eu costumava ser antes de começar a perder minha própria voz aos poucos.

Não consigo me lembrar onde foi que deixei tudo que eu sempre fui para ser essa nova versão de mim, que ouve e nunca fala, que sofre e não reclama, que fica na zona de conforto e se permite acreditar que nada nunca é intencional.

Eu nunca senti tanta falta de mim mesma como naquele momento.

Passei a ser como Ismênia, me tornei a pessoa que aceita a ideia de que estou submetida a outros, aceitei a ideia de que devo obedecer e lidar com tudo que me oferecem por mais doloroso que seja.

Eu não quero mais ser assim.

Preciso fugir dessa rede na qual caí e pensar um pouco em mim. Preciso me amar um pouco mais, porque sei que só se oferece o que se tem e eu nunca serei capaz de amar alguém — da forma correta — enquanto não amar a mim mesma.

É como se eu estivesse vivendo parada no tempo e só então acordasse e visse que o mundo permaneceu evoluindo e fui deixada para trás. Preciso recuperar todo o tempo perdido e mudar o que ainda tenho que enfrentar.

A peça continua. Duda, ou melhor, Antígona não muda de ideia, não volta atrás. Ela sabe o que quer e continua decidida em ir contra tudo o que dizem ser certo. Não brincaram ao dizer que se tratava de uma tragédia grega. O final é tão emocionante que me deixa de coração apertado, minha mãe até deixou umas lágrimas escaparem.

Quando as luzes se acendem e as cortinas voltam a se abrir, todo o elenco está enfileirado e de mãos dadas, eles cumprimentam a plateia, que aplaude de pé por bastante tempo.

O pessoal faz com que Duda caminhe para a frente do palco para receber as merecidas homenagens e eu grito e bato palmas como uma louca. O sorriso triunfante em seu rosto deixa clara toda a sua empolgação com aquela resposta positiva.

Depois que a cortina se fechou, todos começamos a sair devagar do auditório para o pátio iluminado, onde os atores estariam assim que tirassem todo o figurino e maquiagem. Ouço conversas paralelas sobre como estava tudo perfeito e, pelo que posso notar, o assunto mais comentado é a atuação incrível de Duda. Estão todos apaixonados por ela e eu entendo, ela é realmente muito boa.

Não demora muito para que o elenco comece a aparecer aos poucos, os amigos e família vão logo se aproximando para cumprimentá-los.

— E então, Clara, onde é a redação do jornal? — Meu pai pergunta.

— É aquela sala ali em cima! — Aponto para o primeiro andar para que meus pais possam ver.

— Acho tão legal que o colégio tenha essa iniciativa de proporcionar tantas possibilidades para vocês. Eu cuido de tantos casos que poderiam não existir se todo mundo pudesse contar com o apoio da família e esse tipo de apoio na escola. — Minha mãe comenta.

— Verdade... Isso é muito importante. Não quer dizer que impede tudo de ruim que pode acontecer, mas reduz bastante as estatísticas.

Não tenho tempo para concordar, ouço algumas palmas e, quando tentamos entender o que está acontecendo, percebemos que Duda acaba de chegar no pátio. Tia Malu e tio Marcos correm logo para abraçá-la e tirarem fotos. Decido esperar mais um pouco antes de falar com ela.

Quando a movimentação ao redor da garota finalmente diminui, deixo meus pais conversando com os pais de JP e começo a atravessar o pátio. Duda está de costas, não percebe que estou me aproximando. A cena seguinte me deixa um pouco confusa. JP surge do lado oposto e caminha até Duda com um buquê bem grande de girassóis, a flor favorita de Duda. Mas não é bem o presente que me deixa um tanto boquiaberta. Quando ele se aproxima e a entrega as flores, ela sorri visivelmente muito feliz, JP então a segura pela cintura e eles se beijam.

Sim, eles se beijam. Beijo na boca. Cena de cinema. João Pedro e Maria Eduarda. Eu mal posso acreditar no que meus próprios olhos me mostram. Levo a mão à boca aberta e observo os dois se afastando e sorrindo com as testas ainda juntas.

É o meu momento de atuar. Seguro a risada e marcho até os dois com uma cara emburrada.

— Será que vocês podem me explicar o que está acontecendo aqui? — Pergunto com as mãos na cintura. É hilário ver a reação dos dois que passa de surpresa a desespero em questão de segundos.

— Clara, a gente ia te contar... — Duda começa.

— É que não deu tempo, a gente quase não se viu essa semana — JP tenta explicar.

— Desde quando? — questiono e ergo uma sobrancelha.

— A Duda passou muito tempo comigo quando eu estava no hospital e quando eu saí de lá... E a gente meio que conversou...

— Clara, eu espero que não fique estranho — Duda segura minha mão com um olhar que me pede para dizer que tudo bem.

— Olha, eu só tenho uma coisa para dizer... — Não sou tão boa quanto ela, não sei atuar tão bem e manter a brincadeira por muito tempo. Com a mão livre, seguro a mão de JP e olho bem para os dois — Eu quero que vocês dois sejam muito, muito, muito felizes porque eu amo vocês demais!

É tão incrível ver os sorrisos se abrindo em seus rostos. Duda logo me ataca com um abraço de urso que retribuo com a mesma intensidade. JP segura minha mão nas costas de Duda e sorri para mim. Esse momento é um daqueles que se quer viver para sempre, então me esqueço de tudo ao nosso redor e apenas aproveito a sensação de não estar sozinha.

Eles vão sempre estar lá por mim, assim como eu sempre vou estar lá por eles. Prometo a mim mesma que nada, nunca mais, irá ficar entre a nossa amizade. Me afasto de Duda depois de alguns instantes.

— Garota, você arrasou! — digo e estalo os dedos no ar.

— Eu fiquei tão nervosa, mas ver vocês dois e meus pais lá na plateia me deixou muito mais tranquila.

— Pela quinquagésima vez... Charme de artista, Madu! — JP comenta e revira os olhos. Não consigo me conter.

— Ownnnnn — digo e aperto as bochechas dos dois — Vocês têm apelidos novos, eu não tô sabendo lidar.

— Alguém me diz o que está acontecendo aqui? — JP diz com uma expressão assustada.

— Meu casal favorito da vida toda!

— A gente vai ter que aguentar isso por muito tempo? — Duda pergunta.

— Eu diria que para sempre — respondo, tentando parecer séria.

— Estamos oficialmente terminando agora mesmo. Não dá. Foi bom enquanto durou. — JP beija a bochecha de Duda e finge que vai embora. O puxo pela camisa e começamos a rir.

Duda precisa nos deixar por um momento para falar com a diretora, que a chama para lhe dar os parabéns. Ficamos apenas JP e eu. Nós conversamos sobre Duda e tudo que aconteceu nesse espaço de tempo em que nos afastamos e não podemos escapar de um assunto.

— Então... Como vão as coisas com o Lucas? — JP me pergunta, com as sobrancelhas erguidas.

— A gente não se falou muito desde o final de semana passado e tudo que aconteceu na *Dancing Queen*... Eu disse que ele precisava de um tempo para pensar e, para falar a verdade, eu também, então ele foi passar a semana com o Davi.

— Entendi... Sabe, eu fiquei tão preocupado com você naquela noite. Tinha tanta gente e eu não sabia o que estava acontecendo. Quando a gente resolveu se aproximar, tudo que eu vi foi aquele cara te segurando, mas era tarde demais, porque foi tudo tão confuso e, antes que eu pudesse fazer qualquer coisa, você já estava saindo.

Seguro seus ombros e balanço a cabeça positivamente.

— Ter aparecido e dizer que se importava comigo já foi mais do que suficiente.

— Mas e então? O que vai acontecer agora?

Penso por um instante, eu não sei como responder porque não faço ideia do que vai acontecer entre Lucas e eu. Tudo que aconteceu me volta à memória rapidamente e não consigo me decidir entre o instinto de fugir e o desejo por ficar.

— Ele me mandou uma mensagem hoje, quer me encontrar amanhã...

— E você vai? — O garoto me pergunta.

— Não tenho certeza... Mas acho que sim. Eu sei que vocês vão dizer que eu devia fazer exatamente o contrário, mas eu sinto que eu preciso fazer isso, entende? Eu sinto que eu preciso ir lá e ouvir o que ele tem para dizer.

— Clarinha, eu só quero que você fique bem. Então se for o que você acha que deve fazer, eu te apoio. Desde que você esteja segura. — Ouvi-lo dizer que está do meu lado me deixa muito mais tranquila para ir em frente, falar com Lucas e decidir o que devo fazer. Eu sorrio em resposta e mudamos de assunto.

Mais tarde, deixo os dois a sós, já que JP levará Duda em casa. Me despeço e encontro meus pais para voltarmos para casa. Uma vez em meu quarto, tiro os saltos e me jogo na cama. Eu alcanço o notebook e o ligo para assistir qualquer seriado antes de dormir. Enquanto isso, pego meu celular e percebo que tenho uma mensagem não lida. É de Lucas.

> Você não confirmou, mas espero poder te ver amanhã. Estou com saudades
> LUCAS - 22h53min

Meu coração dispara. É um compilado de ansiedade e apreensão. Parte de mim pede para que eu corra para longe, a outra me pede exatamente o contrário, me incentivando a correr em direção a Lucas mesmo que setas vermelhas tentem me alertar com avisos de "perigo".

Sei que preciso me decidir, mas definitivamente não sei o que fazer.

Fecho os olhos, esperando que a resposta apareça como se por mágica, é o silêncio que me recebe, no entanto. Apenas eu posso tomar essa decisão e ter a opção de recusar torna tudo mais complicado.

É bom que eu me apresse.

Meu tempo está acabando.

19

Agora eu quero ir
Pra me reconhecer de volta
Pra me reaprender e me apreender de novo

AGORA EU QUERO IR / ANAVITÓRIA

Da distância em que estou, consigo ver as crianças brincando no parquinho. O sol está começando a se pôr, então tudo tem aquele tom alaranjado, os raios de luz atravessam os galhos das árvores e criam longas sombras pelo chão. Eu me arrependo de não ter vestido uma blusa de mangas compridas, o vento começa a ficar frio e sinto um arrepio correr por meus braços. Não tenho certeza de que é realmente o clima que me causa o arrepio, mas prefiro acreditar que sim.

Eu olho para os lados, mexo no celular, observo as crianças, brinco com a libélula em volta do meu pescoço, faço desenhos sem qualquer nexo com a ponta do sapato na areia da praça, mas o tempo simplesmente resolveu não passar e minha companhia parece ter se esquecido do nosso encontro. Minhas pernas balançando demonstram toda a minha ansiedade.

— Tô muito atrasado? — Ouço a pergunta, sei quem é.

— Só um pouquinho...

Não preciso me virar para encontrá-lo. Lucas dá a volta no pequeno banco e senta-se ao meu lado. Uma camisa de listras pretas e brancas, uma calça de um jeans escuro que combina com o tênis preto, capacete em mãos, como sempre.

— Eu senti tanta falta de você, Clara. — E é isso. Lucas não perde tempo com rodeios, apenas diz o que sente e espera que eu lhe diga alguma coisa em troca. Mal sabe ele que não sei como responder.

— Acho que nunca ficamos tanto tempo longe um do outro. — É tudo que consigo dizer e espero que ele fique satisfeito.

Estou olhando mais uma vez para o parquinho, mas percebo que Lucas me observa sem se deixar distrair com nada ao seu redor. Desde a noite passada, quando recebi sua mensagem esperando uma confirmação, meu coração esteve num estado de nervos que faz com que eu tenha a sensação de que pode rasgar meu peito e fugir a qualquer momento.

— Clara, você me odeia?

Entre todas as milhões de perguntas que existem no mundo, ouvi-lo me fazer exatamente essa deixa-me um pouco engasgada. Finalmente me mexo no banco para me sentar de frente para o garoto. Seu rosto parece completamente diferente, nunca o vi tão abatido. Nunca o vi tão fraco e tenho a sensação de que esse não é o Lucas que conheci e que amei. Talvez esse seja o seu lado vulnerável que ele resolveu me apresentar.

— Eu não te odeio. De jeito nenhum. — E de tudo que eu poderia dizer, essa era a maior das verdades.

— Então o que está acontecendo? — Ele aproxima, lentamente, sua mão da minha, como se me pedisse permissão e, quando não me oponho, ele segura minha mão com delicadeza, como se corresse o risco de me quebrar.

— Eu não sei, Lucas. Você estava lá, você estava lá quando escondeu o meu Lucas em algum lugar aqui dentro — toco seu peito com a ponta de meus dedos — e deixou exposto alguém que me assustou e com quem nunca mais quero me encontrar.

— Você não precisa se preocupar porque aquele não sou eu. Juro. Foi só um momento, e todo mundo acaba explodindo uma hora ou outra, concorda?

— Quando eu preciso explodir, eu bato a porta do meu quarto com um pouco mais de força, e ainda assim me sinto um pouco mal depois, porque eu entendo que meus atos afetam as outras pessoas ao meu redor.

Silêncio.

Ele parece digerir o que acabou de ouvir.

— Eu tô arrependido, acredite em mim.

— Eu acredito. Mas e você?

Pareço tê-lo feito pensar um pouco. Ele balança a cabeça de forma afirmativa, como se milhões de pensamentos girassem em sua mente.

— Eu acredito.

Consigo perceber a sinceridade com que ele faz a afirmação e me sinto então à vontade para sorrir, um sorriso fraco, mas ainda assim um sorriso. Ele retribui, ainda segurando minha mão e me aproximo dele, repousando minha cabeça em seu ombro. Permanecemos ali, ouvindo todos os ruídos da cidade ao nosso redor e aproveitando nosso silêncio que diz muito.

Acredito no fato de que ele realmente queira mudar e decido que não dá para viver se agarrando a tudo que aconteceu. Todo mundo merece uma chance para se retratar. Essa era a chance de Lucas.

Quando o sol se foi de uma vez, nos deixando aos cuidados da luz fria da lua, Lucas se mexeu um pouco e eu voltei para o meu lugar, apesar de querer ficar mais um pouco sentindo seu perfume de banho tomado.

— Você tem hora para voltar? — Ele me pergunta e agora, apesar da iluminação fraca, consigo ver novamente o Lucas pelo qual me apaixonei. Aquele sorriso divertido que me faz sorrir de volta.

— Não exatamente.

— O que acha de ficarmos lá em casa? Está ficando frio. Não quero que fique resfriada e não trouxe uma jaqueta também.

— Tudo bem, a gente fica um pouco e depois você me deixa em casa.

— Certo.

Nos levantamos e damos a volta no banco, tomando lados opostos, ao nos encontrarmos na parte de trás, ele passa o braço por meus ombros e caminhamos juntos pela praça em direção à sua moto.

Coloco o capacete, como de costume. E saímos em direção ao caminho que já conheço de cor. Me agarro a Lucas como nunca antes em todas as vezes que passeamos sobre duas rodas. Acredito que os sinais de saudade enfim resolveram aparecer. Uma vez fora da cidade, o frio aumenta e me sinto tão feliz ao ver a casa que solto um suspiro involuntário.

O garoto caminha em silêncio ao meu lado e abre a porta. Entro rapidinho esfregando as mãos uma na outra e só então consigo sentir meu corpo se aquecendo aos poucos.

— Venha. — Lucas segura minha mão e me guia para um dos quartos no andar de cima. Me sento na ponta da cama enquanto Lucas mexe no armário e volta com cobertores em mãos — Deite-se, vai.

Eu faço o que ele pede. Tiro os tênis e me deito na cama. Ele abre os dois cobertores sobre mim e me mexo um pouco, aproveitando o conforto. Lucas tira os sapatos e se enfia embaixo dos cobertores ao meu lado. Poucos centímetros nos separam, as pontas de nossos narizes estão quase se tocando e sorrimos. Talvez por conta de toda essa pouca distância, ou talvez por conta da temperatura de nossos corpos voltando ao normal.

— Oi.

— Oi, você — Respondo e acaricio o seu rosto. Sinto as pontinhas de sua barba por fazer, levo o polegar aos seus lábios. Ele fecha os olhos e beija a ponta do meu dedo.

Estou me sentindo bem em estar com ele nesse momento. Sinto que ele realmente está disposto a mudar por mim, então só preciso ter certeza de que nada pode dar errado dessa vez.

— A peça da Duda ontem foi incrível... Você devia ter visto... — Me arrisco a falar sobre Duda e espero aquele trincar do maxilar, um revirar de olhos que seja, mas tudo que recebo em troca é um sorriso.

— Ainda bem que vão ter outras sessões, né? Assim eu posso ir com você.

A esperança entra no quarto, sobe na cama e começa a pular feito louca.

— E já estava esquecendo de te contar. Acredita que a Duda e o JP estão namorando? Eles sempre ficaram implicando um com o outro, mas nunca imaginei que pudessem acabar juntos. Achei muito fofinho — E é assim que lanço o desafio final.

Ele não me responde de imediato. Primeiro ergue uma sobrancelha descrente e começa a rir.

— Sério? Sabe que pensando bem eles até que combinam mesmo?

Pronto. Estou satisfeita.

Lucas enrola as pontas de meus cabelos em seus dedos enquanto conversamos aos sussurros. Mais uma vez sinto a bolha ao nosso redor nos separando do restante do mundo. Falamos sobre coisas sérias, sobre bobagens, sorrimos e ficamos em silêncio. Temos um ao outro e nada mais importa.

Em uma de nossas sessões de olho no olho, Lucas se aproxima mais e começa a me beijar devagar, sua mão na base de minhas costas. Ele se deita de costas e me puxa para cima de si. Nos beijamos com mais intensidade, solto suspiros baixos quando me afasto para respirar e Lucas aproveita para beijar meu pescoço. Ele faz uma trilha de beijinhos até minha orelha e ao chegar ao destino final me faz arrepiar dos pés à cabeça. Quando me contorço, Lucas senta-se comigo em seu colo.

Acaricio sua nuca. Entrelaço meus dedos em seu cabelo e ele me puxa para si, suas mãos em volta da minha cintura e, não muito tempo depois, por baixo da minha blusa, subindo e descendo por minhas costas. É algo novo estar assim tão... vulnerável. Ele tira a camisa e posso sentir muito mais de sua pele em minhas mãos do que pude sentir desde que nos conhecemos.

Meu coração bate tão rápido, penso que posso ter um infarto a qualquer momento. A sensação vai aumentando gradativamente até que eu não possa mais respirar normalmente.

Lucas me faz deitar e se deita sobre mim, se apoiando em seus cotovelos e me beija. Me sinto presa sob seu peso. Um nó em minha garganta se forma.

— Eu não tô pronta — digo baixinho. Quero estar com ele, quero tê-lo assim como ele me deseja. Mas ainda não estou pronta para isso.

— Eu prometo que vou devagar — ele diz em um sussurro e começa a beijar meu pescoço descendo com as carícias na direção do meu decote.

— Lucas, não. É sério! — Tento afastá-lo, empurrando-o pelos ombros. Ele segura minhas mãos e as prende acima de minha cabeça.

— Calma, amor. Vai ficar tudo bem. — Ele aproxima seu rosto do meu, mas olho para o outro lado. Ele expira forte, sinto o ar em meu rosto.

— Desculpe, eu não quero. Eu não tô me sentindo pronta, desculpe.

Lucas me solta de vez e se afasta rapidamente de mim. Pega a camisa no chão e a veste enquanto caminha em direção à saída do quarto. Me atrapalho para conseguir sair da cama no emaranhado de cobertores e corro atrás dele ainda de meias. O encontro na sala, sentado no sofá, zapeando os canais da TV.

— Lucas...

— Não, Clara. Eu não tô pronto para conversar. — Quando ele diz, me imitando, sinto toda a ironia em sua voz e isso me machuca.

— Eu esperava que você pudesse me entender...

— Eu entendi numa primeira, numa segunda vez... Mas o quê? Quer esperar até o casamento? Se quiser dar uma de virgem imaculada, me avise!

E mais uma vez o Lucas que me deixou marcas nos pulsos, que bateu em meu amigo e que me fez sofrer aparece e faz com que lágrimas rolem por meu rosto. Aperto os lábios para tentar não fazer barulho, já que ele não está olhando para mim. Me sento ao seu lado e, quando o faço, ele se levanta.

— Eu vou encontrar uns amigos para jogar videogame. Fique aqui e pense em como você está agindo, Ana Clara.

O garoto começa a caminhar, pega as chaves e caminha pela sala em direção à porta. Corro até ele.

— Lucas, eu não posso ficar aqui. Tudo bem se você for, mas me deixe em casa pelo menos. — Tento falar com ele, mas Lucas não parece me ouvir. Quando o alcanço e tento segurar sua mão, me arrependo imediatamente.

Lucas se vira num movimento tão rápido que mal posso entender e me empurra com toda a força que possui. Devo dizer, ele é bem forte. Minhas costas vão com tudo contra as costas do sofá, a dor é tamanha que me deixa um pouco tonta. Caio ajoelhada no chão e olho para Lucas, que me observa com um olhar impassível.

— Eu volto logo.

Ele sai sem se importar comigo e, antes que eu possa tentar me levantar, ouço sua chave trancando a fechadura. Apesar da dor que sinto em minhas costas — e em meu coração — me levanto rápido e vou até a porta que está mesmo trancada.

— Lucas! O que você está fazendo? — Esmurro a porta, mas não há resposta — Lucas, cadê você? Não pode fazer isso comigo! Não me deixe aqui, Lucas! — Continuo batendo na porta, mas tudo que ouço é o som do motor ganhando vida e, logo em seguida, se afastando.

É isso.

Estou sozinha.

Passo as mãos pelo rosto tentando enxugar as lágrimas para que consiga enxergar direito e corro pela casa até os fundos. A porta de saída também só se abre com as chaves. Estou presa.

Eu nunca conseguiria quebrar qualquer um daqueles vidros e o medo de esperar Lucas e descobrir o que ele faria quando voltasse era sufocante. Subo as escadas correndo e encontro meu celular na cama.

Abro o aplicativo de mensagens, encontro o grupo de conversa com Duda e JP e envio nosso código.

S.O.S
CLARA – 19h35min

Espero impacientemente que alguma resposta chegue. Vou até o espelho enquanto isso e levanto um pouco a blusa. Há uma grande mancha em tons de roxo e vermelho se destacando em minhas costas por causa do encontro inesperado com o sofá. O celular finalmente notifica uma mensagem. Eu explico o que aconteceu e peço ajuda. Envio a localização da casa para Duda e JP que logo me avisam que estão vindo e tento não entrar em pânico com a ideia de que Lucas possa voltar antes dos meus amigos. Desço novamente as escadas e tento encontrar uma chave reserva em algum lugar.

Verifico todas as caixinhas e objetos onde possa haver alguma forma de sair da casa, mas pelo visto não existe nada que eu possa fazer.

Estou em choque e, por mais que meu coração esteja em pedaços, não consigo derramar uma lágrima sequer. Me sento ao lado da porta e junto meus joelhos ao peito, abraçando-os.

Tantos pensamentos se passam em minha cabeça nesse momento. Lucas me fez acreditar que ele queria mesmo que tudo fosse diferente, me trouxe para uma armadilha e eu caí porque me permiti confiar nele mais uma vez. A casa, vista dali, parece ainda maior do que realmente é, e agora a sensação que tenho é de que estou numa casa assombrada. O silêncio frio e cortante me faz sentir um arrepio correndo por meus braços. Fecho os olhos, tentando mandar embora todas as sensações ruins, mas não posso impedir meu coração de saltar no peito quando o som de um motor se aproxima.

É um motor diferente. É um carro.

Meus amigos vieram me salvar.

Me levanto rapidamente. Assim que o carro para em frente à casa ouço seus passos apressados.

— Clara! — Duda chama e logo percebo que nunca mais serei capaz de esquecer o tom de desespero e preocupação em sua voz — Você está bem?

— Eu tô bem, mas não tem como sair! Está tudo trancado, eu não sei o que fazer, Duda!

— Calma, Clara. A gente vai te tirar daí, meu pai deixou umas ferramentas no carro. Eu vou pegar. — Sinto o alívio tomar conta de mim quando entendo que estou prestes a sair dali. — Continue falando com ela, não deixa ela ficar mais preocupada — Ouço JP falar baixinho com Duda.

— Vai ficar tudo bem, Clara...

— Eu tô com tanto medo, Duda.

— Eu também fiquei com muito medo, mas agora a gente está aqui e vai dar tudo certo.

Coloco minha mão na porta e é como se eu pudesse sentir seu toque mesmo através da madeira.

Ouço JP se aproximar outra vez.

Eles continuam falando comigo enquanto JP trabalha na fechadura da porta. Ouço estalidos metálicos e torço mentalmente para que todo esse pesadelo acabe de uma vez por todas.

Depois do que parece um tempo interminável, um "click" diferente chama minha atenção e, no instante seguinte, a porta se abre. Não penso duas vezes em correr e abraçar meus amigos.

— Obrigada! Obrigada! Obrigada! — É só o que consigo dizer naquele momento. As lágrimas enfim resolvem aparecer, mas dessa vez não é um choro de medo ou dúvida, são lágrimas de alívio porque sei que finalmente estou livre.

— A gente ficou tão preocupado...

— Nós precisamos sair daqui antes que o Lucas volte. — Duda nos lembra, JP e eu concordamos e nos separamos do nosso grande abraço.

Fico parada por um instante enquanto eles caminham em direção ao carro, Duda olha para trás e JP volta para ver o que aconteceu.

— Clara? — O garoto me chama.

Respiro fundo e levo a mão à pequena libélula gelada pendurada em meu pescoço. A puxo com força e sinto o fecho do cordão se quebrar. Observo o objeto em minhas mãos e me lembro de tudo que ele representava, tudo que se perdeu. Deixo-o escorrer pelos meus dedos e cair no chão com um barulhinho fraco.

Olho para Duda, que sorri, porque sabe da importância do meu gesto. JP balança a cabeça positivamente e sorri para mim também.

Espero que o cordão deixado para trás seja um recado claro para Lucas. Eu não o pertenço mais. Eu não o quero mais em minha vida, deixei de querer a sua presença, eu tenho perto de mim todos aqueles de quem eu realmente preciso.

Duda senta-se comigo no banco de trás e me abraça. JP liga o carro e não olho para trás porque não quero levar comigo todas as lembranças ruins que aquele lugar me oferece.

Conversamos durante a estrada, eles entram comigo quando chegamos e decidem dormirem na minha casa essa noite.

Depois de tanto tempo me sentindo dele, eu finalmente volto a me sentir apenas minha.

20

Te amar foi idiota, obscuro e sem valor
Te amar ainda me machuca
Pois te amar foi luz do sol, mas então caiu uma tempestade
E perdi muito mais que meus sentidos
Porque te amar teve consequências

CONSEQUENCES / CAMILA CABELLO

Uma vez em meu quarto, é como se a ficha finalmente caísse, como se eu conseguisse, enfim, perceber que os últimos meses da minha vida foram uma terrível ilusão. Mal posso acreditar em toda a minha ingenuidade, em toda a minha projeção de alguém perfeito, mesmo que tenha passado toda a vida inteira tendo em mente que esse tipo de coisa não existe.

JP e Duda tentam me consolar. Eles tentam me dizer que não tenho culpa em toda essa história, tentam me convencer que tudo bem não ter percebido o que acontecia ao meu redor, é normal.

Ainda assim, tento refazer meus passos para encontrar o momento exato em que me perdi de mim mesma. O problema é que o simples ato de lembrá-lo me machuca e faço uma promessa silenciosa. Ainda tenho toda uma vida pela frente, não posso garantir que meu coração nunca mais seja partido. Mas de uma coisa eu tenho certeza, ele nunca mais será partido por Lucas.

Estamos deitados no tapete observando o teto, como se algo estivesse acontecendo ali em cima, mas não há nada além do silêncio que enche todo o cômodo. Depois de um tempo, JP fala sobre aquele novo álbum que estávamos esperando sair e discutimos sobre como esperávamos muito mais das composições. É um bom momento para me distrair um pouco.

Quando a hora começa a avançar, nos deitamos na cama e pegamos no sono sem perceber. Meus sonhos são um grande emaranhado de discussões, fechaduras, medo e o clássico desejo de correr, mas não conseguir sair do lugar.

Eu decido não aparecer no colégio na manhã seguinte, não quero correr o risco de encontrar Lucas, nem mesmo de longe. Quando meus amigos se despedem para um dos últimos dias de aula, eu volto para o quarto e tento me esconder do mundo embaixo do meu cobertor.

Estou quase conseguindo dormir outra vez quando um barulho estridente me assusta.

— Não, Cyndi. Essa garota não quer se divertir hoje! — digo e pego o celular, meu coração parece parar de bater por um segundo ao ver o nome ali na tela.

Lucas.

Então é isso? Ele pretende fingir que nada aconteceu? Pretende se desculpar — mais uma vez — e acredita que vou voltar atrás? Tenho que admitir que algo dentro de mim, uma voz quase inaudível, me diz que devo atendê-lo, que devo ouvir o que ele tem a dizer, quem sabe ele até mesmo tenha uma boa justificativa. Mas eu odeio essa parte de mim que quer insistir no erro e não dou mais ouvidos a ela.

As ligações e mensagens persistem durante toda a manhã, ignoro-as e já passa das dez quando consigo cochilar um pouco. Pareço ter dormido por muitas horas, quem sabe uma vida inteira, quando sinto um peso se movendo ao meu lado que faz com que o nível do colchão mude. Me viro e encontro Duda deitada ao meu lado, Milena está sentada na ponta da cama e JP está de pé. Todos estão olhando para mim.

— Como você está se sentindo? — Milena pergunta e aperta meu pé por cima do cobertor.

— Estranhamente bem... Ele me ligou a manhã inteira.

— Você não atendeu, né? — Duda pergunta e logo nego com a cabeça. Ela ri de canto.

— Por falar nisso, que horas são? — Minha voz sai de uma forma engraçada.

— Duas da tarde e nós viemos te tirar dessa cama! — Duda se senta ao meu lado e estende a mão para me ajudar a levantar. Olho para JP tentando pedir socorro, mas ele apenas ergue os ombros, me dizendo que não há nada que se possa ser feito.

Decido que é melhor ceder, não dá para lutar contra Duda, muito menos quando ela está acompanhada. Seguro sua mão e aceito o impulso que me faz sentar na cama com a cara amassada e completamente descabelada. Aponto para JP e ergo uma sobrancelha quando ele parece querer começar a rir de mim. Ele prende os lábios e tenta desviar o olhar, mas vejo seus ombros sacudindo com o esforço e acabo rindo, um pouco dele e um pouco de mim. Abro então as comportas para uma enchente de gargalhadas que enche o quarto.

É tão boa essa sensação de estar perto de seus amigos e rir sem parar para pensar no motivo da graça.

— *Updates* da manhã: Talita precisa falar com você, tem a ver com uma série de reportagens para esses últimos dias de aula antes das férias. Uma menina foi pedida em namoro na frente do colégio inteiro na hora do intervalo, aquela breguice toda de buquê de flores, garoto ajoelhado, anel que provavelmente foi comprado no camelô, e adivinha? Ela disse não. Arrasou! E, por fim, o colégio vai dar uma festa no sábado que vem para comemorar o fim do semestre.

— Vai ser no clube e parece que será legal... — Milena comenta.

— E nós vamos, né? — JP me pergunta e senta-se ao lado de Duda.

— Ai, gente. Não sei se tô no clima. Sério...

— A gente cria o clima, não tem problema. Não é por mim, não é por eles — Duda aponta para os dois atrás dela — É por você.

— A gente sabe que você passou por muita coisa nos últimos meses e que provavelmente ainda precisa de um tempo para colocar tudo em ordem, mas estamos aqui para não te deixar afundar, Clara.

Sorrio para a garota.

Eu posso seguir meu plano e nunca mais sair de casa, permanecer na cama até fazer parte dela e permitir que Lucas não apenas tire os últimos meses de mim, como tire também todo o restante dos meus dias, ou posso ouvir meus amigos e entender que não fui eu quem fez a armadilha, apenas caí nela.

— Ainda temos tempo para pensar nisso. Mas, alerta de *spoiler*: eu acho que vou.

Os três se aproximam para me abraçar.

— Sem querer ser chato e *nerd*... — JP tenta dizer.

— Que é o que você é... — Duda faz piada.

— Pesado! — Milena joga lenha na fogueira.

— Ofensivo. Ofensivo demais, Maria Eduarda! — O garoto enruga o nariz numa careta engraçada — Como eu vinha dizendo antes de ser interrompido de forma rude, as provas começam essa semana e a gente precisa estudar.

— Chato, *nerd* e estraga-prazeres, pode entrar, João Pedro! — Não resisto e caímos na risada mais uma vez, JP tenta ao máximo parecer irritado, mas não demora muito para se render.

Mas ele tem razão. Mais uma semana até as férias, então é bom que nos saiamos bem nas provas ou perderemos tempo de folga. Vou até o banheiro para lavar o rosto e tão logo volto para o quarto, meus amigos se sentam no chão e pegamos todo o material que vamos precisar. A tarde parece se alongar o máximo que pode, estudamos até que nossos cérebros comecem a fritar e, quando JP tenta me explicar como resolver uma equação, pela septuagésima vez, percebemos que chegamos ao nosso limite.

— Quem, nesse recinto, precisa de batata-frita e refrigerante para repor as energias, levante as mãos.

Assim que JP fala, todos levantamos as mãos. Duda, exagerada, tenta até trapacear na votação levantando um pé. Mas não tinha como o time batata-frita perder.

Eles me esperam no andar de baixo enquanto me troco, assim que fico pronta, entramos no carro ao som de Miley, e Milena compara a prova de química com uma bola de demolição.

— Oh, química. Por que nos destruístes? — Duda parece estar no palco outra vez.

— Você sai da Antígona, mas a Antígona não sai de você! — digo para a garota.

— E quer tragédia grega maior do que a vida de um estudante de ensino médio? — Ela justifica e concordamos.

JP estaciona o carro e corremos para dentro do *Station*, ignoramos completamente o início de noite e nos esquecemos dos casacos.

O cheirinho daquele lugar nunca decepciona, fazemos os nossos pedidos, pegamos uma mesa e esperamos. Por um momento, eu sinto como se estivesse fora de mim. Eu observo JP, que faz presas de batata-frita, ignorando o fato de estar sendo observado somente para nos fazer sorrir. Eu olho para Milena que se esqueceu da garota tímida e introvertida que um dia foi para ser essa nova versão de si, que sorri sem medo, que é ela e ponto. Meu olhar encontra o de Duda e nos olhamos por um instante enquanto ela ergue os cantos dos lábios num sorriso. Eu não sei o que faria sem eles.

Um som me tira da minha viagem por meus próprios pensamentos.

É um som rouco e alto, um som que apenas eu pareço notar.

O ronco do motor invade o salão, como se saísse diretamente de um alto falante. Um arrepio me faz tremer. Nunca senti meu coração disparado dessa forma. Me seguro na cadeira como se pudesse sair voando a qualquer momento e vejo que meus amigos não perceberam tudo que estava acontecendo.

— Eu já volto.

Eu não sei o que eles disseram, pois quando percebo, estou no banheiro e analiso minha expressão de puro medo e desespero refletida no espelho. Respiro fundo, lavo o rosto e fecho os olhos por um segundo. Todo aquele sentimento que me deu calafrios vai aos poucos saindo do meu corpo, levando consigo a tensão sobre meus ombros. Estou pronta para voltar.

Ou pelo menos estava.

Saio do banheiro e estou prestes a atravessar o salão em direção à nossa mesa quando esbarro em alguém.

— Ai! — É só o que posso dizer, não demoro a ver as costas cobertas pela jaqueta de um couro preto. Tremo da cabeça aos pés. É ele. Fico tonta e meus pulmões se atrapalham no que deviam fazer porque minha respiração se torna uma grande bagunça. Não espero para conferir se realmente é Lucas, também não vou até a mesa para dizer que não posso mais ficar. Meu corpo inteiro me diz que não posso permanecer ali por nem mais um segundo sequer.

Corro como se estivesse num filme de terror. E considerando o céu escuro, o vento gelado e o monstro que pode estar atrás de mim e me pegar de surpresa a qualquer momento, eu poderia facilmente estar em um.

Vejo Lucas em todos os rostos, sinto-o chegando em todas as motos e percebo que ele conseguiu. O garoto se infiltrou em minha vida. Me desmontei para encaixá-lo em mim, e agora minhas peças soltas não têm lugar para ficar, porque ele tomou todo o espaço.

Quando chego em casa, sinto como se minha pele estivesse queimando por conta de todo o frio, eu fecho a porta atrás de mim e minha respiração está ofegante.

— Clarinha? — Ouço meu pai chamar da sala.

— Oi, pai.

— Tem pizza na cozinha, filha! — Minha mãe avisa — Vem ver um filminho com a gente...

— Desculpe, mãe. Eu tenho que estudar. A gente se fala amanhã.

Ela diz algo, boa sorte, talvez. Mas não paro para escutar. Subo as escadas de dois em dois degraus e me apoio na porta do quarto por um tempo logo após fechá-la. Minha respiração vai se acalmando aos poucos, as batidas do meu coração vão voltando ao normal, mas todo o resto é uma bagunça.

Eu me jogo na cama, afundo o rosto no travesseiro e grito. Grito o mais alto que posso porque tenho a sensação que tudo de Lucas que há em mim pode acabar saindo, mas não funciona e, como numa enxurrada, tudo volta de uma vez. Eu consigo ouvir sua risada, consigo me lembrar de seu cheiro. Ele está impregnado em mim. As lágrimas saem sem pedir permissão, eu soluço e me agarro aos lençóis. Eu queria voltar no tempo e fugir de tudo isso, mas eu não posso e só há uma coisa que eu consigo fazer nesse momento.

Eu choro.

Eu choro.

Eu choro.

Eu choro.

24

Não me escondo do medo
De não me reerguer do silêncio
De uma vida sem você
De tudo o que faltou ser

O QUE FALTOU SER / SANDY

— **Mas, Clara... Você passou o último final** de semana inteiro aqui dentro desse quarto. Mal terminava as provas e corria para casa. — Duda tenta me convencer, mas finjo estar bastante concentrada na tela do computador.

— Você não acha que esse semestre já foi difícil o suficiente para não comemorar o fim dele? — JP acompanha a namorada na ladainha.

— O que vocês acham melhor? Paraíso Perdido ou Sapatilha de Ballet?

— Do que você está falando? — Duda me olha como se eu estivesse com algo estranho no rosto.

— Eu tô pensando em mudar a cor do quarto, gostei dessas cores...

— Clara! Você está brincando com a gente, né? — JP se senta na cama e parece próximo de desistir da insistência. Comemoro internamente.

— Não, gente. Eu não tô brincando com ninguém. Eu só tô dizendo que não quero ir nessa festa idiota. Como se não bastasse ter que ver aquelas pessoas todo santo dia, eu ainda tenho que ser obrigada a vê-las numa festa também? Eu passo.

Desde o incidente no *Station*, vivo sobressaltada. Qualquer perturbação consegue me assustar e sinto que Lucas pode estar em qualquer lugar, me observando, pronto para surgir das sombras e me fazer algum mal. Eu posso estar exagerando um pouco, mas percebi que estava com problemas quando meu pai pediu, sem me avisar, uns lanches na terça-feira à noite e eu suei frio ao ouvir o som da moto de entrega do lado de fora.

Se eu estava segura em minha fortaleza, também conhecida como meu quarto, por que sair e ficar vulnerável outra vez?

— Eu sei que não tem nada a ver com o pessoal do colégio. O problema é todo por causa do Lucas, mas você mesma viu, ele não foi fazer nenhuma das provas. O menino não apareceu a semana inteira, acho que a gente está livre dele. É motivo mais do que suficiente para sair, comemorar e voltar a viver sua vida normalmente.

— Duda, o Lucas não foi só um namoradinho que partiu meu coração. Ele foi além, acabou comigo da cabeça aos pés...

— E a gente está aqui para juntar seus cacos.

Quando JP diz essas poucas palavras, me sinto ingrata, eles só querem me ajudar. É o que estão sempre tentando fazer, e estou aqui mais uma vez, ignorando o esforço que meus amigos permanecem fazendo para me ver feliz.

— Eu não sei porque ainda insisto em tentar ficar contra vocês. Sempre acabam ganhando e isso não é nada justo. — digo e giro na cadeira para ficar de frente para o computador.

— Então nós vamos? — Duda dá um pulo e, segurando as costas da cadeira, me faz girar outra vez.

— É, nós vamos. Não aguento mais esse "vamos, Clara", "a gente precisa ir, Clara", "somos chatos demais, Clara".

Eles nem se importam com o que estou dizendo, porque sabem que é da boca para fora. Começam a dançar pelo quarto ao som de um "tuts-tuts" que JP faz com a boca.

— Mas eu vou com uma condição! — Eles param bruscamente com a dancinha-vergonha-alheia e olham para mim com expectativa e um pouquinho de medo (Duda principalmente, pois da última vez que lhe dei uma condição para sair, ela acabou perdendo um biquíni) — Vocês precisam me ajudar a escolher a nova cor do meu quarto, tô indecisa.

Ambos suspiram aliviados e se aproximam.

— Quais são as opções? — JP pergunta.

— Paraíso Perdido e Sapatilha de Ballet — mostro as amostras na tela.

— Sapatilha de Ballet — o garoto afirma.

— Paraíso Perdido — a menina diz ao mesmo tempo.

— Ai, muito obrigada! Ajudaram bastante.

Eles começam a discutir sobre como sua cor era melhor do que a cor do outro e eu tento ficar fora da discussão, abro a página inicial do *Pinterest* e procuro por ideias de decoração. Uma garota diferente pedia um quarto diferente.

Nós ligamos para Milena e juntos colocamos em dia nossa série favorita. Mais tarde, por algum motivo inexplicável, caímos no poço sem fundo que é procurar o karaokê de nossas músicas favoritas e cantá-las com doses extras de interpretação. Quando Defying Gravity toca (na versão de Glee, óbvio) e o show da desafinação começa, percebemos que é hora de romper com a banda.

Quando todo mundo vai embora, eu começo a procurar uma roupa para a festa no dia seguinte. O famoso caso do "não tenho nada para vestir" que sempre acaba com uma pilha de roupas em cima da cama. Tanta busca para acabar ficando com a combinação básica de calça preta e blusa de gola alta cinza, posso escolher a sandália na hora de sair.

Demoro um pouco para dobrar todas as peças e colocá-las no guarda-roupas outra vez. Tomo um banho assim que finalizo o meu trabalho e me deito com um livro em mãos, faltam poucas páginas para o final e não consigo largar a história até ler a última palavra. Já passa das duas quando deixo o livro de lado e apago as luzes, e é claro que ainda levo alguns minutos digerindo tudo que acabei de ler.

Minha mãe jura que entrou no meu quarto duas vezes para me perguntar se eu não queria descer para o almoço, mas já são quase três e eu posso afirmar que essa é a primeira vez que ela aparece. Nunca pensei que fosse dizer isso, mas não aguento mais ficar deitada.

Me levanto e começo a procurar algo para fazer no primeiro final de semana de férias. Mas como meu dia começa tarde, o final da tarde chega logo e meu celular notifica uma mensagem. Duda quer saber o que vou vestir. Converso um pouco com minha amiga e começo a me arrumar. Não demoro muito porque não me importo em fazer uma maquiagem elaborada, modelo as ondas do meu cabelo e me visto. Fico um pouco dividida entre tênis e salto, opto pelas sandálias altas que não parecem, mas são bastante confortáveis.

Pego a pequena bolsinha que mal comporta meu celular e desço para esperar meus amigos.

— Nossa, está linda, filha! — Minha mãe diz, assim que me vê entrando na cozinha. Dou-lhe um beijo na bochecha e me sento para observá-la cozinhando. Ela está sempre correndo e lidando com os mil e um problemas que surgem no trabalho. Mas existem duas coisas que ela tenta apreciar: a família e a cozinha. Minha mãe costuma dizer que não importa quão maluca seja a sua agenda... Você sempre consegue encontrar tempo para fazer algo que ama.

— E o cheirinho aqui está bom, tô até pensando em ficar.

— Essa relação de amor que você e seu pai têm pelo fricassê. E a festa vai ser no colégio mesmo? — Ela pergunta enquanto lava umas folhas de coentro.

— Não, não... O colégio alugou um lugar que JP não soube me explicar direito onde é, mas ele disse que sabe como chegar. Vamos ver como é isso. Eu não acho que vamos demorar muito, não deve terminar tão tarde.

— Vocês tomem cuidado, pelo amor de Deus. E já sabe, liga se precisar de qualquer coisa.

— Pode deixar...

— Eu tô feliz de ver você voltando a ser minha Clarinha outra vez. É bom ver que está começando a superar o término. — Eu sei que deveria ter contado tudo, mas acabou e de nada adianta trazer de volta velhos problemas. Tudo que meus pais sabem é não estou mais com Lucas. O motivo? Não estava mais dando certo e decidimos terminar. Pronto, é isso e está ótimo.

— É... Graças aos doidos que eu chamo de amigos.

É como se estivesse tudo ensaiado. A mensagem chega assim que fecho a boca e me avisa que já estão me esperando do lado de fora.

— Por falar neles, acabaram de chegar. A gente se vê mais tarde — me aproximo de minha mãe e ela me abraça.

— Se cuide!

— Fale com o pai que eu deixei um beijo para ele.

— Eu aviso.

Sorrio e saio de casa.

Meus amigos estão me esperando e Duda está sentada na janela, com metade do corpo para fora, tenho um déjà vu e me lembro do primeiro dia de aula. Naquele dia, eu mal podia imaginar todas as coisas que estavam prestes a acontecer. Eu não fazia ideia das encrencas nas quais me meteria, e se alguém me contasse, eu nunca diria que seria capaz de me livrar delas. Mas me livrei.

— Entra que hoje eu tô pronta para rebolar! — Duda diz e começa a dançar.

— A gente já falou sobre isso, você vai arranhar esse carro! — JP esbraveja do banco do motorista. Eu me sento no banco de trás e abraço Milena que também já está ali.

— Eu não vou arranhar nada, João Pedro. Pare de ser... — A garota volta para dentro do carro e analisa o lugar onde esteve sentada há alguns segundos — Eita, eu acho que deu uma arranhadinha de nada aqui.

Duda e JP se olham com olhos arregalados. E Milena e eu aproveitamos a cena de camarote.

— Eu não disse! Ah, mas eu não acredito! Me deixe ver isso — JP está vermelho e prestes a descer do carro.

— Eu tô brincando, bebezão. Não tem nada arranhado aqui, vamos que já está tarde.

JP começa a praguejar baixinho e Duda se vira para conversarmos. O garoto realmente sabia como chegar ao local da festa e de longe já conseguimos ver as luzes que enfeitam o local. É como um sítio dentro da cidade. Assim que descemos do carro, percebemos que a festa está acontecendo num grande salão ao fundo da casa. Todo o espaço é delimitado por paredes de vidro e, através delas, já podemos observar o pessoal se divertindo no interior.

A música está alta, entramos no espaço que tem um pequeno palco no canto onde um DJ toca, uma mesa está disposta do outro lado, com muitas bebidas não alcóolicas que provavelmente já foram batizadas. Nos balançamos ao som da música e não muito tempo depois o volume é reduzido e a diretora sobe ao palco. A microfonia rende algumas caretas, mas o problema logo se resolve e a mulher olha para os alunos com um grande sorriso.

— Olá, pessoal. Vocês já me conhecem e já sabem porque estamos aqui, então não vou ficar falando e atrapalhando a diversão. Eu só queria agradecer a todos pelo ótimo semestre, as médias foram muito boas e vocês estão de parabéns. Eu também gostaria de agradecer ao pessoal do último ano pelo apoio com as oficinas, o projeto está indo muito bem graças a vocês. Espero que todos descansem bastante nessas férias e voltem no próximo semestre com muita energia para terminar esse ano assim como finalizamos essa etapa. Com chave de ouro!

Todos batemos palmas assim que a mulher finaliza seu discurso. É bom ver que somos orientados por alguém que sabe o que é bom para nós. A música fica alta outra vez e agora tem um número maior de pessoas por ali.

Com uma olhada ao redor, encontro Talita.

Peço para que meus amigos me esperem um minuto e caminho até a garota que está de costas.

— Eu esperava encontrar todo mundo aqui, menos a senhora preciso-ser-perfeita! — digo e toco seu ombro com a ponta dos dedos. A garota se vira e posso confirmar que nunca a vi daquela forma. Seu cabelo está diferente, a maquiagem destaca seus olhos e o vestido colado favorece suas curvas.

— Depois de ter que lidar com nossos pequenos ogros esse semestre inteiro, eu acho que a gente merece.

— Coitados, Talita! — digo, mas não consigo segurar a risada — Mas você tem razão, merecemos mesmo!

Ela sorri e bebe um gole do que quer que esteja em seu copo.

— Você me ajudou muito no jornal, Clara. Eu tenho umas ideias novas em mente, mas a gente discute isso depois.

Eu concordo, balançando a cabeça positivamente, e ela vai para o meio da pista de dança. Admiro a Talita, ela é responsável, dá o melhor de si, se esforça ao máximo e, ainda assim, consegue admitir que uma garota merece suas próprias recompensas. Volto para o lugar onde Duda, JP e Milena me esperam.

— Aquela era a Talita? — JP pergunta com uma sobrancelha arqueada.

— Pasmem, aquela era mesmo a Talita. — respondo.

Continuamos conversando até que o mais novo casalzinho resolve se ausentar um pouco da nossa companhia para aproveitarem um ao outro. Milena e eu começamos a fazer piadinhas e eles saem revirando os olhos. Puxo a garota para a pista de dança e, apesar de ser uma péssima dançarina, ajudo-lhe com alguns passinhos que não saem do básico, mas já servem.

Quando a pista começa a ficar quente demais, resolvemos nos afastar um pouco de toda aquela multidão e pegar algo para beber. Meu celular vibra na pequena bolsa pendurada em meu ombro. Pego o aparelho e encontro a foto da minha mãe.

— Oi, mãe. Está tudo bem? — pergunto, mas não consigo entender a resposta que ela dá. Tento tapar o outro ouvido, mas não resolve. O barulho está muito alto. Finalizo a ligação.

— O que foi? — Milena pergunta.

— É a minha mãe, não deu para ouvir nada... Eu vou lá fora falar com ela e já volto, tá?

A garota concorda e eu saio do salão. É sorte ter vestido uma blusa de manga comprida. Vou caminhando pelo espaço para escapar das batidas da música que está tocando, minha mãe atende sem demorar muito.

— Clara, estava um barulhão, não dava para te ouvir direito — ela diz e consigo ouvir um barulho rouco por trás de sua voz.

— Onde você está, mãe?

— Uns amigos do seu pai ligaram para ele e agora nós estamos indo para um churrasco, eu não entendi direito. Eu só liguei para avisar porque pode ser que a gente demore, tudo bem? — Ela explica tudo e pergunta como se me pedisse permissão.

— Ah, tudo bem. Eu tô com a minha chave. Se cuidem, mocinha e mocinho!

— Pode deixar, senhorinha!

Rimos e nos despedimos, quero um dia ter isso. Anos de casamento e ainda se divertem como namorados.

Quando me viro para voltar para dentro, solto um gritinho que logo detenho com a mão sobre a boca. A silhueta marcada pelo luar me observa calmamente. Ainda estou tentando me acalmar enquanto analiso a figura alta que se aproxima.

— Então agora eu te assusto? — A voz que eu estava começando a esquecer pergunta.

— Você assustaria qualquer um ficando parado aí no escuro. — Tento sair dali, mas ele para bem na minha frente, me impedindo de continuar caminhando — Lucas, eu preciso ir.

— Você precisa ir como no dia em que fugiu da minha casa?

— Eu não teria que fugir se você não me trancasse como uma prisioneira.

Ele fica em silêncio por um momento e coloca a mão no bolso. Quando abre a mão, encontro a pequena libélula.

— Você esqueceu isso.

— Não, Lucas. Eu não esqueci, eu deixei mesmo. E você não deve ter entendido o recado... Se tivesse entendido, não estaria aqui agora.

— Clara, pare com isso, vai. Você tem que ser madura e conversar comigo. A gente precisa se entender.

— Você briga com as pessoas por qualquer motivo idiota, tem ciúme dos meus amigos, me tranca na sua casa e eu sou a imatura? Se toca, Lucas. Você me enganou, me apresentou uma máscara que ficou difícil demais de sustentar e acabou me mostrando quem você é de verdade, eu já disse que não quero ter que ficar perto dessa pessoa com quem eu tive que conviver nos últimos meses.

— Eu não sou assim... Só tinha muita coisa acontecendo, me dá uma chance para te mostrar que tudo vai ficar bem.

— Você já teve mais chances do que eu poderia ter dado. Me deixe em paz, Lucas. Só... me deixe em paz.

Quando tento me afastar, o garoto me segura pela cintura e tenta me beijar, mas viro o rosto, não antes de sentir o cheiro de álcool, o empurro para que tire as mãos de mim.

— Eu duvido que você consiga se esquecer de mim, se esquecer de nós.

— Não existe mais nós.

Cruzo os braços e evito olhar para ele. O garoto se aproxima e começo a andar de costas, na tentativa de me afastar ao máximo.

— Sempre vai existir um nós. Nosso amor foi épico, garota de ouro...

— É, você tem razão. Ele foi épico, você fez com que eu me apaixonasse de um jeito que eu nunca imaginei me apaixonar por alguém. O problema é que você destruiu tudo que colocou de pé. Então o nosso amor realmente foi épico, mas ele acabou há muito tempo, é uma pena que eu tenha demorado tanto para perceber. Agora eu tenho mesmo que ir. Boa noite, Lucas.

Passo por ele e ele parece ainda processar minhas palavras. Mas não consigo ir muito longe, sua voz me alcança.

— Você não vai sentir falta de tudo que eu fui para você, Clara? — Ele me pergunta com a voz embargada e é como se eu fosse a vilã da história, como se eu fosse a responsável. Levou um longo tempo para eu entender, mas agora que eu conseguia enxergar, ninguém iria tirar isso de mim. Eu. Nunca. Fui. A. Culpada.

— Não, Lucas! Eu não vou sentir falta de tudo que você foi para mim. Vou sentir falta de tudo o que faltou ser.

Ele nem pensa duas vezes, se aproxima de mim a passos largos. Assim que percebo, tento correr em direção à festa, mas é tarde. Lucas me segura pelo braço, me atrapalho um pouco nos saltos e perco o equilíbrio. Ele parece não notar, pois não tenta me fazer ficar de pé. Vejo o mundo girar e caio desengonçada, minha cabeça bate em algo pontiagudo antes que eu chegue ao chão e, depois disso tudo, existem apenas o silêncio e escuridão.

25

Se eu morrer jovem, enterre-me em cetim
Deite-me em um mar de rosas
Afunde-me no rio na madrugada
Deixe-me ir com as palavras de uma canção de amor

IF I DIE YOUNG / THE BAND PERRY

— **Chama uma ambulância! Rápido! — consigo ouvir** uma voz distante dizer em tom aflito. Minha cabeça parece enorme e há um zumbido constante. A luzes ao meu redor me incomodam quando consigo abrir os olhos e perceber que estou deitada no chão frio e duro. Não sei como cheguei aqui. Quando tento me levantar, sou contida por alguém que segura meus ombros. É Duda, seu rosto parece muito consternado e fica claro que eu sou o motivo de tamanho desespero.

Um círculo de pessoas se formou ao nosso redor, alguns falando ao telefone, outros apenas observando a cena.

— Duda, o que... o que aconteceu? — apesar de ser difícil, consigo formular a frase e deixar que as palavras encontrem o vento frio.

— Vai ficar tudo bem, Clara. Fica calma, tá? — Duda tenta me acalmar com uma voz tranquilizadora, apesar de trêmula. Eu, porém, ignoro suas tentativas de me manter deitada e me sento ao seu lado, as bochechas queimando com a sensação terrível de ter tanta gente olhando diretamente para mim.

— Eu tô calma, mas não vou continuar assim se não me contar o que aconteceu. Por que eu estava deitada na calçada e todas essas pessoas estão aqui? — logo que deixo escapar a última palavra, o medo de ouvir a resposta se torna maior do que a minha curiosidade.

— Você sumiu, Clara. Eu procurei você em toda parte e ninguém tinha te visto, até que eu saí para tentar te ligar e vi você aqui, deitada e desacordada. Eu fiquei tão preocupada. Eu não sei o que faria se...

— "Se" o quê? — a minha voz soa irritada, mas o zumbido que preenchia a minha cabeça começa a desaparecer e tudo volta em flashes.

Isso é o que eu gostaria que tivesse acontecido.

Não é o que acontece, na verdade.

Eu sei que parece clichê, mas realmente não sei onde estou quando abro os olhos, tudo isso pelo fato de que estou em movimento. Não sei há quanto tempo estou sentada toda torta na poltrona do carro desconhecido, mas imagino que um tempo considerável tenha se passado, meu pescoço está doendo e dentro da minha cabeça um som oco ecoa sem piedade. Me endireito e tento, apreensiva, descobrir quem é o motorista.

— Oi, você está bem? — Lucas pergunta quando nota que estou acordada, mas não tira os olhos da pista. Tento descobrir nossa localização, mas está muito escuro do lado de fora. Só tenho certeza de que saímos da cidade. A festa, nossa discussão, minha queda, tudo começa a voltar como em flashes.

— Onde a gente está?

— Eu não sei muito bem...

— Como assim? Para onde está me levando, Lucas? — Me lembro de estar um pouco irritada com o garoto antes de tudo acontecer e esse sentimento aparece mais uma vez.

— Eu não sei, tá bom?

Não é um bom momento para fazer a linha misterioso. Observo o olhar de Lucas por um instante e percebo que ele realmente está perdido, não geograficamente, mas dentro de si mesmo.

— Você precisa, pelo menos, me dizer o que aconteceu.

— Eu sou um idiota...

— Lucas.

— Eu sou um idiota covarde, Clara! Eu fiz você cair, eu vi você no chão, eu entrei em pânico! — Dá para sentir o desespero em sua voz, o medo de alguém que está começando a sentir as consequências dos próprios erros.

Mas eu temo por mim. No momento estou me sentindo bem, mas o corpo tem dessas de te enganar enquanto o caos acontece em seu organismo. Eu bati a cabeça e posso estar correndo risco. Estar num carro com Lucas, que está levemente bêbado, só me deixa com mais medo.

— Então você entrou em pânico e agora vai me levar até o hospital? É isso? Porque é a única resposta decente para a pergunta que eu fiz. — Abro um pouco do vidro, preciso de ar fresco.

— Você precisa entender o meu lado. Se te encontrassem desacordada lá na festa, eu ia me ferrar e não seria pouco.

— E me colocar num carro qualquer e me trazer para o meio do nada ajuda bastante, né? Por falar nisso, de quem é esse carro, Lucas? Você não tem um carro. — Analiso o painel do automóvel na tentativa de reconhecê-lo, mas nada me vem à memória.

— É do Caio, ele me emprestou.

A apreensão continua ao meu lado. Analiso a velocidade em que estamos andando, talvez eu não me machucasse tanto se abrisse a porta e me jogasse. Contudo, mesmo que eu possuísse coragem suficiente para o ato, nunca conseguiria seguir o exemplo da *Lady Bird*, as portas estão travadas.

— O plano é continuar vagando por aí? — pergunto e cruzo os braços.

— O que você sugere? — ele pergunta. Ainda está concentrado em olhar para a frente.

— Eu sugiro que você me leve de volta. Me deixe em casa e eu juro que a gente esquece isso, continuar dirigindo sem rumo não vai adiantar de nada. — Não está tudo bem, mas preciso que ele acredite que essa história possa acabar bem.

— Mas pelo menos assim eu ainda tenho você comigo, eu sei que te deixando em casa te perco para sempre.

— Lucas, manter alguém fisicamente ao seu lado não significa necessariamente ter esse alguém com você. Desse jeito você até pode conquistar o medo, mas nunca a confiança.

— É isso! Você tem medo de mim e eu tenho que provar que você não precisa se sentir assim, meu amor! Você pode confiar em mim! — ele fala com urgência e eu observo os nós dos seus dedos ficando brancos enquanto ele aperta o volante com força. A velocidade aumenta perceptivelmente.

— Você não precisa me provar mais nada! — digo e minha voz está um pouco alterada. Havia um limite, Lucas havia ultrapassado há muito tempo.

— MAS EU QUERO! — O garoto desiste da sua decisão de permanecer olhando fixamente para as listras amarelas que se escondem rapidamente embaixo do carro. Quando seu olhar encontra o meu, tudo que posso ver são íris esverdeadas que me fitam como máquinas de raio X. A pouca iluminação reflete em seu rosto pálido e ele não gostaria de saber, mas nunca estive com tanto medo dele como nesse momento.

Me seguro no banco devido ao susto. Lucas agora parece fora de si. Sua respiração está pesada, a velocidade faz com que o carro pareça não tocar o chão e a forma brusca com que entra nas curvas faz com que eu balance de um lado para o outro.

— Lucas, vá devagar! — Tento fazê-lo perceber que está colocando nossas vidas em risco.

— Eu já disse que pode confiar em mim. — Sua resposta seca me faz perceber que estou nas mãos do garoto, tudo que posso fazer é torcer para que ele note que está afundando cada vez mais — Você não pode desistir, você disse que não ia me abandonar!

— Não é como se eu tivesse desistido. Eu já estava cansada!

— Cansada do quê?

— Eu cansei de viver sem saber que versão de você estaria me esperando cada vez que eu abria a porta. — Revelo de uma vez sem me importar como aquilo poderia atingi-lo. Era apenas a verdade.

Lucas reduz a velocidade e imagino que seja por causa do que acabei de dizer, mas percebo que na verdade se trata de um grande caminhão bem na nossa frente, impedindo-o de continuar com seu joguinho de corrida.

— Há quanto tempo saímos da festa? — pergunto, olhando pela janela.

— Há mais ou menos... — Nunca saberei a resposta para a minha pergunta. Lucas estava impaciente e tentou ultrapassar o caminhão. Tudo que vi foi a luz forte do farol do carro que nos atingiu. O impacto me deixou sem ar instantaneamente e nem sequer tive tempo para me odiar por estar sem o cinto de segurança. Lucas não o fez quando me colocou, ainda desacordada, no carro. E eu não percebi.

Vidro sendo quebrado, o mundo girando muito mais rápido do que o normal, meu corpo sendo arremessado para todos os lados. Não há nada do glamour do cinema em um acidente de carro. Nada acontece em câmera lenta e quem participa de um não tem tempo para olhar em direção à câmera e fechar os olhos lentamente.

Num segundo há silêncio e calmaria, no seguinte há confusão, barulho, dor e medo. O silêncio volta não muito tempo depois, quando o carro já foi lançado para o acostamento e você está de cabeça para baixo.

— CLARA! — Não posso ver Lucas, mas ouço sua voz.

É como se o meu corpo realmente soubesse o que é melhor para mim, não tenho tempo para responder. Meu corpo entra em colapso e apaga, me levando para longe da dor, para longe do receio, para longe da terrível cena de destruição ao meu redor, para longe do som do fogo que queima algo próximo a mim. Eu agradeço que isso aconteça porque assim também sou levada para longe de Lucas, e dessa vez espero que para sempre.

26

Tome estas asas partidas e aprenda a voar
Toda a sua vida
Você somente aguardou o momento de alçar voo

BLACKBIRD / THE BEATLES

Respiro fundo. Eu me vejo flutuando por um corredor cheio de portas e levo um tempo para perceber que na verdade estão me levando numa maca. Ignoro toda a conversa ao meu redor, as vozes se sobrepondo, falando palavras complicadas, apenas aumentam a dor insuportável em minha cabeça. Eu gostaria de ir para outro lugar num piscar de olhos.

Eu gostaria e eu consigo. Não sei como, mas consigo.

Fecho meus olhos por um instante e, no momento seguinte, estou num grande jardim. Não faço ideia de como cheguei aqui, mas é uma boa sensação. Me sento na grama e tento sentir o calor do sol em minha pele, mas apesar do brilho intenso, a luz é fria e me contento em apenas observar a calma do jardim que parece não ter fim, não consigo ver seus limites.

— É bom que vocês estejam sempre conversando com ela, não posso garantir, mas existem grandes chances de que ela possa ouvi-los. — Uma voz estranha fala, mas não sei onde essa pessoa está. Enquanto olho ao redor tentando encontrar alguém, encontro quem eu mais queria por perto no momento.

— Oi, meu bebê! Não sei se pode me ouvir...

— Eu tô ouvindo, mãe. Esse lugar é lindo, né? — Ela apenas ignora o que digo e senta-se no chão ao meu lado.

— Mas eu tô aqui, e eu quero tanto ver você abrir os olhos. — Minha mãe acaricia meu cabelo com cuidado. Sinto alguém segurar minha mão e olho para o lado para encontrar o meu pai.

— Você vai ficar bem e nós vamos te levar para casa. Eu nem vou brigar pelo último pedaço de pizza.

Ele beija minha bochecha e eu sorrio, mais uma vez eles não parecem notar nada do que eu digo ou faço. Meus pais se levantam e caminham pelo grande jardim, eu permaneço ali sentada os observando. Se afastaram por alguns segundos e já tenho essa terrível sensação de saudade. Estão há poucos passos de distância sob um grande sicômoro e posso ouvi-los.

— Isso é tão injusto, Marcelo. — Já não consigo ver seu rosto tão nitidamente, mas sua voz trêmula deixa claro que minha mãe está chorando e fico meio confusa com o motivo da tristeza.

— Calma, Lívia. O pior já passou, você ouviu o médico dizer que a cirurgia foi um sucesso, agora só precisamos esperar ela dizer que está pronta para abrir os olhos. — A voz calma do meu pai não só tranquiliza minha mãe, como também o faz comigo.

— Eu sei, eu sei... Só não é justo que, depois de tudo que fez, ele tenha saído só com um braço quebrado enquanto nossa filha fica nesse estado.

— Mas não foi você mesma quem disse que tudo estava se encaminhando? Ele vai lidar com as consequências do que fez e a gente vai levar a Clara para casa e vai ficar tudo bem. Confie em mim.

Pisco os olhos outra vez.

Agora estou em um carro, tudo que posso ver pelas janelas são estrelas. Consigo ver a mim mesma sentada no banco do passageiro, Lucas gira o volante, levando o carro pela galáxia iluminada pelos pequenos pontos brilhantes. Observo o garoto e seus olhos parecem duas grandes esmeraldas flamejantes, de repente, se transformam em duas libélulas que se afastam de seu rosto, batendo as asinhas rápidas, deixando em seu lugar apenas o vazio e a escuridão. Aquilo me assusta e muito provavelmente assusta a outra versão de mim, aquela sentada no banco da frente. Imagino isso porque a garota consegue abrir a porta, ela tem a oportunidade de fazer o que não pude. A outra Clara se joga para o lado de fora, sem medo do que a espera e, no segundo seguinte, vejo tudo através dos seus olhos.

Caio numa dança caótica pela galáxia a tempo de ver o carro colidir com um grande meteoro e explodir deixando chamas azuladas por todo o céu. Sigo aproveitando a queda livre, meus braços e pernas balançando com o vácuo até que eu repouse lenta e delicadamente sobre um macio colchão, estou em meu quarto.

— Você acha mesmo que isso vai funcionar? — Vejo JP perguntar, ele está sentado na cama ao meu lado.

— Eu vou dizer a minha teoria pela última vez. O médico disse que talvez ela nos escute. Se ela, hipoteticamente, nos ouve, pode, hipoteticamente, sentir cheiros também. E eu sei que essa maluca acordaria de qualquer sono profundo por causa de um chocolate. — Duda está sentada do outro lado.

— Maluca é você! Mas eu bem queria um chocolate mesmo... — digo e já estou acostumada a não ser notada.

— Então tente de uma vez! — É a vez de Milena aparecer em meu quarto e se sentar na cadeira em frente à penteadeira.

— Vamos lá, senhorita chocólatra... Hora de acordar! E o Wonka disse que tem muito mais de onde esse veio. — Suas palavras são embaladas pelo maravilhoso aroma que preenche todo o quarto.

Duda sempre acerta.

Chocolate branco, o meu favorito.

— Eu não entendo, chocolate branco é o favorito dela. Devia estar funcionando. — Ela parece decepcionada por seu plano não funcionar tão bem quanto ela imaginou.

— Calma, não é bem assim que acontece. Pode não parecer, mas deve estar ajudando de alguma forma. Vamos esperar. — JP fala, segura minha mão e se inclina para que seu rosto se aproxime do meu — Clarinha, a gente está sentindo falta de você.

— Ai, tenho outra ideia! — Duda fala do nada e segura minha mão livre — Clara, se você não acordar, a gente vai ter que assistir os episódios novos de nossa série favorita sozinhos, e tenho certeza de que não vai querer isso porque sabe que não sei guardar *spoilers*.

— Vocês não ousariam fazer isso! E não ache que superei aquele último *spoiler* que me deu, ainda tô bastante chateada — Tento parecer brava, mas acabo sorrindo — É estranho que estejam aqui e ainda assim eu sinta falta de vocês.

Digo e aperto suas mãos, esperando por seus olhares impassíveis, mas muito pelo contrário, ambos, Duda e JP, pulam da cama.

— Você também sentiu? — Duda dá um grito.

— Eu senti! Você sentiu? — JP grita de volta.

— Eu sabia que essa safada não ia deixar assistirmos a série sem ela!

— Milly, chame um médico. A Clara se mexeu!

Não tenho tempo para perguntar o que está acontecendo, estou na redação do Mercúrio num piscar de olhos.

É triste ver a minha mesa assim tão vazia, não há artigos para serem revisados, não consigo ligar o computador para escrever e não encontro lápis ou canetas por perto. Talita entra na sala.

— Oi, Clara. Eu fiquei preocupada com você. Na verdade, todo mundo ficou muito preocupado. Eu pensei em dar uma bronca no Caio, por causa do carro e tudo mais, mas ele ficou maluco quando acordou de ressaca no outro dia e recebeu a notícia, então se prepare para receber desculpas beeeeem exageradas. — Ela puxa uma cadeira e se senta ao meu lado.

— Mas por que a gente está aqui? — pergunto.

— Clara, eu quero tanto que você acorde logo. Tô com umas ideias para o jornal no próximo semestre, mas só você pode me ajudar. Olha, eu trouxe umas edições do Mercúrio, os seus artigos que são os meus favoritos. Quando sua mãe me pediu para vir aqui falar com você, eu imaginei que talvez você fosse gostar de ouvi-los.

— Por favor, leia o da Regina George! — Quase imploro. Ela limpa a garganta e ouço o barulho do papel que ela começa a ler.

— "Ambiente escolar ou grande selva?" — Ela lê o título e comemoro internamente, é o meu favorito. Espero, ansiosa, pelo subtítulo — "Talvez Cady Heron estivesse mesmo certa e estejamos sendo dominados pelas *Plastics*. Fica a dica: cuidado com a Regina George em pele de cordeiro!". Nossa, esse artigo é maravilhoso.

— Vou deixar a modéstia de lado para dizer que concordo!

— É por isso que eu acho você incrível, Clara. Você consegue alcançar todo mundo com algumas poucas palavras. Eu espero que você se recupere o mais rápido possível e volte a fazer isso. Você pode ajudar pessoas com muito pouco e sabe.

A garota continua a leitura do artigo e rio em alguns trechos, mas na grande parte do tempo me pego pensando nisso. Eu posso ajudar pessoas com muito pouco.

Mais um piscar de olhos.

Dessa vez, estou num quarto de hospital e é tudo muito cinza e branco. Pela porta entreaberta, vejo pessoas passando no corredor, nenhuma delas me nota ali. Não é novidade. Venho passando de lugar para lugar como um fantasma vagando pela...

Ai meu Deus.

Será que eu morri?

Fico um pouco aflita com a ideia e, tão depressa quanto meu coração acelera, algo faz um barulho estridente ao meu lado. Uma daquelas máquinas monstruosas.

Uma enfermeira entra correndo no quarto, ela está acompanhada dos meus pais, que são um grande misto de alívio e desespero e alegria e medo. Os observo para ver o que vai acontecer agora, mas, enquanto a moça aperta alguns botões, eles olham para mim.

— Ela pode falar? — Meu pai pergunta para a mulher ao meu lado.

— Consefossmuvir. — Minha voz sai embolada e nem mesmo eu entendo o que acabei de dizer.

— O que disse, filha? — Minha mãe me pergunta e arregalo os olhos.

— Vosspodvir? — Mais um emaranhado de sons estranhos que meus lábios não dão conta de dizer da mesma maneira que meu cérebro planeja.

— Clara, continue falando. Ajuda a fazer o processo acontecer com naturalidade outra vez. — Quando a enfermeira me avisa, eu concordo com um aceno de cabeça e volto a olhar para os meus pais, estamos os três com olhos marejados.

— Euamvcesdois — digo baixinho, preciso treinar. Ordens da enfermeira. E me sinto tão bem quando eles finalmente me entendem. De qualquer forma, eu nem mesmo precisava de palavras para deixar isso claro.

— Nós também te amamos!

— Muito, muito, muito! — minha mãe diz e beija minha testa.

Um médico entra na sala e ele parece feliz.

— É muito bom finalmente conhecê-la, senhorita Ana Clara. — ele diz como um lorde inglês.

— Pode me chamar de Clara — minha voz está finalmente voltando ao normal, apesar de ainda estar um pouco arrastada.

— Tudo bem... — Ele se aproxima e me pede para fazer algumas coisas idiotas. Sigo seu dedo indicador com o olhar, permito que ele faça cócegas em meus pés, suporto a luz irritante diretamente em meus olhos.

Quando ele se vai, ficamos apenas meus pais e eu. Eles conversam comigo por um tempo e, quando falo sobre meus amigos, eles me contam sobre como os três somente saíram do hospital quando foram obrigados e como voltavam poucas horas depois. Sorrio e peço para vê-los. Meus pais saem do quarto e não demora muito para que possa ver aqueles três rostos que me deixam tão feliz.

— Apertado demais! Apertado demais! — Protesto quando os três tentam me abraçar ao mesmo tempo.

— Oi, dorminhoca! — JP toca a ponta do meu nariz.

— Nunca mais me dê um susto desses. Eu te proíbo! — Duda aponta para mim.

— Juro que é a minha intenção nunca mais te dar um susto desses.

— Quando você vai poder voltar para casa, Clara? Ou sou só eu que não gosta de hospital aqui?

Todos concordamos sobre odiar aquele ambiente.

— O médico disse que não demora muito até ele me dar alta.

Todos começam a falar ao mesmo tempo, uma grande confusão. Mas o que fazer se é assim que nos entendemos? Milena tenta impedir a briga de Duda e JP pelo controle da TV e eu não consigo parar de rir.

Nada diferente.

Tudo diferente.

27

O que não te mata te torna uma lutadora
Deixa os passos mais leves
Não significa que estou acabada só porque você se foi

STRONGER (WHAT DOESN'T KILL YOU) / KELLY CLARKSON

Eu nunca havia dado tanto valor ao meu quarto como quando saí daquele hospital. Depois que acordei, não demorou muito para que recebesse alta. Eu acabara criando intimidade com os médicos e enfermeiros, mas algo no ambiente me fazia querer fugir dali o mais rápido possível.

Claro que meus pais não perderiam a oportunidade de me fazer passar por um grande bebê incapaz de se mover quando cheguei em casa. Eu tinha que admitir que estava gostando de ter tudo tão facilmente, mas depois de três semanas assim, eu realmente comecei a me senti inválida e precisei falar com eles sobre isso. Eles concordaram que devíamos voltar à nossa rotina normal, mas às vezes eu pegava-os me observando de longe, prontos para qualquer coisa que eu precisasse.

Eu comecei a me sentir culpada por estragar as férias dos meus amigos. Eles passavam a maior parte do tempo em minha casa, chegou o dia em que nos sentamos todos os quatro na sala, com a TV desligada, e ficamos em silêncio. Quando eu tentei dizer que eles deviam sair e aproveitar os dias de folga, mesmo que fossem sem mim, quase puxei o pino de uma grande granada. Desde então, não tocamos no assunto.

Tudo acabou mudando na última quarta-feira, minha última consulta.

— Certo, dona Clara. Eu acho que você pode sim sair com seus amigos e se divertir. Seguiu tudo que eu pedi, então nada mais justo do que acabar com essa tortura. — O médico me disse e apertou minha mão por cima da mesa. Quando saí da sala, mal podia me aguentar de animação.

Antes mesmo que eu pudesse falar com qualquer um dos meus amigos, uma notificação surgiu na tela do meu celular. A sexta-feira à noite, na *Dancing Queen*, seria embalada por sucessos de setenta e oitenta.

Precisávamos ir. E meus amigos concordaram. A quinta-feira pareceu passar num estalar de dedos e a festa ia começar em algumas horas.

— Eu não vou atrasar, JP — Estou deitada na cama quando falo com o garoto ao telefone.

— Você já se arrumou? — Ele pergunta sério.

— Er... Claro que já. — Tento fingir.

— Ainda está deitada e nem sequer tomou um banho, certo?

— Mas eu juro que não demoro, eu prometo! — Sorrimos quando ele dá uma de médium e eu desligo o telefone. Permaneço deitada por alguns instantes e observo as paredes do meu quarto. Depois de tanta indecisão entre o Paraíso Perdido e a Sapatilha de Ballet, acabei optando pelo Verso Encantado, um tom claro de roxo que deixou o cômodo muito mais leve.

Eu sabia que JP ligaria outra vez em alguns minutos para confirmar se eu havia conseguido ficar de pé. Então me levantei depressa e marchei para o banheiro. Lavei o cabelo, deixei a água quente cair sobre minhas costas e aproveitei o momento. Não demorei muito na frente do guarda-roupa.

Tentei entrar no clima retrô daquela noite, então vesti aquele shortinho de cintura alta que fazia certo tempo que não usava, uma blusa do Fleetwood Mac e um All Star. Até amarrei o cabelo num rabo de cavalo com uma fita.

Parecia pronta para gravar um filme adolescente do John Hughes.

Eu ainda estava guardando o lápis de olho na gaveta quando ouvi a buzina do lado de fora. Ainda era meio cedo, mas considerando toda a pressa de JP em aproveitar "a festa do ano, música boa de verdade explodindo das caixas de som", palavras do próprio, não me importei.

Peguei minha pequena bolsa, joguei o celular ali dentro e desci as escadas.

— Prometa tomar cuidado! — Meu pai já me esperava no último degrau.

— Eu prometo.

— Pretende chegar muito tarde? — Minha mãe saiu do escritório e se aproximou de nós.

— Acho que não. Mas juro que vou dando notícias... Não precisam se preocupar. — Tento acalmá-los, mas eles apenas me olham com cara de quem vão ficar acordados e alertas até que eu chegue em casa.

Me despeço dos dois, ouço mais alguns avisos e consigo, finalmente, sair de casa. Algo estranho está acontecendo. Não é o carro de JP que me espera, Duda não está sentada na janela. Analiso o carro cinza de longe e estou prestes a entrar quando vejo a silhueta do motorista acenando para mim.

Dou um passo para trás, quem quer que seja, sai do carro e volta a acenar. Eu levo um tempo para buscar aquele rosto em minha memória, mas consigo facilmente identificar Davi, apesar de toda a distância.

Meu coração dá uma leve descompassada assim que penso na possibilidade de que ele esteja acompanhado de alguém que pretendo não ver, mas ele está sozinho e vem em minha direção.

— Oi, Clara! Há quanto tempo... — Ele estende a mão e a aperto.

— Davi! Verdade, faz um tempinho que não nos vemos.

— Você está ocupada? — ele pergunta e olho para a rua, nem sinal de meus amigos. Eu até posso mentir e voltar para dentro, mas ele não me fez nada, se veio até aqui deve ter um bom motivo.

— Na verdade, não. Só tô esperando os meus amigos, nós vamos sair.

— Eu não vou demorar, eu só achei que eu precisava vir aqui e te pedir desculpas pessoalmente...

— Sério, Davi. Você não precisa. — Tento impedi-lo, mas ele não se importa e continua.

— Clara, o Lucas podia ter acabado com a sua vida. Já parou para pensar nisso? Eu nunca me perdoaria se isso acontecesse, Deus me livre! Felizmente, você está bem e eu precisava vir aqui e dizer que sinto muito. Não posso dizer que imagino o que você sentiu, mas eu realmente sinto muito. Eu não vim pedir para que perdoe o meu irmão, eu só queria que você soubesse que fiquei muito mal quando soube de tudo que aconteceu.

— Eu agradeço o gesto. Foi mesmo bem difícil, mas o que importa é que passou e agora eu tô bem.

— Quando eu fui visitar o Lucas, ele me contou exatamente tudo que aconteceu, fiquei tão envergonhado, Clara. Você é uma pessoa maravilhosa e não merece nada disso. Nós dois passamos pelas mesmas coisas, mas fizemos escolhas diferentes e eu gostaria muito que ele tivesse aproveitado a sua companhia para se tornar alguém melhor. Mas isso agora é passado. Ele vai pagar pelo que fez e você vai ser feliz. Eu sinto muito e nunca, em hipótese alguma, cogite a possibilidade de pensar que teve alguma culpa em tudo isso. Você não teve.

Suas palavras me alcançam com tamanha delicadeza que me sinto abraçada.

Eu balanço a cabeça positivamente e sorrio para Davi. Não sei quando meus amigos chegaram, mas eles me esperam no carro e parecem não estar entendendo muita coisa.

— Eu tenho que ir... — quebro o silêncio entre nós.

— Ah, tudo bem! — Ele olha para trás e percebe que estamos sendo observados — Foi muito bom ver você outra vez.

— Foi muito bom ver você também. — Toco seu ombro e ele toca minha mão. Caminho com Davi até o seu carro e, assim que ele entra, vou até o carro de JP que está estacionado logo atrás.

— Quem era aquele? — Duda vai logo perguntando assim que entro.

— Era o Davi. Irmão do Lucas.

— E o que ele queria? — Milena pergunta sentada ao meu lado.

— Ele queria se desculpar por... Tudo. Ele é uma boa pessoa e foi gentil em vir dizer isso. Não queria que eu dissesse nada bom sobre o irmão, só queria mesmo dizer que sentia muito.

— Legal da parte dele — JP comenta e liga o carro —, mas e então... Vamos?

— Por favor! — respondo, erguendo os braços.

Duda liga o rádio num volume baixinho e vamos conversando sobre os mais variados assuntos durante todo o caminho até a *Dancing Queen*. O clima está agradável quando saímos do carro, nada de frio, nada de calor. Já é um bom sinal.

Logo na porta do lugar, encontramos algumas pessoas que se empenharam bastante no visual. Muita cor, hippies para todo lado. Toda aquela brincadeira me deixava cada vez mais empolgada. Se havia um termômetro para medir minha felicidade naquela noite, ele provavelmente estourou assim que entrei no grande salão. Todas aquelas luzes, *Earth, Wind and Fire*, ecoando por todo o lugar, as pessoas dançando.

Senti falta de tudo isso.

Fomos direto para o bar e peguei um drinque, fiz logo uma nota mental para não esquecer que os que parecem fracos, os docinhos e os inofensivos são os piores, então nada de exagerar.

JP encontra o Edu do clube de fotografia e, enquanto eles conversam, Duda, Milena e eu terminamos nossas bebidas e vamos até o banheiro para retocar a maquiagem.

Assim que voltamos, uma melodia conhecida começa a tocar e JP já nos espera, impaciente. Apenas corremos para a pista, todos queremos fazer a coreografia do refrão de *YMCA*. E, pelo visto, não somos os únicos, já que muitas pessoas ao nosso redor fazem o mesmo. Eu solto gargalhadas e pulo no ritmo acelerado da música. Danço como se não houvesse mais ninguém ali. Danço porque gosto dessa sensação de liberdade.

Outras músicas incríveis começam a tocar e imagino como seria bom dançá-las na época em que elas foram lançadas. Não sei quanto tempo se passou, nos esquecemos completamente da hora e apenas seguimos nos divertindo. Minha garganta, porém, me avisa que preciso de uma pausa.

— Vou pegar uma água! — grito — Mais alguém quer?

— Eu aceito! — JP grita de volta.

— Eu divido com ele! — Duda comenta com um terceiro grito.

Levanto os polegares para evitar ter que verbalizar e começo a caminhar pela multidão, tentando me esquivar daqueles que dançam com muita emoção. Consigo enfim chegar ao bar, mas não me sento, apenas me apoio no balcão enquanto espero que o rapaz do outro lado possa me atender.

— Boa noite. — Ouço alguém dizer, mas não me importo em sequer olhar para os lados. Com tanta gente ao meu redor, não imagino que alguém esteja falando logo comigo — E aí? É do tipo difícil? — A voz masculina fala novamente. Dessa vez muito mais perto. Ao meu lado, para ser mais específica.

— Eu diria que sou do tipo distraída — digo quando noto que é comigo.

— Vi quando você chegou e te perdi de vista depois. Que bom que te encontrei outra vez. — ele diz e se apoia no balcão também. O garoto olha para a frente, me imitando e imagino que esteja tentando encontrar o que é tão interessante para que receba minha atenção. Mal sabe ele que estou apenas observando o desenho das luzes na parede.

— Não digo nada até o meu advogado chegar! — Tento colocar um pouco de humor na conversa. E parece funcionar, ele começa a sorrir. Talvez esteja apenas tentando me impressionar, rindo de qualquer coisa que eu diga — Victor! — Ele se apresenta e estende a mão.

Faço o mesmo e nos cumprimentamos.

— Clara.

— Posso te pagar uma bebida? — Victor pergunta.

— Na verdade, eu só vou pegar uma água.

— Entendo... Desculpe, estou sendo inconveniente? — Quando Victor pergunta, sou obrigada a sorrir.

— Não, não é isso. É que...

— Está acompanhada? — Ele tenta tirar logo essa dúvida sem rodeios.

— Um pouco. — *Estou comigo mesma*, penso em dizer, mas fico em silêncio.

— Confuso, mas tudo bem. — Ele dá de ombros e se vira para apoiar os cotovelos no balcão e observar as pessoas dançando. O barman fica livre de uma vez por todas.

Peço a minha água e não demora muito para que as duas garrafinhas apareçam bem na minha frente. Pago e me volto para Victor, que permanece em silêncio.

— Eu já vou, meus amigos estão me esperando.

— Tudo bem, Clara. Foi um prazer falar com você.

Sorrio para o garoto e solto o ar com força. Não há nada que eu queira mais naquele momento além de voltar para a pista de dança e aproveitar aquela noite com Duda, Milena e JP. Vou me espremendo até eles e jogo a garrafinha d'água para JP, que alcança sem muito problema.

— A gente estava aqui conversando, topa pegar um sol e curtir uma piscina amanhã no clube? — JP me pergunta.

— Eu topo se vocês toparem — aviso e bebo um gole de água.

— Então vou levar a câmera para a gente tirar umas fotos! — Milena avisa.

Concordo com um aceno de cabeça.

— Se for assim, será que tem como a senhorita me emprestar aquele biquíni que me roubou? Saudades dele e acho que ia ficar ótimo para as fotos — Duda segura minha mão e pergunta.

— Humm... — inclino a cabeça como se estivesse muito pensativa — Eu posso pensar no seu caso. Mas não vá se animando! — aviso.

— Muito engraçado, Ana Clara. Muito engraçado! — Duda faz uma cara emburrada e todos começamos a rir da garota que dá boas risadas também, ela sabe que eu não estava falando sério.

Uma nova música começa, fazendo com que encerremos nossa crise de riso. Precisamos de um tempo para lidar com o fato de que a música que dá o nome da nossa boate favorita está tocando. Observo meus amigos por um instante, não sei se eles percebem, mas é como se fôssemos partes de uma equação que não se completam, que na verdade são somadas para se tornar algo muito maior. Sorrio e os acompanho. Dançamos como se não houvesse amanhã ao som de *Dancing Queen*.

É nesse momento que eu percebo que não preciso de muito para ser feliz e tomo uma decisão. Decido me encher cada vez mais de mim mesma, assim não irão sobrar espaços para que alguém ache que pode completar. As pessoas devem ser complemento.

Epílogo

Me perdi pelo caminho
Mas não paro, não
Já chorei mares e rios
Mas não afogo, não

DONA DE MIM / IZA

— Não deve ser normal que só seja a segunda semana de aula do semestre e eu já esteja tão cansado — JP está falando quando chegamos ao pátio e o garoto se joga na grama.

— Eu concordo! Será que não dá para pegar mais leve? Eu já entreguei dois trabalhos e quando pisquei estava atrasada com um monte de coisa — Milena entra na onda e começa a reclamar também.

Eu me sento ao lado dos dois e Duda faz o mesmo.

— Hoje o Leo vai dizer o que vamos apresentar no espetáculo de Natal e entregar as falas dos testes. Se eu pego a protagonista de novo pode ter certeza que é daqui para a Globo. — Duda está retocando o batom de um vermelho amarronzado.

— Quem é Fernanda Montenegro quando temos Maria Eduarda Andrade e Silva, não é mesmo? — Comento.

— Exatamente! — A garota joga o cabelo cacheado de um lado para o outro.

A primeira semana de aulas do semestre foi realmente muito atarefada, não sei se estávamos preparados, falo por mim quando digo que precisava de mais tempo para entrar no ritmo. Talita já está louca com o Mercúrio, ou seja, ela me enlouquece junto.

Não bastassem todos os trabalhos e atividades, eu ainda tive que terminar o artigo para o jornal dessa semana. Sem contar que agora os professores estão pegando em nosso pé com o assunto faculdade. Em cada aula somos obrigados a dizer o que queremos fazer de nossas vidas, como se fosse mesmo tão fácil de decidir.

— Ainda vamos estudar lá em casa mais tarde? — pergunto e recebo gemidos em resposta.

— Clara, eu desisti de tentar colocar aquelas fórmulas em sua cabeça — JP se senta e aponta para mim.

— Mas é a sua obrigação, como meu amigo superinteligente, me fazer saber pelo menos o básico para passar na matéria. Não desista de mim, por favor, nunca te pedi nada. — Faço um beicinho.

— Vamos para a lista de coisas que você já me pediu...

— Aff, está satisfeita, Clara? Agora nós vamos ter que aguentar o senhor ego massageado a semana inteira. — Duda brinca e JP a fuzila com os olhos. Milena e eu estamos morrendo de rir dos dois quando o ritual das segundas-feiras se inicia.

Lá está Talita caminhando, acompanhada do fiel escudeiro dessa semana. A garota vai tranquilamente até o meio do pátio e deposita ali as cópias do Mercúrio. Pouco a pouco, as pessoas se aproximam e, depois de um tempo, fazemos o mesmo. Não tenho o costume de reler meus textos assim que eles saem, mas preciso admitir que há uma carga maior de orgulho sobre esse.

Me lembro muito pouco do tempo em que estive desacordada no hospital, minhas lembranças são um grande emaranhado de situações confusas por causa das drogas, mas me lembro com clareza de ouvir Talita me dizer algo que ficou ecoando em minha mente até que eu colocasse as palavras no papel de uma vez por todas.

Você pode ajudar pessoas com muito pouco e sabe disso.

Lembro daquelas palavras e, com um sorriso bobo, abro o jornal na página com meu nome.

Gotas de alegria numa chuva de infelicidade
Por: Ana Clara Goulart de Almeida

É estranho quando você planeja toda a sua vida e do nada ela acaba mudando. E estou falando de mudanças gigantescas, daquele tipo que te leva ao céu e, logo em seguida, te joga no chão. E joga com força. Às vezes, você vê tudo muito preto no branco, até que alguém apareça trazendo tantas cores novas e divertidas que te deixam um pouco sem ar. É muita novidade e empolgação, você não quer piscar os olhos porque não tem interesse em perder um segundo sequer de toda essa aventura. Sei que aventuras assim não são apenas momentos incríveis, tudo bem se você derramar algumas lágrimas, não deixa de ser normal. O problema é quando essas lágrimas saem do incomum e se tornam parte da rotina. Sua vida se torna um grande compilado de músicas agitadas com letras tristes e não faz sentido chorar na pista de dança — a não ser que seja de alegria. Mas preciso dizer: Tudo bem se você chegou nessa situação e não percebeu quando tudo se transformou nessa grande bagunça, é compreensível que você tenha ficado com a visão um pouco comprometida, considerando o brilho de todas essas luzes e a magia de todas essas cores. Todos os dias alguém se apaixona, é como o mundo acontece. Mas ninguém nunca ensinou como fazê-lo. Você se apaixona e pronto, se joga de cabeça e torce para não se machucar tanto. Contudo, isso devia ser diferente! Você não devia entrar num relacionamento com um colete à prova de balas, se preparando para o pior. Se você sempre acaba com a culpa, se é você quem não entende, se você tem algumas poucas gotas de alegria numa chuva de infelicidade, talvez seja hora de se perguntar: tudo isso vale mesmo a pena? Tenha sempre em mente que não há pelo que se envergonhar, você não tem culpa por cair nessa armadilha. É julgar errado se te dizem que você deve gostar de sofrer se prefere ficar, quando na verdade tudo que você mais quer é escapar. A culpa não é sua! Alguém me disse uma vez e levei muito tempo para entender: lembre-se que o mundo já é um lugar cheio de confusão e situações tristes... Seu relacionamento deveria ser seu porto seguro.

FIM.

AGRADECIMENTOS

Escrever esse livro foi uma aventura, imaginá-lo saindo do meu computador e chegando nas mãos dos leitores é incrível, mas nada o faz mais real do que escrever a parte que sempre achei mais legal num livro: os agradecimentos. Espero demonstrar toda a minha gratidão a todos os que me ajudaram para que esse sonho se realizasse (receio que não o consiga, mas vamos lá).

Nada disso seria possível sem alguém como Deus me agraciando com o dom da imaginação para criar todas essas histórias que surgem em minha mente. Eventualmente algumas delas gritam alto demais e acabam indo para o papel, é por isso que Ele é tão importante para mim e que tenho tanto a agradecer.

Por um instante eu duvidei do fato de que esse livro seria publicado, mas o meu pai me fez acreditar que nada é impossível e lutou de todas as formas possíveis para me ver alcançando esse objetivo. Minha mãe também sempre acreditou em mim, adoro ver o brilho nos olhos dela ao dizer "Sabe o meu filho? Ele É ESCRITOR!". Eu nunca serei o melhor filho do mundo, mas acreditem: vocês são os melhores pais do mundo e eu amo vocês! Também preciso agradecer à minha irmã Jéssica que, apesar dos mais de mil quilômetros que nos afastam, sempre está por perto quando preciso. Te amo, Bilbo!

Ao pessoal da Pandorga que me acolheu tão bem: Jonatan, que no meio do caos de uma Bienal parou para ouvir o sonho de um garoto aspirante a escritor. Ju, minha editora também conhecida por "Ooo Ju eu tava pensado aqui" ou "Ju, eu queria mudar só mais uma coisinha", muito obrigado por toda a paciência com esse geminiano indeciso. À Manoela Boianovsky, o meu muito obrigado por traduzir minhas ideias numa ilustração incrível!

À minha avó, Judite! Minha primeira musa inspiradora! Eu te amo além do que é possível imaginar e você me inspira todos os dias com a sua força! A todas as minhas tias que me apoiam sempre que preciso, tenho muita sorte em tê-las! À Liriel, minha conselheira literária (e na vida também), muito obrigado por acompanhar a escrita desse livro e me ajudar a tomar decisões importantes. Amo tu! À Alana, por dividir comigo o amor pelos livros (principalmente os recheados de romances açucarados). Amo tu também!

À Mari que não importa quanto tempo passe, nunca me abandona e sempre me manda mensagens do tipo "ME DEIXA LER ESSE CAPÍTULO LOGO, VINÍCIUS!". À Erika que entrou na minha vida quando essa história estava começando a tomar forma e foi obrigada a me ouvir falar sobre ela o tempo inteiro (o tempo inteiro mesmo, sério), você surtou comigo quando todo mundo achava que era bobagem, e isso significou muito. À Milena, por quem tenho um carinho imensurável a ponto de não saber viver sem ela e ser obrigado a torná-la imortal através desse livro. E à Camila, que mesmo de longe está sempre me ouvindo, torcendo por mim e enchendo o meu ego. Nunca fui de muitos amigos, mas vocês me ensinaram a melhor definição para a palavra "amizade"!

E, aqui, às pessoas que muito provavelmente nunca lerão esses agradecimentos: à Carina Rissi, por escrever histórias incríveis que me inspiram e por me dizer: "Me promete que não vai desistir nunca! Eu ainda quero ver um livro seu na estante". À Taylor Swift, por compor a trilha sonora da minha vida e, sem nenhuma surpresa, a desse livro também.

Por fim, o meu MUITO OBRIGADO a você que decidiu ler essa história, saiba que isso é muito importante para mim, agora você tem um pedacinho do meu coração em suas mãos e espero que tenha gostado! Inclusive, me procure e me conte o que achou, eu vou adorar saber! Se você se identificou com a história da Clara, saiba que nunca é tarde para voltar a ser feliz. Você não está só, você não tem culpa, você é incrível! Estarei por aqui caso precise e aposto que tem muita gente ao seu redor pronta para te ajudar. Nenhum relacionamento supera a sua liberdade, nenhum sentimento deve ser maior do que o amor que você sente por si mesmo e nenhuma poesia boba deve te fazer acreditar que a gente não consegue ser feliz sozinho! Acredite em mim: a gente consegue. E vai ficar tudo bem.